RAYE MORGAN

L'héritier d'Ambria

Traduction française de
CHARLOTTE LUCAS

DIADÈME

HARLEQUIN

Titre original :
CROWN PRINCE, PREGNANT BRIDE!

Ce roman a déjà été publié en 2017

HARPERCOLLINS FRANCE
83-85, boulevard Vincent-Auriol, 75646 PARIS CEDEX 13
Service Clients — www.harlequin.fr
ISBN 978-2-2805-0762-2

Édité par HarperCollins France.
Composition et mise en pages Nord Compo.
Imprimé en mai 2024 par CPI Black Print (Barcelone)
en utilisant 100% d'électricité renouvelable.
Dépôt légal : juin 2024.

FSC
www.fsc.org
MIXTE
Papier issu de sources responsables
FSC® C159065

Pour limiter l'empreinte environnementale de ses livres, HarperCollins France s'engage à n'utiliser que du papier fabriqué à partir de bois provenant de forêts gérées durablement et de manière responsable.

1

Pellea Marallis était passée si près de sa cachette que, même s'il n'avait pu la voir, les effluves de son parfum étaient parvenus jusqu'à Monte. Cette odeur enivrante fit remonter à la surface une myriade de souvenirs : une robe vaporeuse laissant passer les rayons du soleil, une silhouette féminine mince et voluptueuse à la fois, une cascade de gouttelettes d'eau ruisselant comme mille diamants sur sa peau laiteuse et soyeuse… Quant à la suite, la simple évocation de la sensation des draps de satin suffisait à lui rappeler leurs caresses et à l'enflammer.

Il se mordit violemment la lèvre pour réprimer la vague de sensualité qui menaçait de le submerger. Il n'était pas venu revivre leur aventure mais l'enlever et, cette fois, rien ne l'en empêcherait.

Elle frôla de nouveau le mur derrière lequel il se cachait et il perçut le bruissement de sa longue jupe contre les pierres. Sans doute était-elle nerveuse, elle arpentait son jardin privé, conçu comme une petite jungle luxuriante aménagée dans un recoin du château. Monte connaissait bien les lieux et savait que l'appartement était organisé autour du jardin et que les trois pièces qui le composaient : un bureau, un petit salon et une somptueuse chambre agrémentée d'un immense dressing, s'ouvraient toutes sur l'extérieur. Les limites avec le jardin s'en trouvaient ainsi confondues et l'appartement semblait envahi par la végétation, labyrinthe enchanté de couleurs et de parfums. Elle vivait comme une princesse.

Ce constat ne pouvait que remplir son âme d'amertume, même si c'était dans une autre aile du château qu'avait vécu la famille de Monte avant le coup d'Etat. Cette partie du palais avait été réduite en cendres la nuit où ses parents avaient été assassinés par les Granvilli, les meurtriers qui usurpaient aujourd'hui le pouvoir sur la petite île d'Ambria. Vingt-cinq ans après la nuit fatidique, Monte n'en avait rien oublié.

Cependant, Pellea n'avait aucune responsabilité dans la déchéance de sa famille, mais son père, en revanche, était loin d'atteindre la même innocence : grand conseiller de la famille Granvilli, il jouissait du privilège de vivre dans le palais, sa trahison avait été récompensée par ses maîtres. Monte s'en occuperait en temps voulu.

Aussitôt sorti du passage secret, Monte s'était glissé dans le dressing et n'avait pas encore vu Pellea. Il attendait le moment opportun pour révéler sa présence.

Ce temps d'attente n'était pas pour lui déplaire car, malgré ses résolutions, elle exerçait toujours sur lui une fascination si intense qu'elle menaçait de lui faire perdre la tête, alors qu'il voulait garder le contrôle de la situation. Au son de sa voix, il tendit l'oreille. Quelqu'un se trouvait-il avec elle ? Non, ce n'était qu'une conversation téléphonique et, lorsqu'elle se tourna vers lui, il put en saisir quelques bribes.

— Des perles de culture, bien sûr, et de petits boutons de roses. Je pense que cela suffira.

Le son de sa voix suffit à l'envoûter, il n'écoutait même pas ses paroles. Jamais il n'avait remarqué à quel point cette tonalité séduisante évoquait un instrument de musique : elle lui accrochait l'oreille, tel un solo de guitare, avec ses notes détachées, cristallines et profondément touchantes.

Souriant, il l'écouta, mourant d'envie de la voir enfin. C'était malheureusement impossible sans prendre de risques. Il s'était glissé facilement dans son immense dressing mais il lui fallait à présent se cacher dans une niche située derrière une imposante armoire, d'où il pouvait tout voir en restant invisible. Tenaillé par la curiosité, il finit par se déplacer précautionneusement et l'aperçut enfin.

Son cœur se mit à battre violemment, lui coupant le souffle.

Alors même qu'aucune goutte de sang bleu ne coulait dans ses veines, Pellea semblait l'incarnation même de la royauté. Comparées à sa beauté, les statues grecques semblaient massives, les peintures de la Renaissance trop éthérées et les vedettes de cinéma perdaient tout leur rayonnement. Elle était la féminité poussée à la perfection, tout en restant merveilleusement humaine.

Certes, pour un regard non initié, elle avait tout d'une femme normale, certes exceptionnellement jolie, mais elle n'était pas la seule à posséder des yeux noirs en amande et de longs cils épais. Même si ses cheveux flottaient autour de son visage comme un nuage vaporeux d'or filé, si sa silhouette svelte restait voluptueuse, même si ses lèvres rouges, pleines et pulpeuses incarnaient la perfection, elle n'était pas la seule à posséder la beauté physique. Cependant, même si d'autres femmes avaient attiré le regard de Monte ces dernières années, aucune n'avait su captiver son cœur et son esprit comme elle l'avait fait.

Cela provenait-il de la dignité de son maintien, du feu

qui semblait brûler derrière son regard triste, révélant une force de caractère peu commune ? Elle pouvait se montrer aussi joueuse qu'un chaton un instant puis se révéler femme fatale l'instant d'après, avant de s'embraser d'une vertueuse colère.

A l'instant même où il l'avait vue, il avait su qu'elle ne ressemblait à aucune autre. Deux mois plus tôt, le destin avait permis qu'elle lui appartienne, l'espace de quelques jours.

— Vous n'avez pas eu mes croquis ? demandait-elle au téléphone. J'ai des goûts plus traditionnels et ne souhaite pas avoir les épaules trop dénudées. Ce serait inconvenant.

Intrigué, il se demanda de quoi elle parlait. Une robe de bal peut-être ? Fermant les yeux, il s'imagina en train de danser avec elle dans la cour...

C'était encore l'hiver lors de sa précédente visite ; à l'époque tout était encore mort et sombre mais, avec l'arrivée du printemps, le jardin était devenu une symphonie de couleurs, un magnifique décor où des sentiers carrelés serpentaient entre rosiers et plantes exotiques, palmiers et bambous. Pour ajouter à la magie du lieu, l'eau qui jaillissait d'une fontaine au milieu du jardin créait une douce musique.

Toujours plongé dans ce rêve délicieux où il la tenait entre ses bras, il lui jeta un regard à la dérobée, admirant son long cou gracieux et son port de tête, la manière dont sa main voltigeait dans les airs pour accompagner ses explications. Affolant ses sens, l'entrebâillement de sa robe de chambre révélait une nuisette en dentelle.

— Des diamants ? disait-elle au téléphone. Non, pas de diamants, mis à part celui qui est obligatoire ! Je ne raffole pas des bijoux...

Il tendit la main et effleura vivement la bordure évasée de sa manche au moment où elle passait, avant de se rejeter au fond de sa cachette. Consciente d'un mouvement, elle se retourna mais pas assez vite pour l'apercevoir. Il sourit, satisfait, il serait seul à décider du moment où il révélerait sa présence.

— Si je me souviens bien, le voile est de couleur ivoire, parsemé de perles.

Un voile ? Monte fronça les sourcils.

Ce n'était quand même pas de son mariage qu'elle parlait ?

Il la dévisagea, horrifié, et dut se retenir pour ne pas sortir de sa cachette et lui demander des comptes. L'avait-elle déjà oublié ?

Il était hors de question qu'elle se marie, il ne le permettrait pas.

Bien entendu, lui ne l'épouserait pas, d'abord parce qu'il avait d'autres soucis en tête, un coup d'Etat à fomenter, par exemple... De plus, il lui aurait été impossible de vivre avec la fille de celui qui avait trahi sa famille.

Ces évidences n'empêchaient pas que l'idée qu'elle allait en épouser un autre, si peu de temps après leur aventure, le brûlait comme le venin d'un scorpion.

Le bruit assourdi d'un gong retentit, le faisant sursauter. Encore une nouveauté qui venait remplacer le vénérable heurtoir de bronze !

Un mariage ! Heureusement qu'il arrivait à temps pour l'enlever.

Pellea venait de terminer une conversation avec sa styliste et releva la tête en entendant le gong résonner. A la perspective d'une compagnie dont elle n'avait nulle envie, ses épaules s'affaissèrent : à n'en pas douter, il s'agissait de son futur mari...

— Entrez, lança-t-elle.

L'ouverture de la grille provoqua un lourd claquement métallique, suivi d'un bruit de bottes sur les dalles ; un homme de haute taille, les cheveux coupés très courts, fit son entrée. Son corps bien proportionné et ses larges épaules révélaient un sportif, et son visage allongé n'aurait pas manqué de beauté sans ce perpétuel rictus moqueur, affiché comme une marque de supériorité.

Leonardo Granvilli était le fils aîné de Georges Granvilli, le chef de la rébellion qui avait pris le pouvoir de la petite nation insulaire vingt-cinq ans plus tôt. Georges se faisait appeler le Général, mais le terme de despote aurait été plus adéquat.

— Ma chérie, lança Leonardo d'une voix grave et sonore. Tu es aussi radieuse que l'aube d'une belle journée.

— Oh ! Je t'en prie, Leonardo, soupira-t-elle avec un geste dédaigneux. Evitons les politesses creuses, nous nous connaissons depuis toujours, restons simples.

Leonardo mima une contrariété légèrement outrée.

— Pellea, pourquoi ne pas accepter simplement mes compliments comme toutes les autres femmes ? Ce n'est qu'une marque de civilité, ma chérie, une façon de rompre la glace, rien de plus.

Pellea éclata d'un rire bref et feignit d'entrer dans son jeu.

— Dites-moi donc, noble chevalier, que me vaut l'honneur de votre visite en mes humbles appartements ?

Il sourit.

— Je préfère cela.

Devant sa révérence pourtant largement teintée d'ironie, le sourire de Leonardo s'accentua.

— Bravo. Eh bien voilà, peut-être ferons-nous d'heureux jeunes mariés, en définitive !

Elle le foudroya du regard mais il l'ignora.

— J'ai des nouvelles. Nous allons peut-être devoir reporter la date de notre mariage.

— Pardon ?

Instinctivement, elle avait porté la main à son ventre et, prenant conscience de son geste, la retira vivement.

— Pourquoi ?

— Le dernier duc du clan Angelis, ce vieux fou, s'est enfin décidé à mourir. Nous pouvons donc nous attendre à des bouleversements dans la communauté des exilés ambriens qui vont s'agiter en tous sens pour se trouver un nouveau patriarche. Il faut que nous soyons sur nos gardes, prêts à réagir face à toute menace envers notre régime.

— Vous vous attendez à quelque chose de précis ?

— Pas vraiment : comme d'habitude, des grincements de dents, des menaces irréalisables... Nous sommes tout à fait capables de gérer ce genre de réactions.

— Dans ce cas, pourquoi reculer le mariage ? Ne ferait-on pas mieux d'en avancer la date ?

Sûr de lui, il lui ébouriffa les cheveux.

— Ah, ma chère Boucle d'Or. Tellement impatiente !

Elle repoussa sa main et haussa ostensiblement les épaules.

Tant qu'à devoir le faire, le plus tôt fait sera le mieux, marmonna-t-elle.

— Que dis-tu, ma douce ?

— Rien d'important, je me plierai, bien entendu, à ta volonté mais, en ce qui me concerne, un mariage rapide serait préférable.

Il hocha la tête, plissant les yeux.

— Je comprends. La maladie de ton père…

Il haussa les épaules.

— Je lui en parlerai et nous fixerons une date, ne t'inquiète pas. Après tout ce temps et le mal que tu t'es donné pour me décourager, je vais enfin vivre avec la femme de mes rêves !

Il semblait très ému.

— C'est un vrai miracle, non ?

— Absolument, dit-elle en souriant malgré elle. Ah, Leonardo, parfois je me dis que tu devrais trouver quelqu'un que tu aimes vraiment.

Ces paroles eurent l'air de l'abasourdir.

— De quoi parles-tu ? Tu sais très bien que je n'ai jamais voulu épouser que toi.

— J'ai parlé d'amour, rétorqua-t-elle. Pas de possession…

Il haussa les épaules.

— Chacun voit les choses à sa façon.

Pellea soupira, toujours souriante.

La conversation pétrifia Monte, qui sentit monter en lui une colère froide. Dans son esprit, les émotions bouillonnaient, dominées par la haine, celle qu'il vouait à Leonardo, son père et sa famille tout entière.

Petit à petit, il réussit à surmonter sa colère. La rage incontrôlée était source d'erreurs, il lui fallait patienter et attendre calmement le moment propice pour frapper. Bientôt…

Ces événements l'avaient pris par surprise. Les quelques jours passés avec Pellea avaient été magiques et il ne rêvait que de la revoir, la toucher. Même s'il s'était promis qu'il ne se laisserait pas distraire de son but, qu'il ne ferait pas l'amour avec elle, il était conscient de se mentir à lui-même. A peine l'avait-il revue qu'il avait été tenaillé par l'envie de la prendre dans ses bras.

Bien sûr, leur relation ne pouvait déboucher sur rien de sérieux, d'éternel et il s'était toujours douté qu'elle finirait par épouser quelqu'un d'autre, mais pas ce...

Les mots lui manquaient.

— J'aimerais que tu viennes à la bibliothèque. Il faut que nous étudiions le départ en calèche dorée après la cérémonie.

— Je ne veux pas de voyage de noces, affirma-t-elle avec détermination. Je te l'ai annoncé dès le début.

Il sembla surpris, mais elle poursuivit, ne lui laissant pas le temps de protester.

— Tant que mon père sera malade, je ne quitterai pas Ambria.

Il soupira et fit la grimace mais sembla se résigner.

— Les gens vont trouver cela bizarre.

— Cela m'est égal.

Elle savait qu'il était déçu mais n'y pouvait rien. Son père représentait tout pour elle, il avait toujours été son roc, le seul être au monde en qui elle pouvait avoir pleinement confiance et elle n'allait pas l'abandonner maintenant.

Cependant, cette union était pour elle une obligation, Leonardo le comprenait et acceptait les termes de leur accord. Tout était prêt, le chemin tracé et, si aucun obstacle ne se mettait en travers de sa route, elle serait mariée une semaine après.

— Je viens avec toi, dit-elle. Donne-moi juste une minute pour me changer.

Elle se tourna et entra dans son dressing, dont elle

referma la porte. Ouvrant son peignoir, elle commençait à déboutonner sa nuisette en dentelle lorsque son regard s'abaissa sur une paire de bottes masculines. Figée, elle releva pourtant la tête et, en croisant le regard bleu de Monte, eut l'impression que tout son corps se liquéfiait.

Les yeux écarquillés, elle le dévisageait, alors que tout se bousculait dans son esprit : colère, remords, ressentiment même si la joie et l'amour n'en étaient pas absents.

Durant l'espace d'une seconde, elle fut tentée de tourner les talons pour prévenir Leonardo mais elle savait que cela ne pouvait que finir mal.

Monte n'avait rien à faire dans sa vie et personne, au château, ne devait apprendre qu'elle le connaissait. Une pensée effleura son esprit : il suffirait que Leonardo appelle la garde et ce serait fini, jamais plus elle ne reverrait Monte et ne s'endormirait en pleurant.

Mais comment aurait-elle pu lui nuire ?

Il lui adressa un sourire charmeur pendant qu'elle le dévisageait, abasourdie ; elle n'arrivait toujours pas à croire à sa présence.

Elle jeta un rapide coup d'œil dans le jardin. Leonardo attendait patiemment et sifflotait un petit air en contemplant la fontaine. Elle se mordit la lèvre inférieure, tourna les talons et réussit à sortir du dressing, le souffle court.

— Qu'y a-t-il ? s'exclama Leonardo, inquiet, en la prenant par les épaules. Tu vas bien ?

— Non, j'ai une migraine épouvantable.

— Oh ! Non ! lança-t-il, étonné mais plein de prévenance.

Elle s'écarta de lui, s'efforçant de retrouver son équilibre.

— Je… je suis désolée mais je ne crois pas que je puisse venir avec toi. Je n'ai pas les idées très claires.

— Mais tu allais bien il y a trente secondes ! fit-il remarquer, surpris.

— Les migraines arrivent sans prévenir, dit-elle en portant la main à sa tempe avec une grimace, mais une bonne sieste me remettra sur pied. Si on se retrouvait après le thé ? proposa-t-elle. Vers 17 heures ?

Leonardo fronça les sourcils puis hocha la tête, la regardant avec un mélange de sollicitude et de méfiance.

— J'espère que cela ne t'empêchera pas d'aller au bal ce soir.

— Oh non, bien sûr que non !

— Tout le monde s'attend à ce que nous profitions de la circonstance pour annoncer la grande nouvelle. Tu porteras le diadème, n'est-ce pas ?

Elle le congédia d'un geste.

— Leonardo, ne t'inquiète pas, je porterai le diadème et tout se passera comme prévu. Je serai sans aucun doute remise ce soir.

— Très bien.

Il semblait circonspect.

— Tu devrais voir le Dr Dracken, je vais te l'envoyer.

— Non ! J'ai seulement besoin de me reposer. Accorde-moi quelques heures.

Il la scruta pendant un moment avant de hausser les épaules.

— Comme tu veux.

S'emparant de sa main, il se courba pour un baisemain cérémonieux.

— Adieu, ma bien-aimée, porte-toi bien !

Elle hocha la tête, le poussant presque vers la grille.

— Oui, oui, toi aussi, marmonna-t-elle.

— Adieu !

Dès que le portail se fut bruyamment refermé sur lui, elle fit furieusement volte-face et se précipita vers le dressing. Ouvrant la porte à toute volée, elle fusilla Monte du regard.

— Comment oses-tu ? Comment oses-tu me faire ça ?

La véhémence de Pellea le déconcerta : il s'était attendu à ce que, comme lui, elle se sente envahie de bonheur en le revoyant.

Même en colère, elle restait ravissante, avec ses yeux brillants et ses joues empourprées.

— Comment oses-tu recommencer ?

— Ce n'est pas comme la dernière fois, protesta-t-il, cette fois, c'est complètement différent.

— Ah bon ? Comme la dernière fois, tu t'introduis et tu te caches dans mes appartements, je ne vois guère de différence !

Il lui adressa un sourire qui se voulait charmeur.

— Mais cette fois-ci, je ne partirai pas sans toi.

Elle le dévisagea, partagée entre amour et haine. Partir avec lui ! Ce serait un rêve… C'était absolument irréalisable. Si seulement…

Pendant un bref instant, elle laissa libre cours à ses émotions : comme elle aimerait se jeter dans ses bras, sentir son visage rugueux contre le sien et entendre les battements de son cœur s'accélérer…

Mais c'était impossible, il ne fallait même pas y songer. Elle avait passé trop de nuits à rêver de lui, de la douceur de ses caresses. Il lui fallait maintenant tout oublier, trop de vies dépendaient d'elle. Elle ne pouvait laisser apparaître une faille dans son armure.

Et, surtout, elle ne pouvait lui révéler l'existence du bébé.

— Comment es-tu entré ici ? demanda-t-elle froidement.

Oh et puis non, inutile de répondre. Tu ne ferais que me mentir.

Le regard pétillant de Monte se glaça.

— Pellea, je ne suis pas un menteur, rétorqua-t-il vivement, à voix basse. Je te répondrai ou je me tairai mais je ne te dirai que la vérité, tu peux y compter.

Leurs deux regards indignés s'affrontèrent. Pellea était sincèrement furieuse qu'il ait ainsi débarqué sans prévenir, les mettant tous deux en danger. Toutefois, elle savait que cette colère lui servait de bouclier et qu'il suffirait qu'il la touche pour que s'effondrent toutes ses défenses. Le seul fait de le regarder suffisait à entamer sa détermination.

Pourquoi fallait-il qu'il soit si beau ? Bien sûr, ses cheveux noirs et ses yeux bleus lumineux lui donnaient l'allure d'une vedette de cinéma, mais son charme allait au-delà de cela. Sa haute silhouette musclée donnait l'impression d'un homme puissant, capable de se défendre dans n'importe quelle circonstance, mais on ne relevait en lui aucune vanité, seulement une tranquille confiance en lui. On le devinait capable de relever n'importe quel défi, physique ou intellectuel.

Cependant, au sein même de cette force, il émanait de son regard bleu une sensibilité, une vulnérabilité même, que seule une femme pouvait percevoir. A moins que Pellea ne se berce d'illusions ?

— Peu importe, dit-elle fermement. Il faut que nous te fassions sortir d'ici.

La colère de Monte fondit comme neige au soleil et ses yeux sourirent de nouveau.

— Alors que j'ai eu tant de mal à entrer ?

Silencieusement, elle pria pour que disparaisse ce sourire qui la rendait si vulnérable.

— Tu vas partir et le plus tôt sera le mieux. Va-t'en immédiatement !

Il l'enveloppa de son regard caressant.

— Pourquoi te quitterais-je, je viens tout juste de te retrouver ?

Exaspérée, elle faillit grincer des dents.

— Tu ne réussiras pas à m'hypnotiser comme la dernière fois. Je ne te permets pas de rester ici. Va-t'en, intima-t-elle en tendant la main vers la grille.

Il leva un sourcil, sans bouger d'un pouce.

— Tu vas appeler les gardes ?

— Si tu m'y obliges, oui.

Son air peiné lui sembla un peu outré.

— En fait, je préférerais que tu t'en abstiennes.

— Dans ce cas, tu sais ce qui te reste à faire.

Soupirant, il arbora une expression de profond regret.

— Je ne peux pas partir sans ce que je suis venu chercher.

Elle leva les mains.

— Ça n'est pas mon problème.

Son sourire réapparut, teinté de malice.

— C'est là que tu te trompes. En fait, c'est pour toi que je suis venu. Que dirais-tu d'un kidnapping ?

2

Pellea ne manifesta son émotion que par un rapide battement de cils, même si elle eut l'impression que le monde vacillait sous ses yeux.

Monte était venu la kidnapper ? Se moquait-il d'elle ou était-il devenu fou ?

— Vraiment ? fit-elle en adoptant une moue dédaigneuse. Et comment te proposes-tu de franchir toutes les issues sécurisées ? Ne compte pas sur moi pour te faciliter la tâche : je me débattrai à chaque pas et je ferai tout pour anéantir ton stupide projet d'enlèvement !

— J'ai un plan, affirma-t-il avec un sourire entendu.

— Oh ! Je vois !

Les yeux écarquillés, elle feignit de se retourner vers un public invisible et haussa les épaules.

— Il a un plan, c'est magnifique.

Il la suivit.

— Tu te moques de moi, Pellea, mais, bientôt, tu comprendras.

Lui faisant face, elle lui posa la question qui lui brûlait les lèvres.

— Comment fais-tu pour entrer ici malgré les gardes ? Tu ne me l'as jamais expliqué.

— Secrets du métier, ma chère !

— Quel métier ? Cambrioleur ?

— Non, Pellea, dit-il en reprenant son sérieux. En fait, je me considère toujours comme l'héritier du trône d'Ambria.

Elle leva les yeux au ciel.

— Dans ce cas il ne me reste plus qu'à te souhaiter bonne chance, tu en auras besoin !

Son regard bleu intense se fit brûlant.

— Je suis le prince héritier d'Ambria, tu devrais le savoir.

— C'est de l'histoire ancienne, tout cela, soupira-t-elle doucement en soutenant son regard. C'est terminé depuis longtemps.

— Non, c'est toujours d'actualité et, très bientôt, le monde entier sera au courant.

La peur étreignit le cœur de Pellea. En fait, il suggérait qu'une guerre allait éclater, que des personnes qu'elle aimait allaient souffrir. Pourtant...

Oubliant ses bonnes résolutions, elle tendit la main pour le toucher et la posa sur son torse, terriblement consciente du battement de son cœur et de la chaleur de sa peau.

— Je t'en prie, Monte, murmura-t-elle, accablée par la perspective qu'il évoquait. Je t'en prie...

Il lui prit la main et la porta à ses lèvres pour y déposer un baiser, sans la quitter des yeux.

— Je veillerai à ce qu'il ne t'arrive rien, tu le sais, promit-il.

Comment pourrait-il tenir ce serment ?

— Non, Monte, je ne le sais pas. Tu projettes de débarquer ici et de mettre nos vies sens dessus dessous. En lançant une révolution, tu allumes un incendie et tu ignores la direction dans laquelle le vent va le porter. Il y aura du malheur et de la souffrance des deux côtés, c'est toujours le cas.

Il haussa les épaules.

— Le malheur et la souffrance... Nous les avons bien connus il y a vingt-cinq ans, lorsque ma mère et mon père ont été assassinés par les Granvilli. Mes frères et sœurs et moi-même avons été séparés et avalés par la nuit, on nous a persuadés d'oublier notre illustre naissance. En une nuit, nous avons perdu notre maison ravagée par le feu, notre royaume, nos parents et notre destinée.

Il grimaça comme si la douleur était encore fraîche.

— Que voudrais-tu que je fasse ?, reprit-il. Que je pardonne à ceux qui nous ont infligé cela ?

Une détermination farouche durcissait ses traits, transformant son visage en un masque de guerrier.

— Jamais je ne pardonnerai. Il faut qu'ils paient.

Une main glacée étreignit le cœur de Pellea ; elle savait ce que cela voulait dire, son propre père comptait parmi les ennemis de Monte. Que pouvait-elle faire pour empêcher ce désastre face à cet homme fort et déterminé ?

Le gong qui lui servait de sonnette retentit, les faisant sursauter tous les deux.

— Oui ? demanda-t-elle, dissimulant son inquiétude.

— Excusez-moi, mademoiselle Marallis, dit une voix derrière la porte de la chambre. C'est le sergent Fromer. Je voulais simplement savoir à quelle heure vous souhaitiez que nous vous apportions le diadème ?

— Le garde, chuchota-t-elle en regardant Monte dans les yeux. Je devrais lui demander d'entrer sur-le-champ.

Il soutint son regard.

— Mais tu ne le feras pas.

Elle le regarda un long moment. Il aurait été si facile de le faire, de lui prouver qu'il avait tort.

— Mademoiselle ?

— Excusez-moi, sergent.

Devant les yeux de Monte, elle sut qu'elle n'était pas capable de le trahir et secoua la tête, honteuse d'elle-même.

— Vers 19 heures, ce serait parfait ! lança-t-elle. La coiffeuse devrait être là.

— Très bien. Merci, mademoiselle.

Et il partit.

Pourquoi une telle faiblesse face à cet homme ? Lors de leur première rencontre, déjà, elle s'était sentie vulnérable, alors qu'elle venait de s'affronter durement avec son père.

Ce jour-là, Monte, surgissant de nulle part, l'avait découverte en train de sangloter au pied de la fontaine.

C'était à partir de cette dispute que la santé de son père avait commencé à se dégrader, mais il n'était pas encore cloué au lit à cette époque. Il l'avait alors convoquée dans sa chambre et lui avait ordonné sans ambages d'épouser Leonardo. Lorsque, indignée, elle lui avait rétorqué qu'il devrait dans ce cas la traîner de force jusqu'à l'autel, il l'avait traitée d'ingrate et elle l'avait, quant à elle, qualifié de père abusif.

Aujourd'hui encore, elle regrettait de s'être ainsi emportée contre lui mais il était tellement obsédé par son désir de la voir épouser Leonardo...

— Epouse-le ! Tu l'as connu toute ta vie ! Vous vous entendez bien et il veut faire de toi sa femme. En tant que telle, tu auras un grand pouvoir...

— Le pouvoir ! s'était-elle exclamée avec dédain. C'est tout ce qui t'intéresse !

Il avait pâli.

— Le pouvoir est important, lui avait-il répondu d'une

voix hachée. Tu peux toujours prétendre le contraire mais c'est lui qui gouverne nos vies.

D'une voix blanche, il lui raconta ce qui était véritablement arrivé à sa mère.

— Victor Halma, le chef de la police des Granvilli, s'était entiché d'elle.

— Qu'est-ce que tu veux dire ? bégaya-t-elle.

— Il la pourchassait dans les couloirs, la surprenant aux moments où elle se croyait en sécurité. Elle était terrifiée.

Elle ferma les yeux et murmura :

— Ma pauvre maman...

— A cette époque, il y avait encore une forte hostilité contre moi parce que j'avais servi la famille de Angelis avant la révolution, poursuivit-il. On ne me faisait pas autant confiance qu'aujourd'hui. J'ai bien essayé de le combattre mais je me suis vite rendu compte que personne ne voulait m'aider.

Il respira profondément.

— On m'a envoyé en voyage d'affaires à Paris et il a profité de mon absence.

— Père...

— A l'époque je ne disposais d'aucun pouvoir.

Son visage, déjà pâle, était devenu livide.

— Il m'a été impossible de refuser cette mission et, dès mon départ, il a voulu la forcer à partager son lit.

Pellea poussa un petit cri étouffé, frissonnant comme sous l'effet d'un courant d'air glacé.

— Elle a essayé de s'enfuir mais il l'a fait enfermer dans sa chambre par des gardes. Elle a trouvé un couteau et s'est tuée avant qu'il puisse...

Sa voix s'éteignit.

Pellea porta les mains à sa gorge.

— Tu m'as toujours dit qu'elle était morte pendant une épidémie de grippe, balbutia-t-elle.

Cette nouvelle la bouleversa alors même qu'au fond de son cœur elle avait toujours pressenti qu'on lui cachait quelque chose.

— C'est ce que j'ai préféré te faire croire. Il y avait bien une épidémie de grippe à ce moment, mais c'est le déshonneur qui l'a tuée.

Pellea vacilla. La pièce se mit à tourner autour d'elle.

— Et l'homme ? demanda-t-elle d'une voix rauque.

— Il a eu un malheureux accident peu après, répondit sèchement son père, qui ne semblait pas souhaiter s'étendre sur le sujet. Mais tu comprends, maintenant ? Voilà ce qui peut arriver quand on n'a aucun pouvoir.

— Ou quand on est au service d'ingrats sans le moindre cœur, rétorqua-t-elle avec violence.

Secouant la tête, il eut un pauvre sourire.

— Etrangement, les Granvilli ont commencé à me faire confiance après cela. Je suis monté en grade et j'ai acquis peu à peu plus de responsabilités.

Il regarda sa fille avec sérieux.

— Aujourd'hui, jamais une chose pareille ne pourrait nous arriver et je veux que tu sois à l'abri de tout danger.

Elle comprenait et souffrait pour lui, pour sa mère, pour eux tous. Pourtant, même ce récit n'avait pu la décider à épouser Leonardo.

Même si elle comprenait maintenant son obsession du pouvoir, Pellea ne pouvait la partager.

C'est dans cet état d'esprit rebelle qu'elle avait fait la connaissance de Monte.

— Bonjour, avait-il lancé. J'essaie d'échapper aux gardes du palais. Je peux me cacher ici ?

C'est ainsi qu'elle était devenue complice d'un criminel... dont elle était bientôt tombée amoureuse.

Monte n'avait eu aucunement conscience de la difficulté de ce qu'il lui demandait et avait trouvé tout naturel qu'elle le cache et renvoie le garde. Heureusement, aujourd'hui, les gardes n'avaient pas décelé sa présence et le danger était moindre mais, deux mois plus tôt, ils avaient fouillé le château deux jours, pendant qu'il se cachait dans la chambre de Pellea.

— C'est du diadème de la famille de Angelis que tu parlais à l'instant ? demanda-t-il soudain. J'ai cru entendre Leonardo le mentionner.

Elle le foudroya du regard.

— Depuis combien de temps m'espionnais-tu ? Qu'as-tu entendu d'autre ?

— Pourquoi ? Qu'est-ce que tu ne voulais pas que j'entende ?

Elle leva les mains en signe d'agacement.

— Ne t'inquiète pas, dit-il, je n'ai entendu que la description de ta robe de mariée et ta conversation avec Leonardo.

Son regard s'arrêta sur la magnifique robe suspendue contre une grande armoire en acajou.

— C'est celle que tu vas porter ce soir pour le bal ?

— Oui.

Monte n'eut aucun mal à imaginer, sous la magnifique robe de satin vert foncé, le corps chaud et voluptueux de Pellea.

— Le diadème sera spectaculaire avec cette tenue, dit-il.

— Tu te souviens du diadème ? demanda-t-elle, surprise.

— Pas en détail mais j'ai vu des photographies.

Il lui lança un regard empreint d'ironie.

— C'était le diadème de ma mère, après tout.

Elle frissonna et croisa les bras sur sa poitrine.

— Il a changé de propriétaire il y a bien longtemps, dit-elle, sur la défensive.

Il hocha la tête lentement.

— Avant ma mère, il a appartenu à toutes les reines d'Ambria depuis au moins trois siècles, murmura-t-il doucement, comme pour lui-même.

Il sourit froidement.

— Le vainqueur rafle tout, c'est bien connu...

— Ce n'est pas moi qui ai inventé les règles, dit-elle, sentant pourtant le passé peser sur elle comme une culpabilité.

— Il faudra bien plus de vingt-cinq ans pour effacer le souvenir de ce que ma famille a accompli dans ce pays durant plusieurs siècles.

Elle se mordit la lèvre.

— Je regrette, dit-elle en posant la main sur son bras, mais on m'a demandé de porter le diadème de ta mère et j'ai accepté.

Monte lui prit la main et se tourna vers elle, le désir brillant dans son regard. Elle se détourna vivement.

Son soupir était empreint de regret mais autre chose semblait le préoccuper.

— Où est-il ? demanda-t-il. Où le ranges-tu ?

— Le diadème ? Il est dans son écrin dans une salle du musée, comme toujours. Tu n'as pas entendu le sergent Fromer ? Les gardes me l'apporteront juste avant le bal et m'escorteront jusqu'à la grande salle. Le diadème ne doit jamais rester sans surveillance.

Il prit le temps de la dévisager longuement.

— Toi aussi, tu seras étroitement surveillée.

— J'imagine.

Il hocha la tête, l'air songeur.

— J'ai lu un article au sujet de ce diadème. Sans compter l'œuvre d'art qu'il représente, il est incrusté de pierres précieuses, toutes énormes et de très belle qualité. Sais-tu que sa valeur est supérieure à celle de certains petits pays ?

Elle laissa échapper un petit cri.

— Tu ne comptes tout de même pas le voler !

— Le diadème ?

Il rejeta la tête en arrière et se mit à rire. C'était une idée fabuleuse. Décidément, il aimait la manière dont fonctionnait l'esprit de Pellea.

— Pellea, dit-il en la prenant par les épaules pour lui déposer un baiser sur le front. Tu es la perfection incarnée et tu ne peux vraiment pas te marier avec Leonardo.

Elle ne put s'empêcher de frissonner. Le contact de Monte lui était à la fois délice et supplice et elle devait lutter pour garder son sang-froid.

— Alors qui devrais-je épouser ? rétorqua-t-elle. Tu es prêt à faire ta demande ?

Il la regarda longuement : comment aurait-il pu lui répondre ? Peut-être serait-il mort avant la fin de l'été, il ne pouvait pas lui demander sa main. De plus, s'il devait un jour diriger Ambria, pouvait-il épouser la fille de celui qui avait trahi sa famille ?

— Je pense qu'un enlèvement reste la meilleure solution.

Sa réponse ne la surprit pas. Même si elle se rendait compte qu'il était attiré par elle, elle savait aussi qu'il haïssait son père et le régime actuel auquel celui-ci était lié. Il n'existait aucun avenir pour eux.

— Je ne me laisserai pas faire, dit-elle sèchement.

— Pourquoi ne pas venir de ton plein gré ? lui demanda-t-il avec un sourire.

— Avant ou après mon mariage avec Leonardo ? ricana-t-elle.

Il sembla attristé.

— Je n'arrive pas à croire que tu veuilles l'épouser.

Elle releva le menton d'un air de défi.

— Je vais me marier avec Leonardo dans quatre jours.

Il lui remit doucement une mèche de cheveux en place et ses doigts s'attardèrent pour lui caresser la joue.

— Mais pourquoi ?

— Parce que je le veux, répondit-elle, butée. J'ai donné ma parole.

Elle se détourna résolument de lui et se mit à fouiller parmi les vêtements de sa penderie.

Il s'approcha d'elle.

— C'est à cause de ton père ?

— Laisse-le en dehors de cela !

— C'est donc bien à cause de ton père...

Il la regarda un moment, songeant qu'il n'avait jamais vu une femme si gracieuse. Chacun de ses mouvements était semblable à un pas de danse et le bouleversait.

— Mais pourquoi Leonardo ?

Inconsciemment, elle posa la main sur son ventre, il ne devait pas savoir.

— C'est le souhait le plus cher de mon père.

— Parce que Leonardo pourrait un jour gouverner le pays ?

— Oui. Et tout simplement parce qu'il me l'a proposé.

Il fut pris au dépourvu.

— Et si moi je te demandais en mariage ?

Elle se tourna vers lui mais ses yeux ne trahirent rien.

— Mais tu ne le feras pas.

Il détourna le regard.

— Non, effectivement.

— Donc tu as ta réponse.

— Où est Georges ? demanda-t-il, évoquant celui qui avait tué ses parents. Que dit-il de tout cela ?

Elle hésita, choisissant ses mots avec soin.

— Il paraît que le Général est souffrant en ce moment et se repose dans sa villa du bord de mer. Leonardo assume de plus en plus de responsabilités.

Elle le regarda dans les yeux.

— Il a l'air d'être taillé pour ce rôle.

— Ah bon ? J'espère qu'il en profite bien car il n'en a plus pour longtemps.

— Comment comptes-tu t'y prendre exactement ?

— Ne t'inquiète pas pour moi, dit-il avec un sourire.

Ses pensées étaient loin d'être aussi désinvoltes qu'il le prétendait et elle n'imaginait pas l'intensité de sa haine contre ceux qui étaient responsables de la mort de ses parents. L'heure de la vengeance avait sonné.

— Est-ce que ton père est très malade ? demanda-t-il.

— Oui.

— Et tu veux lui faire plaisir avant qu'il...

— Ne le dis pas !

Il se mordit la langue.

— Il aimerait bien te voir première dame du royaume, n'est-ce pas ?

Il essaya de rassembler les éléments dont il disposait sur cet homme. Marallis avait été considéré comme un conseiller prometteur à l'époque de son père. Le roi avait reconnu ses capacités et projetait de lui confier un poste important mais, quand la révolte avait éclaté, il s'était avéré que Vaneck Marallis était passé dans l'autre camp. Il n'était pas prêt à le lui pardonner.

— Il se fait tard, lança-t-elle avec impatience. Il faut que je passe voir mon père, comme tous les après-midi et, à mon retour, il faudra que nous décidions ce que je vais faire de toi.

— Ah bon ? ironisa-t-il avec un sourire suggestif.

Elle prit dans la penderie un chemisier et un tailleur-pantalon en lin clair, et passa derrière un paravent pour se changer.

En ressortant, toujours aussi ravissante, elle renvoyait une image de compétence et de calme efficacité. Il n'avait jamais rencontré de femme qui l'impressionne autant et, une fois de plus, il rêva de l'emmener.

Ce ne serait pas impossible. Elle se trompait en croyant qu'il lui faudrait passer devant les gardes ; il connaissait un passage secret mais il lui faudrait d'abord obtenir sa coopération.

— Je n'ai pas le temps de décider tout de suite ce que je vais faire de toi, lui dit-elle, les paupières mi-closes. Je reviens dans une demi-heure.

— Peut-être serai-je là, peut-être pas.

Elle n'aima pas le ton de cette réponse.

— Dis-moi, est-ce que tu comptes m'attendre ici ou préfères-tu partir à la recherche de Leonardo et te faire tuer ?

— Je pense que je suis capable de tenir tête à ton pseudo-fiancé, ricana-t-il.

Elle resta de marbre.

— Méfie-toi de Leonardo, il te tuerait sans la moindre hésitation.

— Tu veux rire ? Ce coq de basse-cour ?

— Ne te méprends pas, sous un vernis de politesse, c'est un homme dur et inflexible.

La scrutant pour deviner si elle s'inquiétait réellement pour lui, il sourit, rassuré.

Elle jeta un coup d'œil à sa montre.

— Va dans la cour, j'ai une dernière chose à vérifier.

— Laquelle ?

— Ça ne te regarde pas.

Monte sortit dans la cour verdoyante et entendit la double porte se refermer derrière lui.

Tout autour de lui, le château de ses ancêtres le rappelait à sa mission. Saurait-il restaurer la monarchie et ramener sa famille à sa place légitime ?

Bien sûr, il ne pouvait se permettre d'en douter, la place de sa famille était ici. Il avait déjà retrouvé deux de ses frères, dont il avait été séparé au moment de l'incendie et il espérait pouvoir ramener toute sa famille à Ambria avant la fin de l'été.

Il se retourna et aperçut, à travers les portes-fenêtres de la chambre, le grand lit où il avait passé deux jours et demi lors de son précédent séjour. Assailli par les souvenirs, il se sentit submergé par un élan de désir.

Pellea, cette femme unique, avait gravé son empreinte dans son cœur et dans son esprit, mais il n'aurait pas voulu qu'il en soit autrement.

S'il survivait à l'été...

Non, il ne pouvait rien promettre, pas même à lui-même. Après tout, le père de cette femme était un traître, il ne devait pas l'oublier.

Où était-elle ? Elle était partie depuis bien longtemps.

— Pellea ?

Pas de réponse. Il ne pouvait crier plus fort, de peur d'attirer l'attention.

Il ouvrit la porte et appela de nouveau.

— Pellea ?

Elle avait disparu.

3

Une alarme retentit dans l'esprit de Monte et il sentit un flot d'adrénaline l'envahir. Où était-elle passée ? S'était-elle échappée sans qu'il la voie ? Avait-il surestimé sa propre capacité à la charmer, était-elle un traître, comme son père ?

Non, c'était impossible, il devait y avoir une autre explication.

Il l'avait vue se diriger vers la grande penderie au fond du dressing. Il s'y rendit en deux enjambées et aperçut, par une porte restée entrebâillée derrière les robes, la lueur de voyants électroniques : une pièce secrète derrière la penderie. Il ne s'en était pas aperçu la fois précédente.

Ecartant les vêtements, il ouvrit la porte et découvrit Pellea, assise devant un grand écran d'ordinateur qui affichait, dans de nombreuses fenêtres, les images des caméras de surveillance placées à différents endroits du château. Elle avait là un véritable poste de commande !

— On dirait que tu as trouvé une mine d'or !

Elle sursauta en le voyant puis afficha un air résigné.

— C'est mon père qui a fait installer cette pièce secrète il y a quelques années. Dès qu'il voulait savoir ce qui se passait, il venait me rendre visite. Je ne m'en suis pas servie au début mais, depuis quelque temps, je trouve ça très utile.

— Et tu arrives à faire fonctionner le système toute seule ?

— J'ai des compétences en informatique et j'ai lu quelques livres.

— Mon admiration ne fait que croître.

Détournant le regard, elle rougit légèrement.

— Donc tu peux voir tout ce qui se passe aux principales intersections intérieures ainsi qu'à quelques emplacements extérieurs. Hum, voilà qui est fort pratique !

Elle s'écarta du bureau en soupirant.

— Monte, jamais je n'aurais dû te laisser voir ça.

— Ce n'est pas ta faute, c'est moi qui suis venu voir ce que tu faisais.

Il pencha la tête, impressionné.

— Tu ne veux pas me dire à quoi cela te sert ?

— Il m'arrive de ne pas avoir envie d'être observée et, dans le château, il y a toujours quelqu'un pour vous épier.

Elle haussa les épaules.

— J'aime bien conserver un peu d'intimité. De cette façon je peux surveiller et choisir le bon moment pour mes propres allées et venues.

— Je vois.

Elle se leva et se tourna vers la porte.

— Maintenant, je suis vraiment en retard.

Une fois Monte sorti de la pièce, elle referma soigneusement la porte, qui sembla disparaître dans le lambris et les moulures qui l'entouraient.

— A tout à l'heure, lança-t-elle. Et ne t'approche pas de cette pièce.

Monte la regarda partir à contrecœur. Il n'avait aucune envie de la quitter, ni de manquer une minute du précieux temps qu'ils auraient pu passer ensemble. Pris d'une impulsion, il l'appela.

— Je veux t'accompagner.

— Quoi ?

— J'aimerais voir ton père.

Pellea, surprise, chercha le moyen de refuser.

— Impossible, il est cloué au lit et n'est pas en état...

— Je ne me montrerai même pas et je ne lui ferai aucun mal. Pellea... il est l'un des seuls liens qui me relient à mes parents. Il est de la même génération, a travaillé avec eux, les as connus.

Le ton de sa voix le rendait étrangement vulnérable.

— Je veux seulement le voir, entendre sa voix. Je te promets que je ne ferai rien qui puisse mettre en danger sa santé ni son bien-être.

Elle le scruta, se demandant si elle pouvait lui faire confiance. Il avait tort de mal juger son père ; comment lui faire comprendre que celui-ci s'était trouvé au mauvais endroit au mauvais moment mais qu'il était aussi un homme bon et droit ? Peut-être tenait-elle l'occasion de mettre fin à ce malentendu ?

— Tu ne lui poseras aucune question ?

— Non, je te le jure, sur le souvenir de mes parents. Fais-moi confiance.

Elle grommela.

— D'accord mais il faudra faire attention. Si tu te fais prendre, je dirai que tu m'as forcée à t'emmener.

Monte sourit, sachant qu'elle mentait et que, s'il se faisait prendre, elle ferait tout pour le libérer.

— Je n'y vais que lorsqu'il est seul, dit-elle. Je sais à quel moment l'infirmière fait sa pause et combien de temps elle dure.

Il hocha la tête. Il avait toujours su qu'elle était vive et capable de tout mettre en œuvre lorsqu'elle entreprenait quelque chose.

— Garde les yeux rivés au sol, lui conseilla-t-elle au moment de sortir dans le couloir. Fais de plus petits pas et essaie d'avoir les épaules un peu voûtées. Voilà, c'est mieux, conclut-elle avec un petit sourire satisfait.

Monte n'était pas souvent en proie au doute. Il avait en général des opinions bien ancrées et, une fois sa décision prise, il ne revenait jamais dessus. Pourtant, en regardant Pellea au chevet de son père, il lui sembla soudain sentir le sol se dérober sous ses pieds.

Pourquoi l'avait-elle laissé venir ? Elle devait bien se douter qu'il était consumé par son désir de vengeance.

Ce serait si facile de se débarrasser du vieil homme vulnérable. Pour un vieillard fragile, il restait beau, comme s'il conservait les vestiges de la puissance passée.

Il regarda l'objet de sa longue haine parler péniblement à une fille qu'il semblait aimer plus que sa propre vie et sentit l'émotion le gagner. Pouvait-il ressentir de la pitié pour un homme qui avait participé à la ruine de sa famille ?

Non. Impossible.

Pourtant… Se trouver si proche de quelqu'un qui avait connu ses parents lui rappela sa propre histoire.

La tendresse de la scène faisait également ressortir en lui un manque primaire : malgré une éducation coûteuse et une vie privilégiée, ne pas avoir une vraie famille aimante avait toujours été une souffrance.

Il contempla Pellea penchée affectueusement au-dessus de son père ; elle lui parlait doucement en lui essuyant le front avec un linge humide, puis tira sur ses couvertures et tapota ses oreillers. Son amour pour lui était palpable et elle représentait manifestement dans la vie du vieil homme un véritable rayon de soleil.

— Comment te sens-tu ? lui demanda-t-elle.

— Bien mieux depuis que tu es là, ma chérie.

— Je ne peux pas rester, le bal masqué se déroule ce soir.

— Ah oui. C'est ce soir que, avec Leonardo, vous annoncez vos fiançailles ?

— Oui.

— Quel soulagement pour moi de te savoir en sécurité avant de disparaître...

— Ne parle pas ainsi.

— Ma chérie, soyons lucides, mon heure est venue.

Pellea se pencha pour lui embrasser la joue.

— Non. Il faut au contraire que tu sortes un peu plus, que tu voies des gens. Si je demandais à l'infirmière de t'amener au bal, tu pourrais voir par toi-même...

— Chut Pellea, fit-il en secouant la tête. Je n'irai nulle part, je suis bien trop faible pour quitter ce lit.

La gorge serrée, elle hocha la tête. Elle se doutait de sa réponse mais avait espéré qu'il changerait d'avis et une immense tristesse l'accabla soudain. Son père se préparait pour la fin, elle n'y pouvait rien. Elle refoula les larmes qui menaçaient de la submerger, le moment de pleurer n'était pas encore venu.

Pour le moment, elle avait un autre but. Elle voulait prouver quelque chose à Monte et elle se lança, espérant ne pas commettre une erreur...

— Père, penses-tu parfois au passé ? Au chemin parcouru et aux événements qui ont façonné nos vies ?

Il toussa et hocha la tête.

— Je ne pense plus qu'à cela ces derniers temps.

— Tu penses à la nuit où le château a brûlé ?

— C'était avant ta naissance.

— Oui. J'ai pourtant l'impression que cette nuit a déterminé mon existence de bien des façons.

Il lui serra la main, comme pour lui demander de se taire.

— Mais pourquoi ? Cela n'a rien à voir avec toi.

— Le nouveau régime, sous lequel j'ai vécu toute ma vie, est né d'une manière tellement tragique.

— Il se passe toujours des événements abominables au cours d'une guerre, dit-il en détournant le regard. On n'y peut rien.

Sans même avoir besoin de le regarder, elle sentit la colère de Monte bouillonner et hésita. Si son père n'exprimait aucun remords, cette conversation n'aurait que des conséquences négatives. Monte était-il capable de se contrôler ? Cela valait-il la peine de pousser l'expérience un peu plus loin ?

Il fallait qu'elle essaie.

— Mais Père, tu dis toujours que des erreurs ont été commises.

— L'erreur est humaine.

Un léger gémissement lui parvint de la cachette de Monte. Elle secoua la tête, incapable de regarder vers lui, prête à abandonner la partie. Ce qu'elle avait souhaité n'arriverait pas.

— Très bien, Père, commença-t-elle, songeant qu'il fallait faire sortir Monte avant qu'il ne commette l'irréparable.

Soudain, son père prit de nouveau la parole.

— L'incendie du château était terrible, dit-il d'une voix si basse qu'elle craignait que Monte ne l'entende pas, mais l'assassinat du roi et de la reine fut encore pire.

Le soulagement envahit Pellea.

— Pourquoi ? Comment les choses ont-elles échappé à tout contrôle ?

— On peut entrer en guerre avec toutes sortes de nobles ambitions mais, une fois que la mèche est allumée, l'incendie est incontrôlable. Cela n'aurait pas dû se passer ainsi et beaucoup d'entre nous en ont souffert pendant des années. Aujourd'hui encore, cette pensée me remplit d'un profond regret.

C'était ce qu'elle voulait entendre et elle espéra que Monte l'interprétait bien comme un souvenir sincère et non comme une justification a posteriori. Elle joignit ses doigts à ceux de son père.

— Dis-moi, pourquoi as-tu rejoint les rangs des rebelles ?

— J'étais inexpérimenté et je trouvais que le pouvoir de la famille de Angelis lui donnait trop d'arrogance. Ils rejetaient toute forme de modernisme, alors qu'il fallait faire quelque chose pour secouer le pays. Nous étions jeunes et impatients.

— Et maintenant ?

— Aujourd'hui je me dis que nous aurions dû tenter le dialogue au lieu d'attaquer.

— Donc, tu regrettes la manière dont les choses se sont passées.

— Je le regrette profondément.

Elle lança un regard à Monte qui semblait toujours aussi ombrageux. N'avait-il pas compris ? Ne voyait-il pas combien son père, lui aussi, avait souffert ? Découragée, elle eut l'impression de se battre contre des moulins à vent. Se retournant vers le malade, elle décida de lui poser une question qui lui tenait à cœur.

— Dans ce cas, pourquoi veux-tu que je me marie avec Leonardo, cautionnant ainsi ce régime ?

Son père toussa, portant un mouchoir à ses lèvres.

— Il sera meilleur que son père. Il a de bonnes idées et ton influence fera des merveilles sur lui.

Il esquissa un pauvre sourire en direction de sa fille bien-aimée.

— Mais surtout, une fois que tu l'auras épousé, plus personne ne pourra te faire de mal.

Elle lui sourit et lui épongea le front. Sans doute en serait-il moins sûr s'il se doutait qu'en ce moment même le danger rôdait autour d'elle. Mieux valait qu'il ignore à tout jamais qu'elle portait l'enfant de Monte.

— Je dois te quitter, Père, il faut que je me prépare pour le bal.

— Oui. Vas-y mon enfant. Amuse-toi bien.

— Je viendrai tout te raconter demain matin, promit-elle en se levant.

Elle sortit précipitamment, faisant signe à Monte de la suivre. Elle n'aimait pas l'expression de son visage, qui semblait durci par la haine. Pourtant, elle avait fait de son mieux pour l'éclairer...

Ils avaient pris du retard et elle espéra qu'ils ne rencontreraient personne dans les couloirs.

— Dépêchons-nous, souffla-t-elle. Je dois retrouver Leonardo dans peu de temps.

Soudain, un bruit de bottes résonna.

— Vite, dit-elle en ouvrant une porte au hasard.

Bien que familière du château, elle ignorait quelle porte elle avait ouverte. Dans ce couloir, il y avait une bibliothèque et quelques appartements de membres de la famille Granvilli et n'importe laquelle de ces portes aurait pu la mener au désastre. Mais elle eut de la chance, celle qu'elle avait choisie ouvrait sur un petit placard à balais.

— Entre, chuchota-t-elle en y poussant Monte avant de le suivre à l'intérieur.

Serrés l'un contre l'autre, ils retinrent leur souffle, écoutant le bruit de bottes se rapprocher et s'arrêter juste devant la porte.

Pellea regarda Monte d'un air anxieux et il lui sourit. Il faisait sombre dans le réduit mais il distinguait tout de même ses traits : elle était tellement belle, si proche de lui. Il mourait d'envie de l'embrasser mais il lui fallait d'abord parer au plus pressé. Il saisit sans bruit la poignée de la porte.

Une conversation assourdie leur parvint avant que l'un des gardes n'essaye d'ouvrir. Monte retint la poignée de toutes ses forces.

— C'est fermé à clé, dit un garde. Il faut qu'on trouve le concierge pour qu'il nous donne un double.

L'autre garde poussa un juron mais ils finirent par s'éloigner en discutant.

Monte se détendit et lâcha la poignée. Quand il baissa la tête, Pellea lui souriait et, cette fois, il ne put résister au désir de l'embrasser.

Ce baiser, il en rêvait depuis si longtemps. Ses lèvres étaient soyeuses, tièdes et accueillantes et, l'espace d'un instant, elle entrouvrit assez la bouche pour qu'il puisse s'en emparer. Tout de suite après, elle tenta de se dérober, mais il prit son visage entre ses deux mains et l'embrassa longuement, profondément, la sentant s'alanguir contre lui.

Leurs deux corps se pressaient l'un contre l'autre et il sentait battre le cœur de Pellea. L'excitation l'embrasa et il la serra plus près, plus fort. Il la voulait toute à lui, corps et âme.

Tout était oublié, l'endroit où ils se trouvaient, ce qui se passait autour d'eux mais ce n'était pas le cas de Pellea.

— Monte, parvint-elle enfin à articuler dans un souffle

en le repoussant de toutes ses forces, il faut sortir d'ici tant que nous en avons la possibilité.

Il savait qu'elle avait raison et, à contrecœur, la laissa s'écarter de lui. Il avait cependant obtenu sa réponse : la magie était toujours présente entre eux et il espérait bien qu'ils auraient l'occasion de la faire revivre.

Pour le moment, Pellea était occupée à ouvrir la porte précautionneusement, vérifiant que personne ne se trouvait dans le couloir. Elle se glissa à l'extérieur et il la suivit en hâte, tendant l'oreille à l'affût de bruits éventuels. Ils eurent de la chance et, en quelques secondes, ils étaient en sécurité à l'intérieur de la chambre de Pellea.

A peine la porte refermée, Monte essaya de la prendre de nouveau dans ses bras mais elle se détourna, le fusillant du regard.

— Arrête tout de suite !

— Tu ne peux pas épouser Leonardo, pas après ce baiser.

Elle le dévisagea. Comment en était-elle arrivée là ? Il savait, il devinait qu'elle était amoureuse de lui et il ne lui servirait à rien de nier quand tout son corps criait le contraire.

— Pourquoi me tortures-tu ainsi ? lança-t-elle en se prenant la tête entre les mains.

Il passa un doigt sous son menton pour lui faire relever la tête.

— Parce qu'une légère torture te fera peut-être voir la lumière.

— Il n'y a pas de lumière, répondit-elle, le regard empreint d'une tristesse tragique. Il n'y a que l'obscurité.

Monte, sur le point de l'embrasser, hésita soudain. Quelques semaines plus tôt, leur relation était encore légère et excitante, malgré les dangers qui les entouraient.

Ils faisaient l'amour, riaient beaucoup, aussi taquins l'un que l'autre. Quelque chose entre eux avait changé. Etait-ce le doute, la prudence ? Ou la peur ?

Son hésitation donna le temps à Pellea de lui échapper.

— Il faut que je parte, lança-t-elle en se dirigeant vers le portail.

Il la suivit.

— Tu ne comptes pas prévenir Leonardo que je suis là, tout de même ? demanda-t-il d'un ton taquin, certain qu'elle ne ferait rien de tel.

Elle se tourna vers lui, tentée d'ébranler son insolente assurance, mais se tint à la vérité.

— J'espère que tu auras disparu à mon retour.

Il parut surpris.

— Où irais-je ?

— S'il te plaît, Monte, dit-elle avec le plus grand sérieux, retourne d'où tu viens, fais cela pour moi. Ma vie n'en sera que plus simple.

— Ne t'inquiète pas, je vais seulement travailler à mon objectif.

— Lequel ?

— Je te l'ai dit : je suis ici pour t'enlever et te ramener sur le continent.

— Oh ! Cela suffit avec cela ! Tu sais bien que je suis gardée nuit et jour !

— Ah bon ? Et où étaient tes merveilleux gardes quand je suis entré dans tes appartements ?

— Et alors ? A quoi te servirait de m'enlever ?

Il haussa les épaules.

— A leur montrer de quoi je suis capable. Je veux faire comprendre aux Granvilli que je peux leur voler ce qu'ils possèdent de plus précieux.

Elle écarquilla les yeux.

— Tu crois que je suis précieuse ?

— Tu es la femme la plus belle et la plus désirable de ce pays.

Elle fut interloquée. A vrai dire, elle se sentit un peu flattée.

— Merci bien ! A présent, je me sens dans la peau d'un cheval de concours.

Elle secoua la tête.

— Donc pour toi, cela ne représente qu'un jeu, une tactique guerrière ?

Le regard de Monte avait perdu toute malice.

— Oh non. Cela n'a rien d'un jeu, c'est très sérieux au contraire.

Il y avait quelque chose de glaçant dans la manière dont il avait prononcé cette phrase.

— Donc, pour résumer, tu m'attrapes, tu me jettes sur ton épaule et tu m'emportes dans ta caverne pour narguer les dirigeants d'Ambria. Cela t'apporte quoi, au juste ?

— Je veux jeter les Granvilli dans le désarroi, qu'ils se sentent non seulement stupides mais vulnérables. Qu'ils passent leur temps à se demander comment j'ai bien pu pénétrer dans leur château. Cela les affaiblira.

— Tu es fou...

Comment pouvait-il croire que les Granvilli allaient perdre de leur puissance pour un malheureux enlèvement ?

— J'aimerais les voir resserrer leurs défenses, se mettre à s'affoler, à chercher leur talon d'Achille. Dans ce château même, nous avons des partisans qui les observent et nous racontent ce qu'ils font. Cela nous donnera une meilleure idée de leurs faiblesses.

— Mais alors, pourquoi ne pas leur dérober autre chose d'important ? Le diadème par exemple ?

Il sourit.

— Parce que je préfère te dérober, toi.

— Eh bien tu n'y parviendras pas, alors, pourquoi ne pas me laisser en paix et repartir d'où tu viens ?

— Désolé, Pellea, j'ai d'autres projets.

Elle soupira. Elle savait très bien ce qu'il se préparait à faire : utiliser la pièce secrète pour élaborer ses plans et détruire sa vie. Comment avait-elle pu être aussi inconsciente ?

— Ne t'approche pas de mon dressing, ordonna-t-elle, sachant qu'il n'en tiendrait aucun compte. Je serai revenue plus tôt que tu ne le crois.

Monte la regarda partir, admirant le balancement de ses hanches et sa magnifique chevelure. Dès qu'elle eut disparu, il se dirigea tout droit vers le dressing.

Rien, a priori, ne permettait de détecter une ouverture sur une autre pièce et le mur semblait solide. Il essaya de se souvenir comment elle avait fait pour le refermer mais il n'avait pas prêté assez attention à ses gestes. Il devait y avoir un mécanisme secret. Il tapa, poussa, essaya de faire coulisser ou basculer le lambris mais rien ne céda.

— S'il faut un mot de passe magique, je suis fichu, murmura-t-il en essayant encore.

Agacé par ces vaines tentatives, il donna un coup de pied dans un petit panneau latéral et la porte s'ouvrit en grinçant, à son grand soulagement.

La pièce était exiguë et peu accueillante, avec un espace à peine suffisant pour un ordinateur et une petite table. Sur l'écran s'affichaient les vues de presque tous les lieux publics du château. Ingénieux…

Pourtant, quelqu'un avait bien dû construire cette pièce, connecter le poste de commande au réseau de surveillance. Quelqu'un savait qu'elle existait. Rien que la consommation d'électricité aurait dû mettre la puce à l'oreille des techniciens, ce qui impliquait que, dans les rouages techniques, Pellea jouissait d'une protection.

Dans quel camp était-elle au juste ?

Le retentissement du gong le fit sursauter et une voix de femme chantonna dans le jardin.

En silence, il sortit de la pièce secrète et referma soigneusement la porte, tentant d'utiliser la grande armoire comme paravent pour voir sans être vu mais, au moment où il allait se cacher, une jeune et jolie jeune femme entra et l'aperçut.

Elle poussa un cri de surprise. Leurs regards se croisèrent et elle ouvrit la bouche. Il se précipita pour la faire taire, mais c'était trop tard.

Elle hurla à pleins poumons.

4

Monte fondit sur elle comme l'éclair mais avait l'impression d'avancer au ralenti. En quelques secondes, il avait mis la main sur la bouche de l'intruse et la poussait sans ménagement à l'intérieur de la pièce, après avoir refermé la porte-fenêtre d'un coup de pied.

— Taisez-vous immédiatement, lui glissa-t-il à l'oreille.

Elle continuait à pousser de petits cris hystériques et il la serra plus fort contre lui.

— Immédiatement ! ordonna-t-il.

Elle ferma les yeux et il sentit qu'elle faisait un effort pour se calmer. Il se détendit. Il attendit, comptant les secondes, mais personne ne vint. Au bout d'un moment, il se dit qu'il ne risquait plus rien et desserra lentement son étreinte, prêt à reprendre le contrôle si elle se remettait à crier.

— Très bien, lui murmura-t-il à l'oreille. Je vais vous relâcher. Si vous émettez ne serait-ce qu'un son, je serai obligé de vous assommer.

Elle opina docilement.

— Attendez ! s'exclama-t-elle, les yeux écarquillés. Je vous ai déjà vu, vous êtes venu il y a quelques semaines.

La suivante préférée de Pellea… Il reconnut l'étincelle de malice dans ses yeux. La première fois qu'il était venu, il ne lui avait pas parlé mais Pellea semblait lui faire entièrement confiance et il espéra que c'était justifié.

— Eh oui, me revoilà !

— Mlle Pellea est-elle contente de votre retour ?

Il haussa les épaules.

— C'est difficile à dire. En tout cas elle ne m'a rien jeté à la figure.

Elle eut un sourire franc.

— Ça, c'est plutôt bon signe.

— Comment t'appelles-tu ?

— Pellea m'appelle Kimmee.

— Dans ce cas, moi aussi. Dis-moi, j'espère que tu te montres discrète au sujet des rendez-vous clandestins de ta maîtresse.

— Bien sûr, je regrette juste qu'elle n'en ait pas plus.

Il cilla.

— Que veux-tu dire ?

— A ma connaissance, vous êtes le seul.

Il éclata de rire. Elle avait prononcé les seuls mots qui pouvaient le réconforter.

— Tu n'essaies pas de me faire croire que ta maîtresse n'a aucun soupirant, tout de même ?

— Non, pas du tout mais, en général, elle les dédaigne tous.

Il la regarda dans les yeux.

— Même Leonardo ?

Elle sembla hésiter à lui faire part de son opinion.

— Peu importe, je sais qu'ils sont fiancés. ajouta-t-il. Je ne l'accepte pas, c'est tout.

— Bien, murmura-t-elle doucement. Je suis venue voir si la robe de bal était prête, dit-elle en lissant la jupe d'un geste. N'est-elle pas magnifique ?

— Si.

— J'ai hâte de la voir danser dedans, ajouta Kimmee.

— Moi aussi, murmura-t-il.

Une idée lui vint soudain à l'esprit, une idée folle qui pourrait se révéler utile.

Pouvait-il faire confiance à la jolie femme de chambre ? Après tout, il n'avait guère le choix.

— Dis-moi, Kimmee, est-ce que tu aimes ta maîtresse ?

— Oh oui, répondit Kimmee en souriant, c'est ma meilleure amie. Nous nous connaissons depuis l'âge de cinq ans.

— Alors tu sauras garder un secret qui pourrait causer ma mort si tu le révèles.

Elle écarquilla les yeux, immobile.

— Tu le jures sur ton honneur ?

— Je le jure sur mon honneur. Sur ma vie…

— C'est bon, Kimmee. Je te fais confiance.

La jeune femme attendait la suite. Monte la regarda avec le plus grand sérieux.

— Je veux aller au bal.

— Oh ! Monsieur ! Mais comment ?

— C'est là que tu interviens. Trouve-moi un costume et un beau masque.

Inclinant la tête, il lui adressa un sourire enjôleur.

— Tu peux faire cela ?

— C'est impossible ! s'exclama-t-elle.

Mais l'ombre d'un sourire commençait à se dessiner sur ses lèvres.

— Enfin, peut-être que si.

Elle réfléchit un instant.

— Ce serait amusant, non ?

Monte était ravi.

— Aurez-vous besoin d'une épée ? demanda-t-elle, de plus en plus enthousiaste.

— Je crois qu'il ne vaut mieux pas, répondit-il avec une légère grimace, je serais trop tenté de m'en servir sur Leonardo. Tout ce que je veux, c'est aller au bal et danser avec Pellea.

— Comme c'est romantique, dit Kimmee. Mais… vous voulez dire…

— Oui, c'est un secret. Je veux lui faire la surprise.

Kimmee éclata d'un rire cristallin, manifestement enchantée par cette idée.

— Je crois que Leonardo sera encore plus surpris.

Il secoua la tête et lui lança un regard d'avertissement.

— Ça, c'est un plaisir auquel je devrai renoncer.

Elle soupira.

— Je comprends, mais j'aurais tant aimé voir sa réaction !

Il fronça les sourcils, se demandant si elle ne s'impliquait pas un peu trop.

— Fais au mieux mais n'oublie pas : si Leonardo découvre ce qui se passe, je suis mort et Pellea aura de gros problèmes.

Elle hocha la tête, l'air sincère.

— Vous pouvez compter sur moi, monsieur. Et pour le costume, dit-elle en posant la main sur son cœur, je ferai de mon mieux.

Pellea revint une demi-heure plus tard, animée d'une farouche détermination.

— Je t'ai apporté à manger, dit-elle en lui tendant une cuisse de poulet grillée soigneusement enveloppée, ainsi qu'un petit pain de campagne rond.

Assis à une petite table près de la fontaine, il avait tout d'un dandy parisien à une terrasse de café.

— Et aussi des nouvelles.

— Des nouvelles ? Laisse-moi deviner... Leonardo a décidé de renoncer au mariage. C'est ça ?

Elle le foudroya du regard.

— Je t'avertis : tu ne devrais pas prendre cet homme à la légère.

— Oh ! Mais si, crois-moi.

Il commença à déballer sa cuisse de poulet. Il n'avait pas mangé depuis des heures et était tout disposé à déguster ce qu'elle lui avait apporté.

— Alors, quelles sont les nouvelles ?

— Leonardo a discuté avec son père et nous avons décidé d'avancer la date du mariage.

Elle leva le menton d'un air de défi.

— La cérémonie aura lieu dans deux jours.

Il reposa sa nourriture, oubliant sa faim, et posa sur elle un regard glacial.

— Pourquoi cette précipitation ? demanda-t-il avec un calme trompeur.

Son regard effraya Pellea ; derrière une façade de calme apparent, il donnait l'impression d'une bombe sur le point d'exploser.

Elle se détourna et se mit à faire les cent pas ; sa vie était tellement plus simple avant qu'elle ne le découvre en train de rôder dans son jardin. Se trompait-elle de chemin ? Avait-elle tort d'épouser Leonardo, atteignant ainsi le statut tant convoité pour elle par son père ? Quoi qu'il en pense, sa sécurité ne s'en trouverait pas garantie.

Les yeux dans le vague, Pellea frissonna en songeant à son avenir.

Monte observait la jeune femme tout en mastiquant son poulet, conscient qu'elle était en proie à un terrible tourment intérieur. Quelle était la raison de sa hâte à épouser Leonardo ?

— Je suppose que le pouvoir en place est ravi de ce mariage ? demanda-t-il avec désinvolture.

Elle opina.

— Tu peux me croire, tout ce qui se passe ici est planifié. Les attachés de presse mettent leur grain de sel absolument partout.

— J'ai remarqué et c'est bien ce qui m'étonne. Comment prennent-ils ce mariage précipité ? De longues fiançailles n'auraient-elles pas constitué une bonne publicité pour le pays ?

— C'est une théorie qui se tient, dit-elle doucement, feignant d'être occupée à plier des vêtements.

— Alors pourquoi ? demanda-t-il abruptement. Pourquoi si vite ?

— Il faudra poser la question à Leonardo, répondit-elle, évasive.

— Peut-être que je le ferai, si l'occasion se présente.

Il la scruta attentivement.

— Je ne peux m'empêcher de penser qu'il y a forcément une raison.

— Parfois, les gens ont simplement envie de régler les choses rapidement, déclara-t-elle, agacée par son entêtement.

— Hum…

Il n'y croyait pas une seconde et, plus il pensait à ce mariage hâtif, plus il en détestait l'idée. Pellea ne pouvait pas appartenir à Leonardo, tout en lui se révoltait à cette pensée.

C'était à lui que Pellea appartenait.

Quelle réaction absurde ! Pourquoi en ce cas, alors même qu'ils avaient fait l'amour ensemble, continuait-il à refuser tout engagement envers elle ?

Qu'était-il prêt à faire pour elle ? Admirant la grâce de ses mouvements, la volupté de sa silhouette et la beauté de son visage parfait, il posa la question qui résonnait dans sa tête et son cœur.

— Tu ne l'aimes pas ?

Les paroles avaient jailli malgré lui, fortes et claires et, finalement, il était content que cela ait été dit. La vérité éclatait au grand jour comme un étendard, une libération.

— Tu ne l'aimes pas, répéta-t-il encore plus fermement.

Elle fit volte-face, bras croisés, les yeux brillants de colère.

— Comment le sais-tu ?

Il esquissa un sourire.

— Je le sais, Pellea. Je le sais parfaitement parce que...

Allait-il oser poursuivre ?

— Parce que c'est moi que tu aimes, dit-il enfin.

Ses paroles eurent l'effet d'un coup de tonnerre.

— Mais qu'est-ce que tu...

Soudain rouge comme une pivoine, elle faillit s'étrangler.

— Je ne t'ai jamais dit cela !

— Tu n'as pas eu besoin de me le dire, ton corps m'a appris tout ce que j'avais besoin de savoir.

Il observa sa peau laiteuse.

— Chaque fois que je te touche, tu te mets à vibrer comme un merveilleux instrument. Tu es née pour jouer ma musique.

Elle le regarda en secouant la tête, l'air stupéfaite devant tant de prétention.

— Je ne connais personne d'aussi...

— Merveilleux que moi ? Je sais, lança-t-il avec un sourire en coin.

Pellea retint son souffle, sans trop savoir si elle se retenait de rire ou de laisser éclater sa colère. Elle se remit à respirer, essayant de recourir à la logique.

— Je ne t'aime pas, mentit-elle avec véhémence.

Les larmes menacèrent soudain de couler, mais elle refusait de se laisser aller, pas maintenant.

— Je ne peux pas t'aimer. Tu ne comprends pas ? Ne redis plus jamais cela.

Le désespoir qui perçait dans sa voix le toucha profondément. L'avait-il blessée ? C'était la dernière chose qu'il souhaitait.

— Pellea, murmura-t-il, se levant pour s'approcher d'elle.

Elle essaya de se dérober mais il la prit dans ses bras et se mit à lui caresser les cheveux.

Pellea, ma chérie...

Elle leva vers lui un visage aux lèvres tremblantes et il se sentit fondre. Aucune femme ne lui avait jamais paru si douce. En un instant, sa bouche fut sur la sienne et il la couvrit de baisers tendres et audacieux auxquels elle commença par s'abandonner avant de s'écarter, même si elle était encore dans ses bras. Elle essaya d'adopter un air renfrogné.

— Tu as le goût du poulet, remarqua-t-elle en cillant.

Il sourit affectueusement.

— Et toi tu as un goût divin, rétorqua-t-il.

Fermant les yeux, elle secoua la tête.

— Je t'en prie, Monte, laisse-moi partir.

Il s'exécuta à contrecœur et elle recula lentement, presque à regret.

Monte la regarda s'éloigner avec un étrange sentiment d'impuissance.

— Bon, il faut qu'on te fasse sortir d'ici, reprit-elle avec énergie en se remettant à faire les cent pas tandis qu'il se calait confortablement contre le dossier de sa chaise. Si j'arrive à te faire quitter les lieux, as-tu un moyen de regagner le continent ?

Il balaya cette suggestion d'un revers de main.

— Ma chère Pellea, je n'irai nulle part pour le moment et, lorsque je déciderai de partir, je me débrouillerai seul. Ne t'inquiète pas pour moi.

Comment ne se serait-elle pas inquiétée pour le père de son enfant, alors qu'il risquait peut-être la mort ?

— Ce n'est pas tout, poursuivit-elle. Des rumeurs circulent.

Monte sembla intéressé.

— Quel genre de rumeurs ?

Elle se laissa tomber sur la chaise qui lui faisait face.

— On parle d'une force armée qui se prépare à envahir Ambria.

— Une armée, tiens donc ! Et composée de qui ? fit-il, l'air légèrement amusé.

— D'exilés ambriens, bien sûr, qui voudraient reprendre le contrôle du pays.

Elle eut l'impression que le regard acéré de Monte transperçait son âme.

— Tu crois à ces rumeurs ?

— Pas besoin, je le vois de mes propres yeux. C'est bien pour cela que tu es là, non ?

Il lui adressa son fameux sourire langoureux et charmeur.

— Je suis venu pour t'enlever, pas pour faire la révolution. Je pensais avoir été clair à ce sujet.

Elle se pencha pour mieux le regarder dans les yeux.

— Ainsi c'est donc vrai, tu te prépares à reprendre le pouvoir.

Il haussa les épaules, à la fois nonchalant et plein d'assurance.

— Un jour, certainement mais, pour ce week-end, j'ai d'autres projets.

C'était splendide, lui avait des projets et elle devait résoudre des problèmes de vie ou de mort. Elle eut envie de l'étrangler.

Debout, le dominant de toute sa hauteur, elle tendit le bras vers le portail.

— Il faut que tu partes. Tout de suite !

Il sembla surpris et vexé par tant de véhémence.

— Je suis en train de manger, protesta-t-il.

— Tu peux emporter la nourriture avec toi.

— Mais j'ai presque fini et ce poulet est délicieux !

Elle le dévisagea, découragée, et se rassit, la tête entre les mains. Que faire ? Impossible d'appeler à l'aide, il risquait d'être tué et elle ne pouvait pas le faire sortir de force. Coincée dans ses appartements en compagnie de l'homme qu'elle aimait, du père de son enfant, il fallait à tout prix qu'elle se débarrasse de lui.

— Je te hais, grommela-t-elle.

— Très bien, rétorqua-t-il. J'aime les femmes passionnées.

Levant les yeux au ciel, elle se demanda pourquoi il était incapable de se montrer sérieux.

— Tu as de la chance que je n'ai pas un poignard à portée de main.

Il leva un index moralisateur.

— Allons, pas de menaces, il n'y a rien de pire pour saper une bonne relation.

Elle fit la moue, agacée par sa légèreté.

— Parce que nous avons une bonne relation ?

— Ce n'est pas le cas ? Pourtant c'est la meilleure que j'aie jamais eue, dit-il doucement en lui prenant la main.

Dans ses yeux se lisait une lueur de tendresse qui serra la gorge de Pellea.

Emmêlant ses doigts aux siens, elle se rendit ; elle n'y pouvait rien, elle l'aimait trop.

Mais pourquoi ? Il n'avait rien fait d'autre jusqu'ici que lui compliquer la vie. L'embrasser, lui faire l'amour, c'était là tout ce qu'il se proposait de lui offrir.

Pellea n'était pas naïve et savait que ce qui ne débutait que par des promesses passionnées se terminait vite dans d'amers reproches.

Le gong qui sonnait la fit sursauter et elle dégagea sa main de celle de Monte, qui sembla regretter cette interruption.

— Je vais terminer mon repas dans la bibliothèque, dit-il en se levant en hâte.

La nouvelle arrivante était Magda, la coiffeuse. D'âge mûr, elle était vêtue dans un style bohémien avec une profusion de foulards et de ceintures. C'était un personnage étrange mais une coiffeuse remarquable.

— Je reviendrai dans une demi-heure, l'avertit-elle, et il faudra que vous soyez prête. Il va me falloir du temps pour enrouler vos cheveux autour du diadème. Ce n'est pas ce que je fais habituellement, vous savez.

— Oui, Magda, je sais, dit Pellea avec un sourire. Je vous suis reconnaissante de bien vouloir essayer et je suis sûre, que, à nous deux, nous parviendrons à un excellent résultat.

Magda marmonna un peu mais, au fond, sembla ravie d'avoir à relever un nouveau défi.

— Une demi-heure, répéta-t-elle en s'éloignant pour aller chercher son matériel.

Pellea avait à peine commencé à fermer le portail que Kimmee arrivait en courant.

— Hé, attends !

Pellea lui adressa un sourire amical mais ne l'invita pas à entrer.

— Je suis un peu pressée ce soir, dit-elle. La coiffeuse va arriver et...

— Il faut seulement que je vérifie une dernière fois la robe, dit Kimmee. Où est-il ? murmura-t-elle, le regard pétillant au moment où elle se glissait devant Pellea pour entrer dans le jardin.

— Qui ? demanda Pellea avec un sursaut.

— Je l'ai vu tout à l'heure, en ton absence, dit-elle avec un clin d'œil.

— Oh !

Pellea déglutit péniblement : c'était exactement ce qu'elle avait voulu éviter. Kimmee saurait-elle garder le secret cette fois encore ?

— Il est tellement séduisant, chuchota Kimmee avec un large sourire. Je suis heureuse pour toi, il manquait justement quelqu'un de séduisant dans ta vie.

Ne sachant comment réagir, Pellea secoua la tête.

— Kimmee... tu sais bien que je vais me marier avec Leonardo...

— Raison de plus pour que tu aies un amant, même si cela ne doit pas durer... Profite du bonheur tant qu'il s'offre à toi. Tu le mérites.

Désespérée, Pellea se demanda pourquoi elle écoutait ces conseils insensés. Comment être sûre que Kimmee, malgré leur amitié, saurait garder le secret ? Quelle épreuve pour ses nerfs !

— Kimmee, commença-t-elle, nerveusement.

— Ne t'inquiète pas, répondit celle-ci avec une affectueuse douceur. Je suis tellement heureuse que... Jamais, jamais je n'en parlerais à quiconque. C'est un secret entre toi et moi.

Les yeux de Pellea s'embuèrent de larmes.

— Merci, murmura-t-elle.

Mue par une impulsion subite, Kimmee déposa un baiser sur la joue de Pellea puis, apercevant Monte sur le seuil de la bibliothèque, redevint la parfaite femme de chambre.

— Oh ! Mademoiselle, il faut que j'aille jeter un coup d'œil à votre robe.

Appuyé contre le montant de la porte, chemise entrouverte et cheveux en bataille, Monte ressemblait à un corsaire particulièrement séduisant.

— Salut Kimmee.

— Bonjour, monsieur.

Pellea ne pouvait pas voir son visage et Kimmee se risqua à lui adresser un petit signe pour l'informer que tout se déroulait selon leurs plans.

— J'espère que vous vous portez bien, ajouta-t-elle poliment.

— Parfaitement bien. Je viens de faire un délicieux repas et je me sens en pleine forme !

Elle rit, puis fit son travail et s'apprêta à partir.

— Voilà mademoiselle, je voulais seulement vérifier l'état de la robe et vous rappeler que je viendrai vous aider à vous habiller dans environ une heure. Est-ce que cela vous convient ?

— Oui. Magda devrait en avoir terminé à ce moment-là. Merci Kimmee.

Elle serra brièvement contre elle la jeune femme.

— J'espère que tu sais combien je t'apprécie.

— Bien sûr mademoiselle, et mon seul désir est que vous soyez heureuse. Vous le savez.

— Je sais. Tu es un trésor.

La femme de chambre leur fit signe de la main à tous les deux.

— Je reviens dans une heure.

— Au revoir Kimmee, salua Monte en se retirant dans la bibliothèque.

Pellea la regarda s'éloigner, songeuse. Dans quelques heures, elle se trouverait au bal, dansant avec Leonardo et se préparant à l'annonce de leurs fiançailles. Les invités applaudiraient, lanceraient peut-être même des acclamations. Une nouvelle phase de sa vie commençait et elle aurait dû être surexcitée, au lieu de ressentir une sorte de nausée.

Elle tenta de se reprendre. Allons, elle savait ce qu'elle avait à faire et devait s'y tenir, elle n'avait pas le choix. Cependant, au lieu d'une future jeune mariée allant retrouver son fiancé, elle avait plutôt l'impression de marcher vers un funeste destin.

Comment être sûre d'avoir pris la bonne décision ?

Elle posa les deux mains sur son ventre et songea à son enfant. Elle voulait faire le bon choix, si seulement elle pouvait déterminer ce qui serait le mieux pour lui, peut-être cesserait-elle de se sentir comme un funambule au milieu d'une corde raide.

En attendant, elle aurait juré que quelqu'un prenait un malin plaisir à agiter ce mince filin.

5

Faisant volte-face, Pellea se rendit d'un pas décidé dans la bibliothèque pour y affronter Monte.

Il leva la tête à son arrivée.

— C'est une bonne petite, cette Kimmee. Je suis content que tu aies quelqu'un d'aussi fidèle à tes côtés.

— Pourquoi ne m'as-tu pas dit que vous vous étiez parlé ? lança Pellea, qui n'était pas d'humeur à se laisser attendrir. Tu te rends compte à quel point c'est dangereux ? Et si jamais elle parle ?

Il la dévisagea attentivement.

— Tu la connais mieux que moi. Qu'en penses-tu ? Y a-t-il un risque qu'elle parle ?

Pellea secoua la tête.

— Je ne sais pas. Je ne crois pas mais...

C'était affreux de vivre dans un soupçon permanent ! Faire confiance à sa meilleure amie était sa première réaction mais, connaissant la peine qu'elle encourait si elle se trompait, elle ne pouvait s'empêcher de demeurer circonspecte.

— Qui sait ? murmura-t-elle, se demandant comment tout cela allait finir.

Il était tentant, aux heures les plus sombres, de rejeter toute la faute sur lui : depuis son irruption dans sa vie, il l'avait rendue follement amoureuse et complètement aveugle à ce qui se tramait, lui faisant commettre des folies.

Pourtant, il n'était que le tentateur et c'est bien elle qui s'était montrée incapable de résister. Elle aurait dû se montrer intraitable dès le début et, à présent, elle ne pouvait en vouloir qu'à elle-même.

D'ailleurs, qu'était-il venu faire exactement deux mois plus tôt ? Pourquoi avait-il jeté son dévolu sur elle ?

— Dis-moi, lança-t-elle avec sérieux. Qu'étais-tu venu faire dans mes appartements le jour où je t'ai découvert près de la fontaine ? Quel était ton objectif et pourquoi t'en es-tu laissé distraire ?

Il la regarda froidement.

— J'étais venu étudier la disposition des lieux, expliqua-t-il en se calant dans son fauteuil, et voir le château de mes ancêtres, l'endroit où j'aurais dû vivre. N'oublie pas que j'y suis né et que mon destin était de gouverner, ajouta-t-il avec une emphase qui ne fit que confirmer les craintes de Pellea.

— Et voilà, je m'en doutais, dit-elle, accablée. Tu tramais déjà quelque chose, n'est-ce pas ?

— Pas encore, dit-il avec franchise, pas à ce moment-là.

Elle secoua la tête, les mains sur les hanches.

— Tu voudrais envoyer Leonardo et tous ses partisans vers d'autres cieux, n'est-ce pas ?

Ces mots restaient pudiques face à une réalité sans doute plus morbide, mais elle ne pouvait se résoudre à envisager le pire.

Il haussa les épaules.

— Je ne le nierai pas. C'est mon obsession depuis ma prime enfance.

Il la regarda dans les yeux.

— Bien sûr que je veux reprendre mon pays, c'est ma seule raison de vivre.

Elle se sentit faiblir : son rêve à lui était son cauchemar à elle. Il fallait qu'elle trouve un moyen de l'arrêter.

— Tu te trompes, affirma-t-elle. Rien ne t'oblige à restaurer la monarchie. Des millions de gens vivent parfaitement heureux sans cela.

Il cilla, semblant penser qu'elle n'avait rien compris.

— Leur vie a-t-elle un sens ? Est-ce qu'ils apportent une contribution utile à la société ?

Elle leva les bras au ciel.

— Mais bien sûr ! Ils tombent amoureux, se marient, ont des enfants. Ils travaillent, se font des amis et sont heureux, sans avoir besoin d'être rois de quoi que ce soit.

Elle faisait appel à son bon sens en toute sincérité, espérant, contre toute attente, trouver un moyen de le convaincre.

— Pourquoi cela ne pourrait-il pas te suffire ?

Il se leva du bureau et elle recula vivement, comme si elle craignait qu'il ne la reprenne dans ses bras.

Telle n'était pas son intention. Il arpenta lentement la pièce et se mit à examiner attentivement tous les livres des étagères qui tapissaient les murs.

— Tu ne m'as pas vraiment compris, Pellea. Je pourrais vivre parfaitement heureux sans jamais être roi.

Elle soupira.

— J'aimerais te croire.

Il se tourna pour lui faire face.

— Je n'ai pas vraiment besoin d'être roi, Pellea, mais il y a autre chose dont j'ai soif…

Parfaitement immobile, il posa sur elle un regard de braise.

— La vengeance. Jamais je ne pourrai être en paix avant de m'être vengé.

Le cœur de Pellea se mit à battre follement, comme pour lui souffler l'énergie de fuir à toutes jambes.

— C'est atroce, murmura-t-elle.

Il soutint son regard un instant puis haussa les épaules et enfonça les mains dans ses poches, s'abîmant dans la contemplation de la forêt tropicale miniature.

— Eh bien soit, je suis un être abominable et je n'y peux rien. Il me faut obtenir réparation pour ce que ma famille a subi.

C'était sans espoir. Elle se mit à trembler : ses paroles lui prédisaient un avenir sombre et douloureux. Pour elle, il n'y avait aucun doute, tout cela finirait mal.

Monte avait dit vrai : il ne pourrait supporter de vivre sans avoir obtenu réparation pour ce qui était arrivé à sa famille et Pellea avait du mal à l'en blâmer. Mais ne voyait-il pas que, pour assouvir son désir de vengeance, pour qu'il trouve l'apaisement, d'autres devraient payer très cher.

— C'est une réaction purement égoïste, lança-t-elle sèchement.

Il haussa les épaules et la regarda froidement.

— Donc je suis égoïste. Autre chose ?

Elle porta la main à son front et poussa un profond soupir.

— Certaines personnes vivent pour eux-mêmes, pour leur propre gratification, alors que d'autres se consacrent à aider les faibles et les opprimés, à rendre meilleure la vie des autres.

— Tu as parfaitement raison. Chacun fait ses choix et les assume. Personnellement, je souhaite venir en aide aux pauvres et aux opprimés du royaume d'Ambria. Ils constituent mon peuple et je veux m'occuper d'eux.

Il chercha les yeux de Pellea.

— Mais, avant que je puisse y parvenir, quelques têtes devront tomber.

L'élégante horloge murale de Pellea se mit à carillonner et elle sursauta.

— Oh non ! Regarde l'heure ! Ils seront là dans un instant. J'aurais voulu que tu sois parti à ce moment !

Elle regarda autour d'elle comme pour chercher une cachette.

Il s'étira et bâilla, l'air aussi détendu qu'un chat puis se leva avant de s'asseoir sur un coin du bureau.

— Je vais faire une petite sieste pendant ta séance de coiffure.

— Non !

— Si je me souviens bien, ton lit est très confortable. Je crois que je vais m'offrir un petit moment agréable dans ta chambre, dit-il avec un sourire provocateur.

— Je veux que tu partes, dit-elle sur un ton pressant, lui serrant le bras de façon insistante. Comment fais-tu pour entrer ? Tu n'as qu'à repartir de la même manière ! Dis-moi comment tu fais !

Il lui prit la main et la caressa.

— Je ferai mieux que cela, dit-il affectueusement. Je te montrerai le chemin... lorsque tu partiras avec moi.

— Je ne viendrai pas avec toi, dit-elle d'une voix qui, même à ses propres oreilles, manquait d'assurance.

— Mais si, rétorqua-t-il d'un ton apaisant.

Il recommençait à l'hypnotiser, il fallait qu'elle résiste.

— Non !

Il lui prit le menton et l'embrassa doucement sur les lèvres.

— Si, tu viendras, dit-il avec douceur. Ta place est avec moi et tu le sais.

Chaque fois qu'il la touchait, elle n'avait envie que de prolonger ce plaisir. Désarmée, elle soupira.

— Et pendant que je serai au bal, que vas-tu faire ?

— Ne t'inquiète pas, je trouverai bien un moyen de passer le temps.

Il leva un sourcil.

— C'est l'occasion rêvée pour aller et venir à ma guise, tu ne crois pas ?

Elle se rembrunit.

— Et les gardes ?

— Eh bien, j'aurai ton système de surveillance à ma disposition, il devrait se révéler fort utile.

— Oh !

Comment avait-elle pu commettre l'erreur de le laisser découvrir cette pièce ?

— Je devrais appeler les gardes tout de suite et régler le problème une fois pour toutes.

— Mais tu ne le feras pas.

Soudain, un flot d'adrénaline lui donna le courage nécessaire pour s'arracher à la douce chaleur de son étreinte. Dès qu'elle se fut dégagée, elle retrouva sa hardiesse.

— Es-tu prêt à parier ta vie là-dessus ? lui lança-t-elle.

Il la dévisagea longuement et un grand sourire vint éclairer son visage.

— Je suis parfois téméraire, ma chérie mais pas inconscient. Je préfère ne pas te mettre au défi.

Le gong retentit et elle soupira, vidée de toute combativité.

— Surtout ne te montre pas. Je passerai te voir une

dernière fois avant de partir au bal. Sauf, bien sûr, si tu es déjà parti, bien que j'avoue ne guère y croire.

Il hocha la tête.

— Quelle perspicacité, murmura-t-il en la regardant s'éloigner.

Puis il se glissa dans la chambre à coucher avant l'arrivée de la coiffeuse.

C'était une pièce somptueuse, la literie épaisse et luxueuse recouvrait un grand lit au chevet magnifiquement sculpté. Des peintures à l'huile, exécutées par de grands maîtres des siècles passés, couvraient les murs, et il se demanda ce qu'étaient devenus les portraits de ses ancêtres. Brûlés peut-être ? Encore une raison de se venger.

Pour l'instant, il fallait qu'il dorme.

Il s'assit sur le rebord du lit et regarda la table de chevet, se demandant ce qu'elle lisait en ce moment. Le titre de l'ouvrage le fit sursauter.

BIEN VIVRE SA GROSSESSE.

Intéressant. Pellea songeait-elle déjà à avoir des enfants avec Leonardo ? Cette pensée le fit frissonner. Quel sujet déprimant, mieux valait ne pas trop s'y attarder…

S'allongeant sur le lit somptueux, il poussa un gémissement en songeant aux moments qu'il y avait passés. Deux mois plus tôt, tout semblait si simple : un homme affamé et une femme douce et consentante qui passaient des heures à faire l'amour dans un cadre luxueux. En revenant, il avait cru qu'il pourrait facilement recréer tout cela mais s'était lourdement trompé.

L'horloge murale sonna de nouveau le quart, ravivant un souvenir. Lorsqu'il était enfant, une grande horloge comtoise trônait dans la chambre de sa mère et le tigre sculpté dans le bois du cadran le fascinait. Il se rappela soudain que sa mère gardait une copie de ses bijoux dans un compartiment secret de cette horloge.

Quel château étrange et passionnant, truffé de compartiments secrets, passages dérobés et cachettes en tout genre. Au fil des siècles, ses ancêtres avaient déployé des trésors de créativité et d'ingéniosité pour mettre leurs possessions les plus précieuses à l'abri. La vie au château était un combat permanent et, de ce point de vue, les choses n'y avaient sans doute guère changé.

Tout en observant la chambre de Pellea, il se demanda combien de cachettes avaient été découvertes et si certaines demeuraient inviolées après toutes ces années. Il en connaissait au moins une, le passage secret qui lui avait permis d'entrer ici à deux reprises, et il était à peu près certain que personne d'autre ne l'avait utilisé en vingt-cinq ans. Que trouverait-il s'il tapotait sur quelques lambris ? Il serait intéressant de le découvrir.

Pour le moment, il avait besoin de dormir un peu et, fermant les yeux, il se mit à rêver à Pellea et à leurs nuits passées ensemble. Il s'endormit.

Pellea observa Monte, le cœur plein d'amour, tentant de retenir ses larmes. Si elle se laissait aller à pleurer, tout son maquillage serait à refaire et elle avait déjà bien d'autres soucis. Elle était au bord de la crise de nerfs.

Tout le monde était parti. Elle avait demandé aux deux gardiens du diadème de l'attendre dans le couloir et, dans une relative solitude, se préparait à l'annonce qui allait graver dans le marbre son avenir et celui de son bébé. Elle avait besoin de regarder encore l'homme qu'elle aimait, celui qu'elle aurait voulu épouser.

Si seulement ils s'étaient rencontrés dans des circonstances différentes, ils auraient pu être si heureux ensemble...

Malheureusement, tel n'était pas leur destin...

Monte, lui, s'en remettrait sans doute facilement et ignorerait toujours que l'enfant qu'elle mettrait au monde dans quelques mois était le sien. Même si elle avait pris soin de lui cacher la profondeur de ses sentiments, il avait été son seul amour. Quant à lui, il n'avait pas dû manquer d'avoir de nombreuses aventures sentimentales : les femmes devaient se jeter à son cou.

Bien sûr, s'il mettait à exécution son projet de reprendre le pays de force, tout cela passait au second plan. Qui sait s'ils n'allaient pas tous mourir ? En attendant, elle avait seulement envie de le regarder et de rêver un peu...

Quand il se réveilla, elle était debout à côté du lit. D'abord touché par son attitude bienveillante, il se frotta les yeux et, lorsqu'il les rouvrit, elle arborait un air réprobateur.

— Je ne sais pas pourquoi tu es encore là, dit-elle sur un ton un peu triste. S'il te plaît, essaie de ne pas te faire tuer pendant que je serai au bal.

Il s'étira et la regarda d'un air ensommeillé, remarquant qu'elle était plus belle que jamais. Le diadème de la mère de Monte, entrelacé dans sa coiffure, lui conférait un air altier, digne de n'importe quelle reine. Le renflement des seins d'albâtre apparaissait juste au-dessus du bustier de sa robe, donnant une élégance antique à son décolleté, et sa taille semblait si mince qu'il eut envie de la soulever des deux mains pour l'allonger près de lui...

La bouche sèche de désir, il tendit vers elle une main qu'elle esquiva habilement.

— Ne me touche pas, l'avertit-elle. Après tout ce travail effectué sur ma petite personne, j'ai tout d'une œuvre d'art et, d'ailleurs, je dois passer voir le photographe pour les portraits.

Une œuvre d'art, c'était tout à fait cela, songea-t-il. Elle semblait tout droit sortie d'un tableau grand format de John Singer Sargent, avec ces jeux de lumière sur le velours et le satin de sa robe.

Il soupira, sincèrement peiné. Elle était belle à ravir, comme d'habitude.

— Oublie le bal, lança-t-il en sachant qu'elle ne l'écouterait pas. Reste ici avec moi, nous fermerons la grille et revivrons les souvenirs du bon vieux temps.

— C'est cela, dit-elle, balayant l'idée d'un revers de main sans même se donner la peine de lever les yeux au ciel. La séance photo va prendre au moins une heure. Leonardo me retrouvera là-bas et ensuite nous nous rendrons directement au bal.

Il se rembrunit, se sentant délaissé.

— A moins qu'il ne soit victime d'un regrettable accident avant d'arriver jusque-là, suggéra-t-il.

Elle lui décocha un regard meurtrier.

— Monte, promets-moi de ne rien tenter.

Il s'étira de nouveau avant de faire la moue.

— Quand prévoyez-vous d'annoncer la grande nouvelle ?

— Pourquoi veux-tu le savoir ?

Il sourit.

— Te voilà bien soupçonneuse !

Ses yeux se mirent à jeter des éclairs.

— Il me semble avoir de bonnes raisons pour cela.

Il haussa les épaules.

— Alors je ne te reverrai qu'en fin de soirée ?

— Oui. Sauf si tu décides de partir avant, ce qui serait le plus sage.

Elle respira profondément.

— Une fois les fiançailles annoncées officiellement, il ne sera plus question de badinage entre nous. Tu comprends ?

— Je comprends ce que tu dis.

— Monte, s'il te plaît. Je ne te laisserai pas faire, montre donc un peu de respect.

Pour toute réponse il lui adressa de nouveau son sourire indolent et dévastateur.

— Tu sais que je ne ferais jamais rien qui puisse te faire souffrir.

Elle le regarda puis leva les yeux au ciel.

— Bien sûr que non. Tu n'agis que pour mon bien, n'est-ce pas ?

Le ton sarcastique de cette remarque ne pouvait pas lui échapper. Elle soupira, exaspérée.

— Tu seras parti ?

Il soutint son regard.

— C'est vraiment ce que tu espères ?

Sur le point de répondre « Bien sûr », elle s'interrompit et se mordit la lèvre.

— Comment pourrais-je le savoir en ce moment ? dit-elle d'une voix tremblante. Comment puis-je même penser clairement lorsque tu me regardes ainsi ?

Après un dernier regard furieux, elle fit volte-face et quitta la pièce avec une élégance royale.

Se levant, il la suivit jusque sur le seuil afin de la voir s'éloigner, entourée de deux gardes. Elle avait toute la majesté d'une reine d'antan, Anne Boleyn en route vers la Tour de Londres. Une chose était sûre, il voulait la faire sienne, même s'il ne savait pas encore comment il s'y prendrait.

Pour l'instant, il décida d'explorer l'autre partie du château, l'emplacement des anciens appartements de sa famille. Cette partie avait été rénovée récemment, des années après l'incendie, mais il espérait qu'il y restait des vestiges de ce qu'il avait connu.

Le moment était parfaitement choisi. Le bal commençait à peine et les gardes ne seraient pas à leur place habituelle.

Tout le monde serait en train de se diriger vers la salle de bal pour avoir un aperçu des festivités. Cependant, un coup d'œil aux moniteurs de surveillance de Pellea s'imposait.

La longue et fastidieuse séance photo s'achevait et Pellea attendait en compagnie de Kimmee que Leonardo termine une série de portraits individuels.

— Si j'allais faire un dernier petit tour pour vérifier que tout est en place pour votre entrée dans la salle de bal ? proposa Kimmee.

Pellea donna son assentiment. Un peu de solitude ne lui ferait pas de mal.

Se tournant lentement, elle se regarda dans le grand miroir en pied. Etait-ce là le visage d'une femme heureuse, d'une future jeune mariée ?

C'était cependant le visage d'une femme au maintien royal, elle pouvait se l'avouer sans fausse modestie. Pourquoi cette pensée ? Elle ne deviendrait jamais reine, quelles que soient les circonstances. Même si Monte parvenait à accéder au trône, jamais il ne la prendrait comme épouse. Il aurait été impensable qu'il choisisse la fille d'un traître pour l'aider à gouverner Ambria !

Même si elle ne devenait pas reine, elle allait épouser Leonardo qui ferait un jour partie de la classe gouvernant le pays. Cela avait-il de l'importance pour elle ? En toute honnêteté, elle n'avait aucune ambition personnelle. Ce qui semblait si important à son père ne l'était pas pour elle et, s'il n'était pas là, elle s'enfuirait avec Monte et ne regarderait jamais en arrière. Cependant, dans les circonstances actuelles, c'était impossible.

Pourtant, c'était un bien doux rêve. Si Monte et elle étaient libres, ils pourraient embarquer sur un yacht, voguer vers les mers du Sud et aller vivre sur une île. Pas un endroit comme Ambria avec ses clans et ses factions ... Juste une jolie petite île calme et tranquille, au climat chaud, entourée d'eaux turquoise pleines de poissons bleu-argent, avec des cocotiers, des cascades et des plages de sable blanc.

Mais elle n'avait pas le temps de s'immerger dans ses rêves. Le présent et la réalité la rattrapaient et elle devait s'occuper de Leonardo.

Elle lui sourit alors qu'il sortait de la séance photo.

— Terminé ? demanda-t-elle.

— On dirait, répondit-il en se penchant tout près d'elle. Que tu es belle ! murmura-t-il en essayant de lui embrasser le cou.

— Ne me touche pas, l'avertit-elle en s'écartant de lui.

— Oui, oui, je sais, tu es maquillée.

Il lui prit la main et déposa un baiser sur le bout de ses doigts.

— Mais je dois te prévenir, ma beauté, le soir de nos noces, j'ai l'intention de beaucoup te toucher.

Un frisson remonta le long de sa colonne vertébrale. Jamais, auparavant, il n'avait manifesté d'intérêt sexuel pour elle et sa remarque obscurcissait singulièrement son avenir. Elle avait entendu des histoires hautes en couleur au sujet de ses nombreuses maîtresses et avait pensé qu'il était clair pour lui comme pour elle que leur mariage ne serait qu'une façade. Il semblait avoir changé d'avis. Pourquoi donc ?

Elle se tourna vers Kimmee qui venait d'arriver et l'avait entendu, elle aussi. Elles échangèrent un regard interloqué.

Leonardo reçut un appel sur son portable et coupa rapidement la communication en fronçant les sourcils.

— Désolé ma chérie, je vais devoir laisser les gardes t'escorter jusqu'au bal. Je te rejoindrai un peu plus tard. Il s'est passé quelque chose dont je dois m'occuper immédiatement.

— Que se passe-t-il, Leonardo ? demanda-t-elle en feignant le détachement. Faut-il se barricader ?

— Ne t'inquiète pas ma douce, dit-il avec un sourire superficiel. Il semble qu'il y ait un intrus dans le château.

— Oh ?

Son sang se glaça et elle serra les poings dans les plis de sa robe.

— Quel genre d'intrus ?

Il agita nonchalamment la main.

— Oh ! Ce n'est sans doute rien, mais quelques gardes pensent avoir vu un étranger sur l'un de moniteurs cet après-midi.

Il secoua la tête.

— Nous n'accepterons aucun étranger dans le château, surtout un jour comme aujourd'hui.

Il soupira.

— Il faut que j'aille visionner l'enregistrement. Je vais faire vite.

— Dépêche-toi mon chéri, lança-t-elle distraitement, tout en cherchant un moyen d'avertir Monte.

— Et surtout, ne danse pas sans moi, mon amour, lança Leonardo en s'éloignant.

Pellea s'accrocha à un meuble pour s'empêcher de vaciller et échangea un regard inquiet avec Kimmee.

— Je lui avais dit de partir, balbutia-t-elle. En ce moment, il est peut-être en train de se promener dans les couloirs du château et il va se faire prendre ! Oh ! Kimmee !

Kimmee s'approcha d'elle.

— Ne t'inquiète pas, murmura-t-elle tout en observant les alentours pour s'assurer qu'elles étaient seules. Je vais l'avertir, tu peux compter sur moi.

Pellea lui serra le bras.

— Dis-lui qu'il n'a plus droit à l'erreur. Il doit quitter le château immédiatement !

Elle respira profondément pour essayer de se calmer. Il fallait qu'elle essaie d'oublier complètement Monte, qu'elle se comporte comme si tout était normal. En d'autres termes, elle allait devoir jouer un rôle et elle eut l'intuition que cette comédie n'était qu'un avant-goût de la vie qui l'attendait.

6

Monte, de retour de ses explorations, attendait avec impatience que Kimmee lui apporte le costume promis pour le bal.

Il s'était aventuré à l'autre bout du château et ce qu'il avait vu avait remué en lui des souvenirs et fait naître de bien nombreuses questions. Il s'efforçait à présent de maîtriser ce flot d'émotions.

Il avait néanmoins fait une importante découverte : une pièce où avaient été déposés puis oubliés des objets et pièces de mobilier de sa famille. Il lui faudrait revenir explorer cette caverne d'Ali Baba dès qu'il en aurait l'occasion. En attendant, il avait retrouvé la fameuse horloge comtoise de sa mère, et, plus important, son compartiment secret, encore intact après toutes ces années.

L'un des bijoux que recelait cette cachette allait certainement se révéler fort utile dans les heures à venir, peut-être même dès cette nuit.

Pour l'instant, il n'avait qu'une hâte : voir apparaître Kimmee. Si elle n'arrivait pas, il devrait trouver un moyen de se rendre au bal sans costume et, malgré son caractère intrépide, le danger était assez important pour le faire hésiter.

— Me voilà ! J'espère que vous n'étiez pas en train de désespérer !

Elle arriva en coup de vent, chargée de volumineux paquets et le visage illuminé d'un grand sourire.

— J'ai tout ce qu'il vous faut, déclara-t-elle en étalant le costume sur le lit, mais j'ai bien peur que cela ne vous soit d'aucune utilité.

— Pourquoi cela ?

— Le château est en état d'alerte. On a décelé la présence d'un intrus.

Elle soupira.

— L'un des gardes a dû vous voir sur un écran de surveillance.

— Oh ! pas de chance !

Elle haussa les épaules.

— Leonardo semble prendre cela très au sérieux et Pellea m'a envoyée vous prévenir. Je vous ai tout de même apporté le costume parce que je l'avais promis mais je crois qu'il va vous falloir fuir.

— Sans doute, plus tard. Pour le moment, j'ai envie de danser avec Pellea.

Elle le regarda, dubitative, mais les yeux brillants d'excitation.

— Vraiment ? Et si vous vous faites prendre ?

— Eh bien il faudra que je réussisse à m'échapper, dit-il. Mais je vais éviter cela. J'ai un masque, non ? Personne ne saura qui je suis vraiment et je serai prudent. Allez, ne vous inquiétez pas. Je vais essayer le costume.

— Comme vous voudrez, fit-elle en soupirant, mais intérieurement ravie qu'il n'abandonne pas si facilement. Je vais vous attendre dans l'autre pièce puis je vous aiderai pour les ajustements de dernière minute.

Il prit le costume comme s'il s'agissait d'un objet

précieux et, en un sens, c'était le cas. Elle lui avait déniché un uniforme de la famille royale datant du XIXe siècle, un vêtement que l'un de ses aïeux avait certainement porté. Il l'enfila rapidement ; il lui allait comme un gant. Se regardant dans le miroir, il ne put s'empêcher de sourire. Il n'était pas mal du tout avec ces cordons dorés et ce col montant, on aurait pu croire qu'il avait porté cette tenue toute sa vie.

Lorsqu'il sortit, Kimmee l'applaudit, ravie du résultat.

— Voici votre masque. Il est particulièrement couvrant et servira à tenir votre identité secrète.

— Kimmee, vous êtes une perle.

— Vous trouvez ? fit-elle, rayonnante. Croyez-moi, monsieur, je suis fière du travail que j'accomplis, même s'il est illégal !

— Je ne considère pas du tout ceci comme illégal.

Etonnamment, elle sembla d'accord avec lui.

— Moi non plus au fond. Je considère que je vous aide pour le bien du pays.

L'avait-elle reconnu ? Pellea lui avait-elle révélé son identité ? Il était presque sûr du contraire mais trouva intéressant qu'elle ait formulé ainsi sa phrase.

— Je dois repartir, dit-elle. Je dois aider au maquillage des dames, c'est à ce moment que l'on entend les ragots les plus croustillants.

— Ah, ces dames sont bavardes ? demanda-t-il en ajustant son col relevé.

— Elles aiment s'impressionner les unes les autres et en oublient la présence du personnel.

Elle le salua d'un geste joyeux.

— Je vous dirai si j'entends quelque chose d'intéressant !

— Le plus croustillant sera le mieux.

Elle partit en riant et il reprit son sérieux. Avec

Kimmee, il s'était montré léger mais, en réalité, il se sentait bouleversé.

Il se regarda une dernière fois dans la glace. Pour la première fois depuis des années, il avait l'impression d'avoir retrouvé ses racines.

Des racines, c'était ce qui lui avait manqué toutes ces années. Sans ses parents, sans une vraie famille, il avait toujours ardemment souhaité construire quelque chose qui soit à lui.

Sa vie avait été étrange et décousue. Pendant ses huit premières années, il était le prince héritier d'Ambria, dorloté, vivant dans les hautes sphères de la société. Son père et sa mère adoraient leur jeune prince qui promettait d'être aussi doué et intelligent que beau et agréable. Les journaux étaient remplis de photographies de lui : ses premiers pas, son premier chiot, son premier vélo... Une vie de contes de fées.

Soudain avait eu lieu le coup d'Etat. Il se souvenait encore de la nuit où le château avait brûlé, sentait encore l'odeur du feu, celle de la peur. Il avait deviné presque tout de suite que ses parents étaient morts et, pour un enfant de huit ans, c'était un lourd fardeau.

Cette nuit-là, tandis qu'on l'emmenait en hâte avec son frère Darius à bord d'une frêle embarcation, il avait regardé les flammes et avait pressenti qu'avec le château de ses ancêtres c'était tout un mode de vie qui était réduit en cendres sous ses yeux.

Darius et lui avaient été séparés et ne s'étaient revus qu'une fois adultes. Au cours des premières semaines qui avaient suivi leur fuite, il était passé de famille d'accueil en famille d'accueil, obligé chaque fois de s'habituer tant bien que mal à des lieux et des gens inconnus. Fidèles à sa famille, ceux qui l'hébergeaient ainsi savaient fort bien qu'ils étaient en danger : il était de notoriété publique que les Granvilli avaient envoyé des agents pour retrouver et tuer les enfants de la famille royale.

Monte s'était finalement retrouvé à Paris, chez un couple âgé, M. et Mme Stephol, dont les liens avec la monarchie d'Ambria étaient suffisamment lointains pour qu'ils ne soient pas soupçonnés. Au début, il dut se cacher sans cesse mais, au bout d'un certain temps, M. Stephol obtint un poste au Quai d'Orsay et, à partir de ce moment, ils se mirent à voyager beaucoup. Monte parcourut le monde entier, se faisant passer pour leur fils.

Il reçut la meilleure éducation possible : les plus prestigieuses écoles privées, les vacances en Suisse et, pour finir, un diplôme d'une grande école de commerce. Cependant, il restait toujours conscient qu'il était en danger et devait garder sa véritable identité secrète. Les Stephol le traitaient avec une réserve polie, comme une pièce de collection précieuse qu'ils devaient protéger des vandales avant qu'elle ne reprenne sa place légitime dans une vitrine du musée. Ils n'avaient pas d'enfants et se montraient assez froids avec lui. C'était, par ailleurs, un couple très uni et Monte se faisait parfois l'effet d'être un intrus, ce qu'il était sans doute.

Il n'avait jamais oublié sa famille, son pays, ni sa lignée royale. La conscience du danger qu'il courait avait accompagné toute son existence, cela l'avait rendu prudent et lui occasionnait souvent des cauchemars. A l'adolescence, il avait trouvé frustrant de ne pouvoir poser de questions à personne sur son passé et s'était mis à lire tout ce qui concernait son pays d'origine. A ce moment, il avait commencé à comprendre pourquoi il devait préserver son anonymat. Certaines personnes le pensaient froid et insensible mais c'était faux : les émotions bouillonnaient secrètement en lui, prêtes à exploser le moment venu.

Revenir à Ambria l'avait aidé à mettre de l'ordre dans ses idées. Certes, la rencontre avec Pellea n'était pas de nature à simplifier les choses, mais il se sentait capable de gérer cette difficulté. A présent, revêtir cet uniforme qui aurait dû lui revenir de droit confirmait son sentiment d'appartenance à la famille royale. Il était le prince héritier d'Ambria et il voulait récupérer son pays.

Monte de Angelis, prince héritier d'Ambria, arriva avec panache dans le vestibule de la salle de bal, vêtu d'un costume qui reflétait son rang. Il savait que les services de sécurité du château le recherchaient et qu'un seul instant d'inattention de sa part suffirait à le démasquer.

Cependant, il était prêt à prendre ce risque. Le jeu en valait la chandelle et, comme souvent, il comptait sur son charme naturel pour se sortir des mauvais pas.

L'homme chargé de l'accueil et de la présentation des invités le regarda avec étonnement, sachant pertinemment qu'il ne l'avait jamais vu.

— Bienvenue, dit-il sèchement, avec un salut de la tête. Puis-je avoir votre nom afin de l'annoncer ?

Monte ne se démonta pas et lui adressa un grand sourire.

— Certainement. Vous pouvez annoncer le comte de Revanche, déclara-t-il.

— Et la Revanche se trouve ?

— Mon brave, vous n'avez jamais visité notre belle région ? demanda Monte en prenant l'air stupéfait. Elle compte quelques-uns des plus beaux domaines vinicoles de la côte. C'est une lacune que vous devez réparer au plus vite, je vous conseille vivement d'y passer vos prochaines vacances.

— Oh ! bafouilla l'homme, encore abasourdi. Bien sûr.

Il s'inclina profondément et tendit le bras largement pour le faire entrer.

— S'il vous plaît, monsieur le comte.

Il attrapa son haut-parleur et fit l'annonce.

— Mesdames et messieurs, son Excellence, le comte de Revanche.

Monte releva fièrement la tête en descendant le grand escalier vers la salle de bal.

Tous les visages se tournèrent vers lui. Cela n'avait rien d'étonnant, personne n'avait jamais entendu son nom. Il entendit la vague de chuchotements que son entrée avait déclenchée mais ne s'en soucia pas, se contentant de chercher Pellea des yeux.

Après avoir été décontenancé par cet océan de masques, il l'aperçut enfin et, dès lors, n'eut plus d'yeux que pour elle. Même au milieu d'un petit groupe de femmes, il avait l'impression qu'un projecteur était braqué sur elle. Son simple loup en velours noir mettait en valeur la forme exotique de ses yeux en amande et permettait aux bijoux étincelants du diadème de prendre toute leur place. Son teint de porcelaine, la délicatesse de ses traits, la plénitude de ses lèvres, ajoutaient encore de la grâce au tableau saisissant qu'elle formait avec sa magnifique robe. Elle était si belle que le cœur de Monte s'arrêta de battre.

Il se dirigea vers elle avec une nonchalance feinte, distribuant quelques saluts et sourires sur son passage.

Seuls quelques couples âgés dansaient sur la musique classique. Le tour des jeunes viendrait plus tard, sur des rythmes plus endiablés, lorsque leurs aînés se retireraient ou profiteraient du buffet.

Peu lui importait. Tout ce qu'il voulait, c'était sentir Pellea dans ses bras et il se décida à aller l'inviter.

De nombreuses femmes l'avaient remarqué et certaines ne se gênaient pas pour le détailler de la tête aux pieds. Une jolie rousse avait même ôté son masque pour lui adresser un clin d'œil audacieux.

Pellea, quant à elle, ne s'était même pas aperçue de sa présence. Elle entretenait avec une autre femme une conversation qui semblait très sérieuse. Si l'on avait dû choisir la reine de l'assemblée, elle aurait remporté le titre haut la main.

Pourquoi ce qualificatif de reine lui revenait-il sans cesse à l'esprit à son sujet ? Il décida de ne plus y penser et, pour commencer, s'avança pour inviter à danser la jolie jeune femme rousse.

Elle accepta immédiatement et tous deux, sur la piste, dansèrent bientôt avec entrain une valse viennoise mais, concentré sur Pellea, il ne prêta guère attention au bavardage de sa cavalière, Avec une profonde satisfaction, il la vit de loin décliner une invitation à danser de Leonardo. Celui-ci semblait légèrement vexé lorsqu'il s'éloigna, mais ses amis se réunirent autour de lui et l'entraînèrent au bar, autour d'une bouteille d'alcool.

Monte sourit : la chance était avec lui. Le morceau de musique s'acheva et il s'empressa de raccompagner sa cavalière auprès de ses amies, souriant mais sans s'attarder en compliments. Il se dirigea ensuite droit vers Pellea.

Alors qu'il s'approchait d'elle, elle leva la tête et, surprise, écarquilla les yeux. Déçu, il se dit qu'il aurait aimé profiter de l'anonymat conféré par son masque avant de devoir justifier sa présence.

— Toi ! s'exclama-t-elle, les yeux brillants de colère. Tu es fou ? Que fais-tu ici ?

— Je demande à la plus belle femme du royaume si elle veut bien m'accorder une danse.

Il s'inclina profondément.

— Me ferez-vous l'honneur ?

— Non, dit-elle en protégeant son visage avec son éventail. Kimmee ne t'a donc pas prévenu ?

— Kimmee m'a apporté le message et je l'ai bien reçu mais je ne me laisserai pas intimider.

Il lui adressa un grand sourire sous son masque.

— Ce stupide bal a-t-il tant d'importance dans ta vie ? demanda-t-elle en essayant de baisser la voix, stupéfaite qu'il puisse se montrer aussi inconscient.

Se moquait-il d'être découvert ou se voyait-il comme un héros à qui rien ne pouvait arriver ? Dans les deux cas, c'était stupide, dangereux et cela la rendait folle.

— Oh oui, répondit-il. Ce bal est important pour moi. Ce sera peut-être ma dernière chance de danser avec toi et, crois-moi Pellea, ajouta-t-il avec son sourire désarmant, il n'y a rien de plus important.

Elle resta sans voix. Comment faisait-il pour, chaque fois, l'émouvoir à ce point ?

Monte vit qu'il avait marqué un point et s'en félicita, d'autant plus que ses paroles étaient parfaitement sincères.

Elle était tout simplement magnifique. Observant le diadème qui s'accordait parfaitement avec le reste de sa tenue, il eut soudain devant les yeux l'image de sa propre mère à l'époque où elle le portait et ses yeux s'embrumèrent. A bien des égards, Pellea s'inscrivait mieux que quiconque dans la continuité historique d'Ambria. Cette idée ne valait-elle pas qu'il s'y attarde ?

Du coin de l'œil, il aperçut Leonardo qui entrait dans la pièce et les observait d'un air mécontent. Pellea l'avait remarqué elle aussi.

— Mieux vaut passer sur la piste de danse si nous ne voulons pas avoir à répondre aux questions de Leonardo. Il a l'air d'un inquisiteur fou ce soir.

Elle hocha vivement la tête et il s'empressa de l'enlacer et l'entraîna sur la piste de danse, où ils se mirent à virevolter au rythme de la musique.

— Ce que nous faisons est mal, murmura-t-elle en s'appuyant contre son épaule. Tu sais que cela va le mettre en colère.

Il jeta un coup d'œil à Leonardo, qui avait l'air furibond, entouré de ses amis. L'irriter était le cadet de ses soucis, il pariait sur le fait que l'homme ne reconnaîtrait pas en lui l'intrus de l'après-midi.

— Je vois que ton beau et valeureux soupirant fête dignement l'événement, fit-il remarquer lorsque Leonardo avala un autre verre de scotch.

— Oui, murmura-t-elle. Il a déjà trop bu. Il a pris de mauvaises habitudes récemment et il va falloir que je travaille là-dessus.

Il la regarda, contenant difficilement le mépris qu'il ressentait pour Leonardo.

— Ah bon ?

— Oui, dit-elle en relevant le menton. Quand nous serons mariés.

Elle avait parlé distinctement, comme pour être sûre qu'il la comprenne. Il ricana. Il comprenait mais n'acceptait pas pour autant.

Il la fit tourner de façon élaborée puis la renversa en arrière et, le souffle coupé, elle se mit à rire.

— C'était merveilleux, lui dit-elle en s'accrochant à lui, ce qui fit affluer le sang à ses tempes.

— Ton amoureux, lui, n'a pas aimé, fit-il remarquer avec légèreté.

— Peut-être pas, reconnut-elle en regardant Leonardo qui les observait, à l'écart de ses amis. Jusqu'à ton arrivée, il semblait très heureux ce soir.

— Pourquoi ne le serait-il pas ?

Il la prit contre lui et la serra quelques secondes de plus que ne le permettait la bienséance, goûtant la douceur de ses courbes.

— Et toi, ma chérie ? demanda-t-il. Est-ce que tu es heureuse ?

Elle leva les yeux vers lui avant de les détourner vivement.

— Tu connais la réponse mais je suis prête à accomplir mon devoir.

Agacé, il garda le silence quelques instants mais ne pouvait rester en colère alors qu'il la tenait dans ses bras. En la regardant, il sentit son cœur se dilater. Il était grand temps qu'il se l'avoue, ce voyage à Ambria n'avait rien d'une nécessité. Il possédait déjà toutes les informations dont il avait besoin et n'était venu que pour une raison. Bien sûr, il pouvait bien parler d'enlèvement, comme celui d'Hélène par les Troyens, de tactique pour déstabiliser ses ennemis mais, en réalité, il avait seulement besoin de la voir. A présent qu'il savait que son mariage avec ce monstre de Granvilli était proche, sa volonté de l'emmener était encore plus forte. Il fallait qu'elle parte, elle ne pouvait pas épouser Leonardo. Ce serait un crime contre-nature.

Pourtant, il restait le problème de son père. Sachant d'expérience combien il était traumatisant d'être brutalement séparé des siens, il ne pouvait se résoudre à lui infliger cette rupture forcée.

Il fallait qu'il réussisse à la convaincre.

Il la renversa de nouveau en arrière, la serrant par la taille puis se pencha au-dessus d'elle d'une manière provocante.

— Je te fais une promesse, Pellea, murmura-t-il d'une voix rauque. Je te promets sur la tombe de mes parents que tu seras heureuse.

Pellea sentit son cœur s'affoler et elle le regarda en se demandant ce qu'il tramait. Elle savait pertinemment qu'il ne pourrait pas tenir cette promesse.

— Tu ne peux pas décider de mon bonheur, dit-elle sèchement. Cela ne dépend pas de toi.

— Bien sûr que non, rétorqua-t-il, l'air blessé. Ah, bien sûr ! Je suppose que cela ne dépend que de ton père ?

Elle prit une grande respiration, laissa la colère l'envahir pendant quelques secondes avant de l'écarter résolument. Dans un moment pareil, mieux valait garder la maîtrise de ses émotions.

— Je sais que tu détestes mon père, dit-elle doucement, et que tu crois sincèrement avoir de bonnes raisons.

— Oui, j'ai de bonnes raisons.

Elle ignora sa remarque et poursuivit.

— Mais moi, je ne le déteste pas, je l'aime tendrement. Ma mère est morte quand j'étais toute petite et il est ma seule famille depuis, il est tout pour moi.

Il desserra son étreinte.

— Si tu devais choisir entre lui et moi, ce serait lui, n'est-ce pas ? demanda-t-il d'une voix tranchante.

Elle fut stupéfaite. Quelle question ! Il n'avait aucun droit de formuler les choses de cette façon.

Elle hocha la tête.

— Bien sûr que je le choisirais. Lui et moi, nous avons une relation forte. Toi et moi...

Sa voix se brisa.

— Toi et moi, ce n'était pas destiné à durer.

Choqué, il se demanda comment ses paroles pouvaient le blesser aussi cruellement. De nouveau, il sentit monter en lui un désir primitif de la jeter par-dessus son épaule comme un trophée et de s'enfuir du château.

L'enlèvement, c'était la seule solution. Il l'emmènerait en un lieu où lui seul pourrait la trouver... Ce fantasme lui coupa presque le souffle.

Le retour à la réalité fut brutal : cette idée était tout simplement perverse, il n'avait aucun droit de forcer qui que ce soit, encore moins Pellea, à agir contre sa propre volonté. S'il la voulait vraiment, il devait la convaincre, tout simplement.

Elle préférait rester avec son père.

Certes, il n'était pas juste de formuler les choses ainsi. Son père était son seul parent, de plus il était très malade. Il était naturel qu'elle se montre protectrice et veuille rester avec lui. La tendresse et la compassion faisaient partie des qualités qu'il aimait chez elle.

— Donc j'imagine que je viens en troisième position, déclara-t-il avec un calme feint. Après ton père et Leonardo.

Il jeta un regard au fiancé qui attendait impatiemment la fin de cette longue danse.

— Peut-être que je devrais avoir une petite discussion avec lui.

Elle poussa un cri étouffé.

— Ne t'approche pas de lui, Monte. Quand il a bu, il devient dangereux.

Elle était en proie à un tourbillon d'émotions. Inquiète et désorientée, elle se trouvait dans les bras de l'homme qu'elle aimait et à quelques pas de celui qu'elle avait promis d'épouser.

Qu'elle devait épouser... Elle était enceinte et avait besoin d'un mari, sans quoi elle se retrouverait *persona non grata* dans la communauté. Si, par malheur, on découvrait qui était le père du bébé, son enfant serait mis, lui aussi, au ban de la société. Dans cette nation très traditionnelle, elle n'avait guère le choix. Monte ne l'épouserait jamais et elle devait penser à son enfant.

Leonardo était prêt à subvenir aux besoins de l'enfant, à leur accorder à tous deux sa protection et, pour cela, elle lui serait éternellement reconnaissante.

Il savait qu'elle était enceinte mais ne lui avait pas demandé le nom du père. Dans leur relation, ce n'était pas l'amour qui importait mais le statut de Pellea, les différentes factions qu'elle représentait et le prestige de son nom, tout ce qui viendrait affermir le pouvoir de Leonardo.

Monte était arrivé inopinément, bouleversant l'équilibre du pacte qu'ils avaient conclu. Parviendrait-elle à l'arrêter ?

La musique s'arrêta enfin et, à contrecœur, elle s'apprêta à rejoindre son futur fiancé.

Mais Monte ne la lâcha pas.

— Tu ne trouves pas qu'il fait affreusement chaud ? lui murmura-t-il à l'oreille, la chatouillant de son haleine.

— Euh, si, peut-être...

Il n'attendit pas une réponse complète et, profitant de l'agitation des couples qui entraient et sortaient de la piste de danse, la guida par les portes-fenêtres ouvertes sur la terrasse presque vide et peu éclairée. Le petit orchestre entama un nouveau morceau et ils poursuivirent leur danse.

— Monte, voyons ! Tu ne peux pas faire cela ! Tu n'es pas le seul à vouloir danser avec moi.

— Je le sais bien ! Pourquoi crois-tu que je sois obligé de recourir à de telles tactiques pour t'avoir toute à moi ?

Elle eut un rire de gorge et il l'attira dans la pénombre pour l'embrasser. Leur baiser fut un éblouissement de tous les sens.

Monte le débuta avec une infinie tendresse, mordillant à peine ses lèvres. Au moment où elle sembla avoir envie qu'il aille plus loin, il se fraya un chemin vers la tiédeur sucrée de sa bouche, se servant de sa langue pour en explorer et caresser les recoins les plus tendres et les plus sensibles.

Elle savait qu'elle succombait de nouveau à ses sortilèges et s'en moquait. Ses caresses langoureuses la mettaient dans un état de délicieuse léthargie et elle se laissa aller à la magie de l'instant. Si, à cet instant précis, il l'avait prise dans ses bras et emportée au loin, elle n'aurait même pas protesté.

Cependant, il avait gardé la tête froide et finit par s'écarter d'elle.

— Oh Monte, non, n'arrête pas, soupira-t-elle, sentant encore la douceur de ses lèvres sur les siennes.

Elle se sentait merveilleusement bien dans ses bras, comme un pétale de rose emporté par le courant. La musique, l'air frais de la nuit, les bras musclés de Monte. Que rêver de mieux ?

— S'il te plaît ! murmura-t-elle.

— Pas maintenant ma chérie, lui chuchota-t-il à l'oreille. Nous ne sommes pas seuls et nous avons des choses à faire.

— Lesquelles ? grommela-t-elle, boudeuse, avant de reprendre ses esprits et d'admettre qu'il avait raison de tempérer son ardeur.

— Oh ! zut, marmonna-t-elle, agacée contre elle-même. Ça y est, tu m'as encore fait perdre la tête.

Il se mit à rire, déposant un dernier baiser sur ses lèvres.

— Et ce n'est pas fini, tu vas t'en apercevoir tout à l'heure, promit-il.

— Non, déclara-t-elle, tout à l'heure, je serai fiancée. Et si tu crois que tu feras encore partie de ma vie à ce moment, tu te trompes.

Elle ne put s'empêcher de grimacer en imaginant la solitude qu'elle affronterait lorsqu'il ne serait plus là.

Cependant, elle parvint à conserver une attitude digne et farouche.

— Il y a des lignes que je jure de ne jamais franchir.

Il la regarda, impassible.

— A quelle heure est prévue l'annonce des fiançailles ?

Elle le regarda, surprise.

— Juste avant le buffet de minuit, répondit-elle, soudain inquiète. Pourquoi ? Que comptes-tu faire ?

— Qui, moi ? Pourquoi crois-tu cela ?

— Parce que je te connais, dit-elle en l'attrapant par les épaules. Quoi que tu mijotes, renonces-y.

Il afficha un air vexé devant ses soupçons, mais ses yeux pétillaient de malice.

— C'est vraiment incroyable que tu me fasses si peu confiance.

Elle s'apprêtait à rétorquer mais aperçut soudain une silhouette qui l'affola.

— Leonardo, chuchota-t-elle à Monte. Il nous a trouvés.

— Ah, tant mieux. J'avais justement deux mots à lui dire.

7

Pellea respira très fort pour tenter de calmer ses craintes en regardant Leonardo approcher.

— Je le retiendrai si tu veux tenter de t'enfuir, dit-elle en agrippant l'épaule de Monte. Mais dépêche-toi !

— Pourquoi m'enfuirais-je ? demanda-t-il, se tournant pour saluer Leonardo sans lâcher la main de Pellea.

— Oh ! Monte, murmura-t-elle doucement, regrettant de ne pouvoir jeter un sort qui les emmènerait tous les deux très loin.

Le visage de Leonardo était empreint d'une fureur froide que son masque argenté ne suffisait pas à dissimuler.

— Otez votre main de ma fiancée, monsieur ! ordonna-t-il, la bouche tordue de rage, la main sur la garde de son épée. Et veuillez décliner votre identité.

Le sourire de Monte était plein d'assurance.

— Vous n'autorisez pas deux vieux amis à se tenir la main ? demanda-t-il en levant leurs deux bras afin que Leonardo puisse voir leurs doigts entrelacés. Pellea et moi avons des liens très particuliers mais rien qui doive vous inquiéter.

— Des liens particuliers ? répéta Leonardo, qui semblait pris au dépourvu.

— Des liens familiaux, expliqua vaguement Monte, qui remontent très loin.

Il lâcha la main de Pellea et fit claquer ses talons avant de s'incliner devant Leonardo.

— Permettez-moi de me présenter. Je suis le comte de Revanche.

Leonardo semblait intrigué, sa fureur s'était presque évanouie et la curiosité se peignait sur son visage.

— Revanche ?

— Oui, dit Monte en lui tendant la main avec un grand sourire.

Un titre de noblesse exerçait encore une certaine fascination, surtout sur les petits dictateurs comme Leonardo. Il espéra que cet intérêt durerait assez longtemps pour lui éviter de terminer sa journée en prison.

— C'est un plaisir de vous rencontrer enfin, Leonardo, dit-il avec chaleur. J'ai beaucoup entendu parler de vous et j'espère que la réalité est à la hauteur de la légende.

Leonardo n'eut qu'une seconde d'hésitation puis il tendit sa main que Monte serra vigoureusement.

— Ai-je déjà entendu parler de vous ?

Monte haussa les épaules.

— C'est possible mais, pour moi, cela a été le cas.

Il se mit à rire comme s'il s'agissait d'une bonne blague.

— Votre père et moi nous connaissons depuis des années.

— Mon père ? Le visage de Leonardo s'éclaira. Comment cela ?

Monte prit l'air grave pour hocher la tête.

— Il a joué un rôle capital dans ma vie. A vrai dire, sans sa vigoureuse intervention au cours de mes jeunes années, je n'aurais pas été l'homme que je suis aujourd'hui.

— Ah, je vois.

Leonardo semblait à présent franchement bienveillant.

— Donc, il a en quelque sorte été votre mentor.

Monte sourit.

— On peut dire cela. A une époque, nous nous entendions comme larrons en foire.

Leonardo sourit.

— Dans ce cas vous serez heureux d'apprendre qu'il va faire une apparition ici ce soir.

L'assurance de Monte fut légèrement ébranlée mais il ne se démonta pas pour autant.

— Est-ce vrai ? Quel plaisir ce sera de le revoir ! Je serai heureux de prendre un verre avec lui.

— Eh bien en attendant, venez donc prendre un verre avec moi, proposa Leonardo, tellement séduit par ce noble étranger qu'il en avait oublié sa future épouse.

— Viens, Pellea, dit-il en les accompagnant dans la salle de bal. Allons procurer un rafraîchissement à notre hôte.

Son regard croisa celui de Monte et elle se mordit la lèvre. Elle voyait ce qu'il manigançait et n'aimait pas cela. Dès que l'occasion se présenterait, elle l'aiderait à s'enfuir, elle ne voyait pas d'autre issue. La comédie de l'amitié virile naissante ne durerait certainement pas.

Monte lui adressa en retour un clin d'œil malicieux. Il semblait s'amuser comme un fou à duper un homme qui ne se rendait pas compte qu'il avait affaire à son pire ennemi.

Ils se frayèrent un passage jusqu'au bar où ils furent rapidement rejoints par le groupe d'amis et de parasites qui gravitaient autour de Leonardo.

— Venez, dit ce dernier avec grandiloquence, nous devons trinquer ensemble.

— Bien sûr, acquiesça Monte cordialement. Que buvons-nous ?

Le barman leur présenta une bouteille d'alcool fort et tous poussèrent une acclamation.

— Je porte un toast, dit Monte en levant son verre. Au destin !

— Au destin !

Tous les hommes avalèrent leur boisson d'un trait et se firent aussitôt resservir.

— Et aux pères du monde entier, dit Monte en levant de nouveau son verre, en particulier au général Georges Granvilli.

— Eh bien, pourquoi pas, trinqua Leonardo qui, l'alcool aidant, semblait considérer Monte comme son meilleur ami.

Il lui assenait des bourrades amicales à la moindre occasion et vidait allègrement chaque verre que Monte posait devant lui.

Pellea observait ce spectacle, éberluée.

— Allez, viens boire un verre avec nous, lui proposa Monte. Je te commande quelque chose de fruité si tu veux.

Elle secoua la tête fermement.

— Non. Je ne bois pas.

Il cilla, l'air légèrement surpris et se pencha à son oreille.

— Ah bon ? Tu buvais pourtant bien il y a deux mois ! Nous avons pratiquement pris des bains de champagne !

Elle le fusilla du regard.

— Eh bien les choses changent.

Il s'apprêtait à rétorquer lorsque Leonardo lui passa le bras autour du cou et proclama :

— Je t'adore, comte.

— Bien sûr, fit Monte avec un sourire. Toi et moi nous sommes presque frères de sang.

Pellea blêmit.

— Des frères de sang, répéta Leonardo, l'air ravi, trop ivre pour saisir le sous-entendu.

Monte lui jeta un regard de pitié.

— Tu ne comprends pas. Je t'expliquerai, mais plus tard. Pour l'instant, fais-moi confiance.

Il leva son verre à la lumière, ravi que personne ne semble remarquer qu'il n'en buvait jamais le contenu.

— A mon frère de sang !

— C'est vrai, tu le jures ? demanda Leonardo, pratiquement en larmes.

— Oui, répondit Monte, qui goûtait l'ironie de la situation.

Pellea secoua la tête. Elle ne devinait que trop bien ce qui allait se passer. Les fiançailles ne seraient sans doute pas annoncées ce soir.

Cela semblait faire partie du plan de Monte, mais ne comprenait-il pas que tout cela était inutile ? Le mariage aurait lieu, quoi qu'il arrive, dans deux jours, et il ne pouvait rien faire pour empêcher cela.

Il surprit son regard et lui fit signe de s'approcher.

— Tu crois que Georges va vraiment faire une apparition ?

— Aucune idée. Je ne l'ai pas vu depuis des mois. Il paraît qu'il est en France, en cure thermale mais, à ma connaissance, il est resté ici tout le temps, cloîtré dans sa chambre.

Monte regarda Leonardo, qui éclatait à ce moment d'un rire tonitruant avec deux de ses amis. Un dernier toast et il ne serait plus capable d'annoncer ses fiançailles.

— Attends ici mon amour. Je dois terminer ce que j'ai entrepris.

— Monte, non !

Elle l'attrapa par le bras mais il se dégagea et alla rejoindre les hommes au bar.

— Un dernier toast, proposa-t-il à Leonardo. A notre amitié éternelle !

— A notre amitié ! s'écria Leonardo en buvant son verre d'un coup sec.

Puis, lentement, il le reposa et, les yeux vitreux, commença à s'effondrer, obligeant Monte et quelques autres à le rattraper avant qu'il ne tombe. Un soupir parcourut la foule et, au même moment, des trompettes résonnèrent dans le grand corridor.

— Le général arrive ! cria quelqu'un. C'est le général Granvilli !

— Préparez-vous à accueillir le général !

La surprise parcourut la foule par vagues, comme si personne ne savait exactement que faire. Le dirigeant du pays arrivait, il fallait l'accueillir dignement.

L'un des amis de Leonardo s'approcha de Monte.

— Il faut le faire sortir d'ici avant que son père ne le voie dans cet état, chuchota-t-il. Crois-moi, il le tuerait.

Monte observa l'homme pitoyable qui pensait épouser Pellea et eut un instant d'hésitation. Qu'est-ce que cela pouvait bien lui faire si son père le voyait ainsi ?

Pourtant, c'était sa faute, et Leonardo, s'il était son rival, n'était pas son ennemi. Son seul ennemi mortel était Georges et peut-être valait-il mieux qu'il ne soit pas distrait par les frasques de son fils.

Il avait bien l'intention de l'affronter, il s'était préparé toute sa vie à cette confrontation.

— Allons-y. Portons-le chez lui avant que son père ne le voie.

Il voulut faire signe à Pellea qu'il partait mais celle-ci écoutait une domestique venue lui parler.

— Madame, votre père est souffrant et vous demande.

— Mon père ! Oh ! Il faut que j'y aille !

Monte, qui avait entendu, l'arrêta une seconde.

— Je te retrouve dès que possible dans la chambre de ton père.

Elle hocha la tête, dévorée d'inquiétude.

— Je dois partir.

De son côté, Monte se prépara à la tâche peu plaisante qui l'attendait.

— A tout à l'heure, Georges, murmura-t-il. Prépare-toi, nous avons des comptes à régler tous les deux, de très vieux comptes.

Monte se glissa dans la chambre et se faufila derrière les rideaux. Pellea discutait avec le médecin, près de son père qui semblait endormi.

Le médecin referma sa mallette et Pellea s'approcha du chevet du vieillard. L'amour et l'inquiétude se lisaient sur son visage. Jamais elle ne pourrait le quitter.

Monte ferma les yeux quelques instants. La laisser ici avec Leonardo serait une torture. Que pouvait-il faire ?

Son esprit lui souffla la réponse : une invasion et le plus tôt serait le mieux.

Oui. Il n'y avait pas d'autre possibilité.

Ainsi, il retournerait les mains vides sur le continent, contrairement à ce qu'il avait promis à ceux qui l'attendaient en Italie.

Quoique ... tout n'était pas perdu : il avait un autre plan. Au lieu d'enlever leur plus belle femme, il allait s'emparer de leur possession la plus précieuse.

Il allait voler le diadème.

— Je vous en prie, dites-moi ce qu'il en est vraiment, demanda-t-elle, angoissée, au médecin. N'essayez pas de m'épargner, j'ai besoin de savoir la vérité. Est-ce qu'il est en danger ?

— En d'autres termes, est-ce qu'il va mourir ce soir ? traduisit le Dr Dracken. Non, c'est très peu probable, ne vous inquiétez pas. Cependant, il est très faible, son cœur est fragile.

Il hésita.

— Si vous voulez vraiment que je sois franc, je ne lui donne pas plus de six mois à vivre. Mais c'est tout à fait imprévisible et, l'an prochain à la même date, peut-être me gronderez-vous d'avoir été si pessimiste.

— Oh ! Je l'espère ! s'exclama-t-elle avec ferveur en le raccompagnant. Je vous en prie, faites tout ce que vous pouvez pour lui !

— Bien sûr. C'est mon travail, Pellea, et je l'accomplis de mon mieux.

Le médecin partit et Monte lui posa la main sur l'épaule.

— Oh ! Monte ! Tu m'as fait peur.

— Désolé.

Elle leva sur lui un regard désespéré.

— Mon père...

Son visage se crispa et elle se jeta dans ses bras.

— Oui, lui murmura-t-il en la serrant tendrement contre lui et en lui caressant les cheveux. J'ai entendu ce qu'a dit le médecin et je suis vraiment désolé, Pellea, sincèrement.

Elle le croyait.

— Il dort maintenant. Le médecin lui a donné quelque chose pour le soulager mais, juste avant, il n'était pas dans son état normal, il délirait. Une infirmière va rester cette nuit à ses côtés et je passerai la journée de demain à son chevet.

Il opina et se rendit compte tout à coup qu'il avait la main dans ses cheveux défaits. Elle ne portait plus le diadème.

— Pellea, où est passé le diadème ?

Elle leva la main comme si elle avait oublié sa disparition.

— Les gardes l'ont rapporté au musée.

Elle secoua la tête tristement.

— Je me demande si j'aurai l'occasion de le porter de nouveau un jour.

Il fronça les sourcils, regrettant de l'avoir laissée partir avant d'avoir mis son plan à exécution. Voilà qui lui rendait la tâche plus ardue. Bien sûr, il déroberait tout de même le diadème mais il devrait pour cela fracturer la pièce où on le rangeait.

Il se rendit soudain compte qu'elle le scrutait, semblant admirer l'uniforme et celui qui le portait. Il avait perdu le masque mais, à part cela, se sentait aussi en forme qu'au début de la soirée.

— Sais-tu ? lui dit-elle, les yeux brillants, que tu ferais un roi d'Ambria incroyablement séduisant ?

Il rit et la reprit dans ses bras pour l'embrasser avec fougue. Leurs corps semblaient faits l'un pour l'autre et il eut un aperçu de ce à quoi devait ressembler le paradis. Cependant, tout se termina trop vite.

Elle vérifia que son père dormait paisiblement puis se tourna vers Monte.

— Viens t'asseoir à côté de moi, proposa-t-elle. Et dis-moi ce qui s'est passé après mon départ. Est-ce que le Général s'est vraiment montré ?

Il secoua la tête.

— Je ne suis pas resté plus longtemps que toi. Avec tout le chaos qui a suivi la… chute de Leonardo, je n'ai rien vu.

— Je suis contente que tu l'aies aidé à disparaître, dit-elle. Si son père l'avait vu dans cet état !

— Bref, nous l'avons mis au lit et j'en ai profité pour fouiner un peu.

— Ah ?

— Et il y a quelque chose dont je dois t'avertir.

— Toi ? M'avertir d'un danger ? Voilà qui change un peu, non ?

— Je suis sérieux, Pellea. Est-ce qu'il t'est déjà venu à l'esprit que tu n'étais peut-être pas la seule à avoir un système de surveillance vidéo du château ?

— Bien sûr que oui. Il y a le poste de sécurité principal, tout le monde le sait.

— Bien entendu, mais il y a aussi le petit mur d'écrans que j'ai découvert dans une pièce à côté de la chambre de Leonardo. L'un d'eux donne une vue imprenable sur ton portail.

Ses yeux s'écarquillèrent.

— Je pensais bien que tu serais surprise. Il voit tous tes visiteurs et peut également surveiller tes allées et venues.

Elle blêmit, pensant à ce qui s'était passé récemment.

— Mais pas… euh…

— Ta chambre ?

Il ne put s'empêcher de sourire à cette réaction.

— Non, je n'ai rien vu qui puisse le suggérer.

Pellea sembla brièvement soulagée.

— Mais qui surveille ces écrans ? Est-ce qu'il t'a vu entrer chez moi ?

— Il ne doit pas plus que toi passer la journée devant son écran.

— Il suffirait d'une fois.

— Certes.

— Je n'arrive pas à croire qu'il m'espionne !

Monte sourit.

— Pourquoi es-tu si bouleversée ? Après tout, toi aussi tu espionnes tout le monde.

— Oui, mais je regarde seulement les couloirs publics, pas les entrées privées.

— Ah oui, la taquina-t-il. C'est très différent.

— Ça l'est. Je ne mettrais jamais un écran de surveillance sur le pas de la porte de Leonardo.

— Peut-être, mais tu ne t'intéresses pas à lui. Lui, par contre, s'intéresse beaucoup à toi.

Elle fit la grimace.

— Je vais trouver la caméra et la recouvrir.

Il sembla contrarié.

— Surtout pas, il saurait que tu l'as découverte et trouverait un autre moyen de te surveiller, un moyen qui te plairait peut-être encore moins. Le fait que tu connaisses l'existence de la caméra te donne un avantage. Tu peux ainsi l'éviter au besoin.

Elle soupira, avec regret.

— Tu as sans doute raison mais cela aurait été agréable de masquer sa fenêtre sur mon univers.

Un étrange chuchotement se fit soudain entendre et ils virent le père de Pellea qui tentait de se hisser contre ses oreillers.

— Père ! s'exclama-t-elle en accourant. N'essaie pas de t'asseoir, laisse-moi t'aider.

Mais il ne regardait pas sa fille et semblait hypnotisé par Monte.

— Votre Majesté, geignit-il péniblement. Votre Altesse Royale, le roi d'Ambria.

Monte se leva et s'approcha, espérant qu'il se rendrait compte que l'homme qu'il avait devant lui n'était pas le roi qu'il avait servi des années, mais son fils. C'était la première fois que quelqu'un le prenait pour son père et il se sentait à la fois honoré et horrifié par cette méprise.

— Sire, balbutia Vaneck Marallis.

Son visage parcheminé était encore beau et ses cheveux argentés lui conféraient toujours cette distinction que Monte lui avait connue.

— Attendez, ne partez pas ! Il faut que je vous dise, que j'explique ! Cela n'aurait pas dû se passer ainsi. Je… je ne voulais pas que cela se passe ainsi.

— Père, dit Pellea, essayant de l'apaiser. S'il te plaît, rallonge-toi. N'essaie pas de parler. Repose-toi.

— Vous ne comprenez pas ? poursuivit-il sur un ton enflammé, ignorant Pellea et s'adressant directement à l'homme qu'il prenait pour le roi Grandor. Ils avaient promis, ils avaient juré qu'ils vous traiteraient avec respect, ainsi que votre reine, la belle Elineas. Personne n'aurait dû la toucher et ce crime a jeté une malédiction sur notre entreprise…

Monte resta figé sur place, le cœur transpercé par les paroles du vieillard. Manifestement, il attendait depuis longtemps de pouvoir dire ces mots au père de Monte et le faisait avec vingt-cinq ans de retard.

Marallis se glissa de nouveau sous ses couvertures, balbutiant de façon incohérente. Pellea avait les yeux pleins de larmes.

— Il ne sait pas ce qu'il dit. Je t'en prie, Monte, pars, te voir l'a bouleversé. Je resterai jusqu'à l'arrivée de l'infirmière.

Monte s'exécuta, en proie à un tourbillon d'émotions contradictoires. Il savait que le père de Pellea voulait en quelque sorte faire amende honorable mais il était un peu tard. Cependant, il était bon qu'il reconnaisse qu'un crime avait été commis.

Ce crime devait être vengé.

8

Sachant que Pellea serait immobilisée au chevet de son père, Monte prit une décision : il avait prévu de rendre visite au général Granvilli, pourquoi ne pas le faire tout de suite ?

Un calme glacé l'envahit. Mille fois il s'était imaginé cette rencontre avec l'homme le plus cruel de l'histoire de son pays, chaque fois avec un scénario et un dénouement différents. Lequel choisirait-il ? Cela n'avait guère d'importance, tous se finissaient par la mort du Général.

Quant à lui, s'en sortirait-il vivant ? Il ne se posait pas la question. Cette confrontation était écrite et faisait partie de son destin.

Il parcourut les couloirs avec assurance et, connaissant la place des caméras, il put facilement les éviter. L'un des camarades de Leonardo lui avait indiqué les quartiers du Général et il suivit ses indications.

S'introduire par effraction dans la chambre fut un jeu d'enfant. Il n'y avait pas de gardes et la serrure n'avait rien de complexe. Il avait appris ce genre de choses durant son adolescence, et ces compétences illicites s'étaient révélées utiles à plusieurs reprises.

Sans bruit, il se faufila dans la pièce plongée dans

l'obscurité. Se guidant au son des ronflements du Général, il se rendit directement dans la chambre à coucher et tira vivement sur les couvertures, prêt à parer tout mouvement du vieil homme.

Mais Granvilli ne bougea pas et continua à dormir. Il semblait dénué de l'élégance raffinée dont son fils était si fier. Plutôt charpenté et massif, il restait étrangement amorphe, comme une sculpture qui aurait commencé à retrouver son état de bloc de glaise.

— Réveillez-vous ! s'écria Monte. J'ai à vous parler.

Pas de réponse. Monte s'avança et toucha le bras du dictateur. Rien...

Il jeta un coup d'œil aux objets sur la table de nuit : des flacons et une boîte de seringues hypodermiques. Son cœur se serra et il alluma la lumière pour regarder le Général.

Celui-ci avait les yeux grands ouverts. Il était réveillé mais complètement drogué. Ainsi allongé à regarder dans le vide, il n'était plus que l'ombre de lui-même, une simple coquille vide. Monte aurait facilement pu s'emparer d'un oreiller, en recouvrir son visage et tout aurait été fini. Un jeu d'enfant, son ennemi n'aurait même pas pu lever le petit doigt pour se défendre.

Monte resta longuement à regarder cet homme et dut enfin reconnaître qu'il n'était pas capable de le tuer. Il avait toujours cru qu'il le ferait s'il le retrouvait mais, maintenant, face à lui, il savait qu'il n'y avait plus personne à détruire. L'homme qui avait assassiné ses parents et annihilé sa famille était parti, ce qui restait de lui était à peine humain.

Tuer Georges Granvilli ne résoudrait rien. Il se transformerait en assassin pour un homme qui n'en valait même plus la peine. Cette situation était bien loin de tout ce qu'il avait imaginé.

Lentement, empli de dégoût, Monte s'éloigna.

Monte regagna le jardin de Pellea quelques instants avant le retour de celle-ci, hésitant à lui raconter ce qui venait de se passer avant d'y renoncer. Inutile d'ajouter de la laideur à son tourment, il pouvait au moins lui épargner cela.

Il était assis près de la fontaine, seulement éclairée par les minuscules lanternes suspendues dans le jardin, lorsqu'elle arriva en hâte.

— Monte ? appela-t-elle doucement avant de voler vers lui. Arrivée devant lui, elle lui prit le visage dans ses mains et l'embrassa passionnément.

— Tu dois partir, dit-elle, les larmes aux yeux. Va-t'en, vite, avant qu'ils ne te retrouvent.

— Pourquoi ? Tu as entendu quelque chose ? demanda-t-il en tentant de l'attirer sur ses genoux afin de pouvoir l'embrasser à loisir.

— C'est seulement une question de logique, dit-elle en se nichant contre lui. Lorsque l'agitation sera retombée, ils finiront par comprendre que l'intrus et le comte de Revanche ne font qu'un.

Il la regarda dans les yeux, ému par l'ombre que ses longs cils projetaient sur ses joues.

— Alors il vaut mieux que nous partions d'ici rapidement, dit-il calmement.

— Non. Toi, tu pars. Moi, je reste.

Il fit la grimace, craignant qu'elle ne saisisse pas ce qui l'attendait si elle restait.

— Comment pourrais-je te laisser recoller les morceaux derrière moi ?

— Il faut que tu partes.

Elle passa le bout des doigts sur la barbe naissante de son menton, comme incapable de s'en empêcher.

— Dès qu'il se réveillera, Leonardo va commencer à poser des questions sur l'homme qui se trouvait au bal et, cette fois, ils n'épargneront pas mes appartements dans leurs recherches. Ils passeront tout au peigne fin et s'ils trouvent une preuve que tu es passé ici...

Sa voix s'éteignit et elle sembla soudain comprendre qu'elle se trouvait autant en danger que lui. Elle le regarda, les yeux écarquillés.

Il pensait la même chose : l'idée de devoir l'abandonner était une torture mais il avait beau retourner le problème dans tous les sens, il n'existait pas de solution. A moins qu'elle ne renonce à rester près de son père, il n'était pas en mesure de la protéger.

Une idée, qu'il avait rejetée de prime abord, le hantait. S'il lui montrait l'entrée du tunnel ? Ainsi, si elle se sentait menacée, elle pourrait l'utiliser pour s'échapper.

Ils allaient certainement la questionner et, même s'ils ne trouvaient pas de preuves, auraient des soupçons. Heureusement, son statut et la position de son père lui vaudraient, au pire, d'être cloîtrée chez elle, du moins au début. Cependant si son père mourait ou si Leonardo devenait fou de jalousie, tout s'écroulerait et il était crucial qu'elle dispose alors d'un moyen de s'échapper.

Mais n'était-ce pas une folie de lui confier cette précieuse information ? Certes, il la savait incapable de le trahir mais si on la surprenait ? Comment prendre ce risque qui pouvait compromettre ses chances de reprendre son pays le jour venu ?

— Monte, dit-elle. Le père de Leonardo est un homme mauvais.

— Vraiment ? répliqua Monte, songeant à l'épave qu'il venait de voir. Quelle surprise !

— Je ne plaisante pas : Leonardo a, malgré tout, quelques qualités. Son père n'en a aucune.

Il la regarda, l'air grave.

— Et ces quelques qualités suffisent à ce que tu envisages sérieusement de l'épouser ?

Elle détourna le regard.

— Monte...

Il la serra plus fort dans ses bras.

— Tu ne peux pas m'embrasser et ensuite parler froidement de ton mariage avec Leonardo. C'est impossible, je te l'ai déjà dit et rien n'a changé.

Il l'embrassa avec une faim qui devenait de plus en plus dévorante. La serrant éperdument contre lui, il sentit la douceur de son corps et enfouit le visage dans ses cheveux pour la respirer, se fondre en elle.

Pellea se blottit contre lui, comme ressentant cette même envie de ne faire plus qu'un avec lui et il déposa des baisers tout le long de son cou. Le gémissement qui lui échappa faillit lui faire perdre tout empire sur lui-même, d'autant plus qu'elle avait passé les mains sous sa chemise et caressait à présent les muscles de son dos.

Il avait envie d'elle comme jamais il n'avait eu envie d'une autre femme, sans relâche, farouchement, avec un appétit insatiable qui faisait naître en lui comme une tornade. Il avait déjà éprouvé cela pour elle la première fois, sans le lui avouer. En cet instant, il lui laissa sentir la force de son désir, lui donnant un avant-goût de ce qu'il éprouvait derrière son attitude patiente.

Elle aurait pu en être choquée mais parut accepter la

passion qui le submergeait et y répondre avec ardeur, semblant en avoir autant envie que lui.

Pourtant, le moment était mal choisi et elle le repoussa avant que les choses n'aillent plus loin. Il accepta, résigné.

— Tu m'appartiens, dit-il farouchement, en lui tenant la tête. Leonardo ne peut pas te posséder.

Elle essaya en vain de secouer la tête.

— Je vais me marier avec lui, insista-t-elle d'une voix où perçaient à la fois tristesse et détermination. Je te l'ai dit depuis le début et je ne sais pas pourquoi tu refuses de m'écouter.

Pellea regretta amèrement de ne pouvoir lui dire la vérité, ce serait tellement plus simple s'il pouvait comprendre sa situation.

— Tu n'aimes pas Leonardo, répéta-t-il.

— Je te parle de mariage, pas d'amour.

Il fit une grimace.

— Tu admets donc qu'il s'agit d'une sorte de contrat, une affaire d'argent.

— Plutôt une affaire de pouvoir. Notre union va lui donner les bases politiques nécessaires pour gouverner le pays.

— Et tu crois qu'il voudra toujours de toi, même s'il soupçonne que...

— Je te l'ai dit, il n'est pas question d'amour. C'est un échange d'influences et il en a besoin autant que moi.

Monte n'était guère convaincu, il pressentait qu'elle lui cachait autre chose. Il trouvait incompréhensible qu'elle préfère un mariage de convenance à un mariage d'amour. Il est vrai qu'il ne pouvait se targuer de lui avoir proposé un mariage d'amour. De quel droit se plaindrait-il ? Pourtant il devait mettre d'une manière ou d'une autre un terme à cette mascarade.

— D'accord, je suis bien conscient du pouvoir et de la sécurité que peut t'apporter Leonardo. Mais toi, que lui apportes-tu ?

Elle se leva et se mit à faire les cent pas devant lui, l'air furieuse d'être ainsi questionnée.

— Pour quelqu'un qui veut gouverner Ambria, tu ne connais pas grand-chose à la politique locale !

Il prit l'air navré.

— Si votre société n'était pas aussi fermée et coupée du monde, peut-être en saurais-je un peu plus !

— Certes. Au fil des années, de nombreuses factions ont élevé leur voix contre le régime des Granvilli. Un groupe important d'opposants, que l'on a surnommé les Pragmatiques, trouvent notre système politique archaïque et réclament des réformes. Ils ont fait de mon père leur chef symbolique.

— La position ne doit pas être très confortable pour lui, grommela Monte.

— En effet mais son rôle a été précieux pour les Granvilli et ils n'osent pas prendre de mesure contre lui.

— Intéressant.

Les Pragmatiques me citent aussi en exemple, peut-être à cause de deux discours que j'ai faits l'an dernier. Quoi qu'il en soit, ils se sont intéressés à nous et nous considèrent comme des alliés. Par son alliance avec moi, Leonardo espère se rapprocher d'eux.

Il la regarda, surpris.

— Qui aurait deviné que tu étais une figure politique si importante ?

Elle le regarda, gênée.

— Je ne le suis pas réellement mais je suis d'accord avec une bonne partie de leurs critiques. Après mon mariage avec Leonardo, j'espère pouvoir accomplir quelques changements.

Il la scruta longuement puis haussa les épaules.

— C'est ce que tout le monde dit avant de se laisser corrompre par le pouvoir.

Elle fut tentée de rétorquer quelque chose de mordant, mais se retint. A quoi bon gâcher le peu de temps qui leur restait ?

— Tu te souviens de la première fois qu'on s'est rencontrés ? Juste après que je t'ai sauvé des griffes des gardes, tu m'as embrassée et tu m'as dit : « Vous pouvez vous vanter d'avoir été embrassée par le futur roi d'Ambria. »

— J'ai dit cela ? Hum, peut-être, en effet, ai-je un ego légèrement surdimensionné.

— Peut-être à cause de ton ascendance royale.

— Qui sait ?

Jamais il n'avait révélé à quiconque sa véritable identité durant toutes ces années, sauf à Pellea.

— Je trouve que je me débrouille plutôt bien, tu ne trouves pas que je me mêle bien à la population moyenne ?

Elle secoua la tête, l'air malicieux.

— Non, tu ne te mêles pas à la population moyenne, comme tu dis. Regarde ta façon de te tenir, cette arrogance. Il n'y a pas une once d'humilité en toi.

— Pas d'humilité ?

Il semblait vexé.

— Que veux-tu dire ? Je suis sûrement l'homme le plus humble de la planète.

— J'aurais dû te mettre à la porte dès le début.

— Mais tu ne l'as pas fait et nous avons passé un week-end mémorable, non ?

— Oui, répondit-elle tendrement, songeant à l'enfant qu'elle attendait de lui.

Si seulement elle pouvait lui en parler. En serait-il heureux ? Sans doute pas... Ainsi allait la vie : elle l'aimait et il semblait éprouver des sentiments sincères pour elle, mais ils n'étaient pas destinés à être heureux ensemble. Pourtant, elle aurait tant voulu passer les cinquante prochaines années dans ses bras...

Si seulement il n'était pas prince... si seulement elle n'était pas rivée à cet endroit. Ils auraient pu être si heureux. Elle s'imaginait marcher avec lui sur une plage de sable, courir dans les vagues ou encore traverser la France à la découverte des vignobles.

Au lieu de cela, il projetait d'envahir son pays, ce qui signifiait peut-être tuer des personnes qu'elle aimait. Comment pourrait-elle supporter cela ?

— Pourquoi tout cela est-il si important pour toi, Monte ? Pourquoi ne peux-tu pas laisser le passé en paix ?

Il leva vers elle un regard sombre et hanté.

— Parce qu'un terrible crime a été commis envers ma famille et ce pays. Il faut que je le répare, c'est ma raison de vivre.

Ces mots la transpercèrent. Si c'était cela sa raison de vivre, que représentait-elle à ses yeux ?

— Il n'y a pas quelqu'un d'autre qui pourrait s'en charger ? demanda-t-elle doucement. Faut-il vraiment que ce soit toi ?

Il passa la main sous le jet d'eau de la fontaine et des gouttelettes lui éclaboussèrent le visage.

— Je suis le prince héritier, je ne peux pas laisser les autres se battre à ma place.

— Mais tu as des frères, non ?

Il hocha la tête.

— Nous étions sept, cinq garçons et des sœurs jumelles.

Il garda le silence quelques instants.

— Je les ai recherchés pendant des années. J'ai commencé au cours de mes études en Angleterre. Même si je travaillais beaucoup, je passais aussi du temps à étudier les archives de petits villages, à la recherche d'indices. Je n'ai rien trouvé.

Il soupira.

— Une fois dans le monde des affaires, puis dans le cadre de la diplomatie, je me suis créé des contacts dans le monde entier et cela commence à donner ses fruits. Comme je te l'ai dit, j'ai retrouvé la trace de deux de mes frères, les plus proches de moi par l'âge mais qu'est-il advenu des autres ? Cela reste un mystère.

— Tu cherches toujours ?

— Bien sûr, et je continuerai jusqu'à ce que je les aie retrouvés. J'y passerai le reste de ma vie si c'est nécessaire.

Il haussa les épaules.

Je ne sais pas s'ils sont vivants ou non mais je les chercherai et, une fois que nous serons tous réunis, plus rien ne pourra nous arrêter.

Le cœur de Pellea se serra. Elle ne pouvait imaginer ce qu'il avait éprouvé, à grandir loin de sa famille.

— Comment était-ce ? lui demanda-t-elle. Ton enfance ?

Il hocha la tête.

— J'ai eu une famille merveilleuse jusqu'à l'âge de huit ans puis tout a basculé et je me suis retrouvé avec un couple qui éprouvait peu d'affection pour moi. De toute façon, personne n'aurait pu remplacer mes parents.

La vieille pendule murale sonna un coup. Elle le regarda et soupira.

— Il est très tard. Il faut que tu partes.

Il la regarda, incapable de prendre la décision de s'en aller sans elle.

— Viens avec moi, dès demain matin, nous serons en France.

Elle ferma les yeux. Elle se sentait si lasse.

— Tu sais bien que je ne peux pas, murmura-t-elle.

Il s'approcha et déposa un baiser sur ses paupières.

— Alors repose-toi un peu. Je partirai juste avant le lever du soleil.

— Tu me réveilleras avant de partir ?

— Oui, je te réveillerai.

Lui montrerait-il son passage secret ? C'était sans doute une erreur. Il ne pouvait pas prendre ce risque, il fallait qu'il pense aux autres vies qui étaient en jeu. Il lui promit donc de la réveiller, pas de lui indiquer par où il s'enfuirait.

Elle s'allongea sur son grand lit moelleux et il s'étendit sur le canapé. Il ne comprenait pas pourquoi elle refusait de le laisser dormir à côté d'elle. Elle semblait avoir une étrange loyauté envers Leonardo mais, si c'était important pour elle, il n'allait pas passer outre. Tout comme lui, elle avait ses propres impératifs. Allongé sans bouger, l'écoutant respirer, si proche et à la fois si éloignée, il finit presque par s'endormir.

9

A l'instant où Pellea se réveilla, elle sut que Monte était parti. Il faisait toujours nuit mais il avait disparu, comme elle l'avait redouté.

Elle se roula en boule, terriblement malheureuse et pleura toutes les larmes de son corps. Un jour, elle aurait leur enfant pour la consoler mais, pour l'instant, Monte représentait tout ce qu'il y avait de beau dans sa vie, d'intense et de vrai. Et il était parti.

Soudain, elle se souvint qu'il avait promis de lui dire au revoir. Cela ne lui ressemblait pas de manquer à sa promesse. S'il n'avait pas voulu la réveiller, il lui aurait au moins laissé un mot. Peut-être était-il toujours dans le château ?

Son cœur s'arrêta de battre. Où pouvait-il être ? L'angoisse la saisit à l'idée qu'il pouvait être capturé, tué peut-être. Cette pensée était intolérable, elle devait agir au plus vite.

Se levant vivement, elle se rendit devant la console de surveillance et se mit à étudier les écrans. Tout semblait calme, il était environ trois heures du matin et elle ne détecta aucun mouvement.

Peut-être était-il vraiment parti sans lui dire au revoir ?

C'est alors qu'elle aperçut quelqu'un bouger dans le

musée, une silhouette masculine, haute et gracieuse. Monte ! Que faisait-il là ?

Le diadème !

— Oh ! Non, Monte ! s'écria-t-elle, impuissante.

Puis, sur un autre écran, elle vit les trois gardes qui marchaient lentement dans le corridor qui menait au musée, souples et silencieux, se préparant à l'action. Il n'y eut aucun doute dans son esprit : ils avaient détecté sa présence et s'apprêtaient à se saisir de lui.

Son cœur se mit à battre follement dans sa poitrine. Il lui fallait agir vite. Elle ne pouvait pas les laisser le capturer. Lorsque Leonardo découvrirait son identité, Monte serait un homme mort.

Elle ne pouvait pas laisser faire cela.

S'élançant à travers les couloirs du château, pieds nus, en chemise de nuit et les cheveux détachés, elle courut, sans se soucier ni des caméras, ni des rencontres qu'elle pourrait faire. Qui la verrait de toute façon à cette heure-ci ? Personne n'était debout à part les trois hommes qu'elle avait vus à la poursuite de Monte. Elle n'avait qu'un objectif : sauver la vie de ce fou, si seulement elle arrivait à temps.

La porte du musée était entrouverte. Elle entra en coup de vent et se trouva nez à nez avec Monte, menotté et encadré par deux gardes. Derrière eux, le diadème étincelait dans sa vitrine. Au moins, il n'avait pas été pris avec le bijou sur lui.

— Que se passe-t-il ? demanda-t-elle d'une voix impérieuse.

Elle savait comment jouer de son rang lorsque c'était nécessaire et, même pieds nus et en chemise de nuit, sentait qu'elle parvenait à paraître autoritaire.

Les gardes étaient stupéfaits. Ils la connaissaient mais

ne l'avaient jamais vue ainsi et, après quelques secondes de surprise, le capitaine des gardes s'avança.

— Mademoiselle, nous avons capturé l'intrus, déclara-t-il, l'air satisfait.

Elle cilla, puis fit un geste vers Monte.

— Vous appelez ça un intrus ? demanda-t-elle avec dédain.

— Nous l'avons pris la main dans le sac, mademoiselle. Il essayait de voler le diadème. Regardez, la serrure a été forcée.

Un garde subalterne le tira alors par la manche et lui glissa quelques mots à l'oreille.

Le capitaine regarda Pellea d'un air désapprobateur.

— On me dit que vous avez dansé avec ce monsieur au bal, mademoiselle, peut-être pourrez-vous nous révéler son identité.

— Parfaitement, dit-elle avec vivacité. C'est un excellent ami de Leonardo.

— Oh !

Tous trois semblèrent stupéfaits et Monte en profita pour lui adresser un clin d'œil triomphant qu'elle tenta d'ignorer.

— Eh bien, il y a peut-être une explication, en ce cas.

Tout le monde craignait Leonardo et ils se mirent à danser d'un pied sur l'autre, hésitants. Cependant, le capitaine ne s'en tint pas là.

— Nous l'avons tout de même trouvé en train de forcer la serrure de la vitrine où est exposé le diadème.

— Est-ce qu'il manque quelque chose ? demanda-t-elle, l'air blasé.

— Non. Nous l'avons attrapé à temps.

— Alors tout est parfait.

Elle haussa les épaules avec exagération.

— Tout est bien qui finit bien, non ?

Le capitaine fronça les sourcils.

— Pas tout à fait. Je vais devoir en informer le Général, qui voudra connaître les détails et souhaitera peut-être interroger lui-même le prisonnier.

Une perspective déplaisante...

— Oh ! J'en doute, affirma-t-elle avec nonchalance. Si vous prenez le temps de l'interroger vous-même, vous découvrirez vite la source de ce quiproquo.

Le capitaine fonça les sourcils, visiblement agacé par cette jeune privilégiée qui venait lui faire la leçon.

Elle soupira, comme irritée de devoir entrer dans les détails.

— Mon brave, c'était une fête et vous savez comment sont les hommes dans ces circonstances... Leonardo et cet homme ont parié à qui boirait le plus.

Elle haussa les épaules.

— Leonardo est allongé dans sa chambre et je suis sûre que vous découvrirez que cet individu... que vous connaissez peut-être sous le nom de comte de Revanche, n'est guère en meilleure forme et ne sait absolument pas ce qu'il fait.

Les gardes regardèrent Monte qui leur adressa un sourire particulièrement niais.

— Eh bien, mademoiselle, dit le capitaine. Ce que vous dites est peut-être vrai mais n'empêche pas que nous l'ayons trouvé dans le musée avec la serrure forcée.

Pellea se mordit la lèvre, ne sachant comment gagner du temps. Ils ne se laissaient pas amadouer si facilement et, en quête de renfort, elle se tourna vers Monte.

— Monsieur le comte, dites-nous donc ce que vous faisiez dans la salle du musée ?

Il lui jeta un regard vitreux avant de se tourner vers les gardes.

— J'étais..., balbutia-t-il en parvenant à avoir l'air un peu ivre, j'étais en train de voler le diadème, annonça-t-il très fièrement.

— Qu'est-ce que vous dites ! s'exclama-t-elle.

— Vous ne comprenez pas, dit-il l'air mélancolique. Il est tellement beau. Je voulais vous le rendre pour que vous puissiez le porter de nouveau.

Elle le regarda, se demandant comment il pouvait penser une seconde que c'était une excuse suffisante pour se sortir des griffes des gardes.

— Pour moi ? répéta-t-elle doucement.

— Oui, vous aviez l'air d'une princesse de conte de fée et je me suis dit que vous deviez le garder pour toujours.

Son air contrit était quelque peu exagéré mais cela semblait fonctionner.

— Mais il n'est pas à moi, lui rappela-t-elle tristement.

— Ah non ? fit-il, l'air abasourdi. Eh bien il devrait être à vous.

Elle se tourna vers les gardes, l'air découragée.

— Il n'est pas dans son état normal. Vous devriez me laisser m'occuper de lui. Vous ne voulez quand même pas déranger le Général pour cette broutille, surtout à cette heure-ci ?

Le capitaine tenta de garder son air sévère.

— Eh bien, mademoiselle, si vous le dites...

Elle poussa un soupir de soulagement.

— Bon, dans ce cas je vous en débarrasse.

— Voulez-vous que l'on vous accompagne ? demanda le capitaine.

— Non, je crois que ça ira.

Elle lui prit les mains encore menottées et le capitaine lui tendit la clé.

— En général il fait tout ce que je lui dis, mentit-elle avec aplomb.

Elle l'avait sauvé et pouvait à peine contenir sa joie.

— Je vois, mademoiselle. Bonne nuit.

— Bonne nuit, capitaine, messieurs...

Elle leur fit un geste de la main et entraîna Monte hors de la pièce.

— Suivez-moi, monsieur le comte, murmura-t-elle moqueuse. Je vous arrête et, à partir de maintenant, vous avez intérêt à faire tout ce que je vous dis.

— Quand les poules auront des dents, murmura-t-il, les yeux pétillants de malice.

De retour dans le jardin, ils s'assirent côte à côte sur le banc et soupirèrent de soulagement à l'unisson.

— Tu es fou, lui dit-elle. Prendre tant de risques pour un diadème...

— C'est un diadème très spécial, lui rappela-t-il. Et qui appartient de droit à ma famille.

— Peut-être, mais d'autres le revendiquent aussi. Enfin, soupira-t-elle, les paupières lourdes de sommeil, tu as presque réussi.

— Oui.

Elle se tourna vers lui.

— On dirait que tu sais t'y prendre. Tu as fait des stages de gentleman cambrioleur ?

Il s'installa confortablement contre le dossier et lui sourit.

— En effet, je me débrouille plutôt bien en matière de vol de bijoux, déclara-t-il calmement. J'ai été l'apprenti d'un grand voleur durant tout un été et il m'a appris tout ce qu'il savait.

Il était tard, peut-être avait-elle mal entendu ? Qu'avait-il dit ?

— De quoi parles-tu ? Pourquoi faire une telle chose ?

— Je voulais apprendre tout ce que je pouvais sur la manière d'entrer dans un bâtiment sécurisé. Je me disais que cela pourrait être utile lorsque viendrait le moment de rétablir la monarchie sur cette nation.

Elle le regarda, partagée entre admiration et horreur. C'était une nouvelle preuve de sa détermination à reprendre son pays. Jamais elle ne parviendrait à le détourner de cette obsession.

Soupirant, elle secoua la tête et se détourna.

— Eh bien, tu devrais peut-être reprendre quelques cours pour te rafraîchir la mémoire.

— Que veux-tu dire ?

— Tu n'as pas réussi à voler le diadème.

Il sourit.

— Ce diadème, tu veux dire ? demanda-t-il en sortant de sous sa chemise un objet qui se mit à scintiller.

Eberluée, elle regarda le bijou.

— Mais, je l'ai vu dans sa vitrine au musée !

— Tu en as vu une copie.

Il souleva le bijou encore plus haut, admirant sa beauté.

— C'est une pure merveille.

— Je ne comprends pas.

— Ma grand-mère en avait fait faire une copie. Je me suis souvenu de l'endroit où ma mère la cachait et je l'ai retrouvée.

— Après tout ce temps ? C'est incroyable.

— Oui. Apparemment, une bonne partie des possessions

de ma famille ont été remisées dans une pièce et oubliées là. Une chance pour moi.

— Que vas-tu en faire maintenant ?

— Je le remporte avec moi, dit-il en la prenant par la main. A défaut de t'enlever...

— Tu veux seulement les humilier, c'est cela ?

— Oui.

— Mais...

— Tu ne comprends pas ? Je veux les déstabiliser, les forcer à douter. Parce que je vais revenir et leur reprendre ce pays, ajouta-t-il, les yeux brillants.

Même s'il offrait l'apparence d'un homme sûr de lui, il n'en était pas moins en proie aux appréhensions et aux doutes. Serait-il vraiment capable de restaurer la monarchie et parviendrait-il à réinstaller sa famille sur le trône qu'elle avait perdu voici vingt-cinq ans ? Assailli par les angoisses, il se poussa à se ressaisir : aucun doute ne lui était permis, la place de sa famille était ici.

Sa décision était prise, il allait partir, ce qu'il aurait dû faire depuis longtemps et montrerait à Pellea l'emplacement du tunnel. Il devait la protéger et lui faire confiance.

— Pellea, dit-il en la prenant dans ses bras. Je pars.

— Oh ! Dieu merci ! s'exclama-t-elle en prenant son visage entre ses mains et en le regardant avec amour. Je ne serai pas tranquille avant que tu ne sois en Italie.

Il l'embrassa doucement.

— Mais j'ai besoin que tu me rendes un service.

— Tout ce que tu veux.

— Il faut que tu gardes un secret.

— Encore un ? remarqua-t-elle en souriant.

Il lui caressa le visage, ébloui par sa beauté sous le clair de lune.

— Je vais te montrer comment je suis entré dans le château.

L'expression du visage de Pellea perdit tout humour et se figea. Elle comprenait la lourde responsabilité que ce secret représentait.

— Très bien. Monte, ne t'inquiète pas, jamais, au grand jamais, je ne montrerai l'entrée à quiconque.

Il la regarda. Il l'aimait, admirait son visage racé, la noblesse de ses intentions. Il ne doutait pas de sa sincérité mais savait aussi que les circonstances peuvent tout changer. Cependant, il ne pouvait pas la laisser sans cette issue de secours. Mieux valait qu'elle vienne avec lui jusqu'à mi-chemin, afin de se familiariser avec les lieux.

— Apporte une lampe de poche, lui dit-il. Tu vas en avoir besoin.

Elle le suivit.

Il l'emmena derrière la fontaine, vers un buisson d'arbustes qui semblaient pousser sur les rochers. Déplaçant quelques cailloux, puis un bloc de rocher factice, il dévoila un escalier moussu et un long tunnel humide qui s'ouvrait à leurs pieds.

— Voilà, dit-il. Tu crois que tu peux entrer ?

Pellea baissa les yeux. Le tunnel devait être empli d'araignées, d'insectes et d'autres bestioles aussi peu attirantes. Elle déglutit et hocha la tête.

— Bien sûr, dit-elle en s'efforçant de paraître décontractée. Allons-y.

Il lui montra comment reboucher l'ouverture derrière elle puis ils se mirent en chemin. Le trajet était aussi déplaisant qu'elle l'avait soupçonné ; en vingt-cinq ans, de nombreuses marches s'étaient effondrées et les racines avaient fait s'écrouler certains murs. Même avec une lampe torche, le tunnel lui sembla sombre et menaçant et la présence de Monte la réconforta.

— Un peu plus loin, il y a une petite fenêtre, dit-il. Nous allons nous arrêter là et tu pourras faire demi-tour.

— D'accord, acquiesça-elle, frissonnant d'appréhension à l'idée de se retrouver seule.

— Comment te sens-tu ?

— Un peu nauséeuse, mais c'est normal. Cela m'arrive tous les matins en ce moment.

Ces paroles à peine prononcées, elle se mordit la langue, regrettant la spontanéité qui lui venait naturellement en sa présence. Heureusement, il ne sembla rien remarquer.

Après avoir descendu les dernières marches, ils s'arrêtèrent sous une minuscule fenêtre qui laissait deviner la lueur de l'aube se levant sur la mer. Leur corps se rejoignirent pour un baiser passionné.

— Pellea, tu ne peux pas épouser Leonardo, même si ton père le souhaite. Tu ne peux pas vendre ton âme pour acheter la sécurité.

— Monte, tu ne sais pas tout et tu ne peux pas orchestrer les choses en étant loin. Je dois jouer avec les cartes que j'ai en main, tu ne seras pas là et je n'ai pas le choix.

— Tu ne comprends pas. Je vais avancer la date des opérations et nous lancerons l'invasion avant le milieu de l'été. Je te fais une promesse : je viendrai te chercher.

Il écarta les mèches folles de son visage et la regarda avec une profonde tendresse.

— A ce moment-là, la protection de Leonardo ne te sera plus d'aucun secours et ce sera à moi que ton père devra rendre des comptes.

En prononçant ces mots, il lui glaça le cœur et elle se tourna vers lui, implorante.

— Non, Monte, ne fais pas cela. En déclenchant ton

arrivée avant que tout ne soit prêt, tu mettras en danger ta vie, ainsi que celle de tous tes hommes. Il est hors de question que tu prennes tous ces risques uniquement pour moi.

Elle agrippa ses épaules.

— Je ne peux pas te laisser faire cela !

Il la regarda sans fléchir.

— Nous aurons le bon droit et l'enthousiasme de notre côté et nous remporterons la victoire.

— Monte, ne dis pas de folies. Tu sais très bien que l'enthousiasme et la légitimité ne suffisent pas pour remporter une guerre. Il faut de l'entraînement, l'équipement, des effectifs suffisants… et les finances pour assumer tout cela.

Il se mit à rire, l'interrompant.

— On jurerait que tu as déjà mené une armée sur le champ de bataille, dit-il. Tu es vraiment faite pour être reine.

Elle rougit, incapable de décider s'il s'agissait d'un compliment ou d'une taquinerie.

— Je veux juste être sûre qu'il ne t'arrive rien.

Il la prit au creux de ses bras.

— Il ne m'arrivera rien. C'est toi qui as besoin d'être protégée, tu t'apprêtes à confier ta vie aux Granvilli.

— Il ne s'agit pas de cela, fit-elle avec un soupir.

Mais il ne l'écoutait pas.

— Je ferai n'importe quoi pour te protéger.

— Tu ne le peux pas et il serait dangereux de lancer l'invasion avant d'être prêt.

— Nous serons prêts.

Il lui souleva le menton.

— Ne gâche pas tout en te précipitant pour épouser Leonardo.

Elle se détourna. Une nouvelle vague de nausée lui coupait le souffle.

— Qu'y a-t-il ?

— Rien... je... je suis juste un peu malade.

Il l'observa.

— Est-ce que cela t'arrive souvent en ce moment ?

Elle ne pouvait pas nier. Elle leva la tête et essaya de plaisanter.

— Oui. J'imagine que la situation du monde peut susciter des nausées chez n'importe quel individu normalement constitué...

Monte fronça les sourcils.

— Peut-être.

Il se souvint soudain du geste protecteur qu'elle avait parfois vers son ventre, de son livre de chevet et de sa soudaine aversion pour l'alcool.

— Ou alors, tu es enceinte.

Elle se figea.

— Pellea, es-tu enceinte ?

Elle blêmit et resta muette.

— Tu es enceinte !

Soudain tout devint clair. Bien sûr, cela expliquait tout, et Monte n'eut aucun doute : le bébé était de lui.

— Mais qu'est-ce que... ? Tu portes mon bébé et tu ne comptais rien me dire ?

L'indignation et la colère l'envahirent : comment avait-elle pu lui faire cela ?

— En plus, tu projettes d'épouser Leonardo ? ajouta-t-il, incrédule.

Cela n'avait aucun sens.

— Pellea...

Il n'arrivait pas à trouver les mots pour exprimer son désarroi et sa colère.

Sur la défensive, elle se tourna vers lui.

— Il faut bien que j'épouse quelqu'un ! répartit-elle sèchement. Et ce ne sera pas toi, si ?

Espérant contre tout espoir, toute logique, elle retint son souffle et attendit sa réponse.

Monte se détourna et regarda la mer par la fenêtre. Tout en regardant son visage passer par toute une palette d'émotions, Pellea sentit son cœur se serrer. A quoi bon lui faire des déclarations enflammées s'il n'envisageait même pas de se marier un jour avec elle ?

Etre le prince héritier le remplissait d'orgueil. Eh bien, elle aussi avait sa fierté et ne bougerait pas d'ici s'il se refusait à officialiser leur relation. Elle n'était pas assez bien pour devenir son épouse ? Soit, elle trouverait un autre moyen pour subvenir aux besoins de son enfant.

Il tourna vers elle un regard froid.

— Tu dois venir avec moi.

— Tu sais bien que c'est impossible tant que mon père est malade.

Il sembla contrarié et se détourna.

— Je sais. Je ne peux pas te demander de l'abandonner.

— Jamais je ne le ferai.

— Pellea, il faut que je te dise...

Mais sa confidence s'arrêta net au son d'une sirène qui retentit soudain, se répercutant contre les murs du château et ébranlant les fondations. Ils s'agrippèrent l'un à l'autre alors que les murs se mettaient à trembler.

— Qu'est-ce que c'est ? demanda-t-il avec rudesse.

— L'alarme du château, répondit Pellea. Il a dû se passer quelque chose. Je ne l'ai pas entendue depuis la mort de la mère de Leonardo.

Il tendit l'oreille.

— J'ai cru pendant un moment que c'était un tremblement de terre. Tu crois... ?

— Je ne sais pas.

L'alarme continuait à retentir et Pellea se mit les mains sur les oreilles.

Brutalement, le bruit s'arrêta et ils se regardèrent longuement.

— Je vais rentrer, murmura-t-elle enfin.

Il avait toujours su que ce moment arriverait. Même en sachant que c'était impossible, il désirait ardemment qu'elle vienne avec lui, et son impuissance le désespérait. La situation le mettait dans l'obligation de laisser derrière lui tout ce qu'il aimait, même ce bébé, à l'existence duquel il allait devoir s'habituer.

— Une dernière chose, dit-il avec un ton d'urgence. Viens à la fenêtre. Lorsque le moment sera venu de t'échapper et que tu seras ressortie du tunnel, regarde au bout de ce grand champ moissonné, tu verras une petite maison, une vraie chaumière de conte de fées. Vas-y directement, et demande Jacob. Je le préviendrai. Il t'emmènera au bateau qui te conduira sur le continent.

— Si je m'échappe, corrigea-t-elle doucement, désespérée.

Il l'attrapa par les épaules.

— Tu t'échapperas. Un jour ou l'autre, tu le feras et, à ce moment-là, tu viendras me retrouver. Tu me le jures ?

Elle hocha la tête, les yeux embrumés.

— Dis-le, ordonna-t-il.

— Je jure que je viendrai te retrouver, affirma-t-elle en le regardant à travers ses larmes.

Il la contempla longuement avant de l'embrasser.

— Au revoir, dit-elle en s'arrachant à son étreinte pour rebrousser chemin. Bonne chance, ajouta-t-elle avec un faible sourire. A la libération d'Ambria, dit-elle en lui lançant un baiser.

— A la libération d'Ambria, lança-t-il à son tour.

— Je t'aime, Pellea, déclara-t-il après qu'elle eut disparu dans l'escalier. Et j'aime notre bébé, murmura-t-il, rien que pour lui-même.

Il reviendrait chercher ce qui lui appartenait, par n'importe quel moyen, même au risque de sa vie.

Poussant un juron, il se mit à dévaler l'escalier dans l'obscurité.

10

Pellea rentra sans que personne ne se soit rendu compte qu'elle s'était absentée, et dissimula le tunnel, exactement comme Monte l'avait fait auparavant. Elle n'apprit qu'au petit déjeuner, par Kimmee, la raison de l'alarme nocturne.

— Je crois que le vieux Général est très malade, dit-elle, l'air impressionnée. C'est incroyable, non ? Je pensais cet homme immortel. Ce matin, la personne qui venait lui apporter son café a cru qu'il était mort et a sonné l'alarme. Leonardo est furieux.

— Mais il n'est pas mort ?

— Non, mais il n'en est pas loin.

Malgré tout, Pellea était bouleversée.

— Quelle tristesse d'être revenu au pays après tout ce temps et de mourir sans même avoir eu le temps de voir ses proches.

— Peut-être, fit Kimmee. A moins que ses péchés n'aient fini par le rattraper...

— Ne parle pas comme ça d'un mourant, répondit machinalement Pellea, même si au fond elle était d'accord avec elle.

A vrai dire, l'état de santé de celui qui gouvernait Ambria depuis sa naissance n'était pas sa première préoccupation. Elle pensait surtout à Monte et à sa promesse de lancer l'invasion le plus tôt possible et elle était malade d'angoisse à l'idée du danger auquel il s'exposait pour elle. S'il était blessé, lui ou l'un de ses hommes, elle ne pourrait jamais se le pardonner.

Leonardo lui rendit visite peu avant midi. Elle alla à sa rencontre près de la grille, la gorge serrée, se demandant ce qu'il savait et ce qu'il soupçonnait. Manifestement, il souffrait des conséquences de sa nuit trop arrosée et, s'il était visiblement agacé par le branle-bas inutile, il semblait pourtant assez calme.

— Bonjour ma chère, dit-il. Je suis sûr que tu as entendu parler de mon père.

— Oui ? Leonardo. Je suis désolée.

— Certes, mais ce n'est pas inattendu. Il est très malade, tu sais, bien plus que ce que nous avons laissé croire au peuple. C'est un déclin naturel j'imagine, mais que cet abruti aille annoncer sa mort !

Il secoua la tête.

— Je me suis occupé de lui.

Il fit claquer ses gants contre la jambe de son pantalon et la regarda par en dessous.

— Quelle soirée, hier, hein ? Finalement, nous n'avons pas réussi à annoncer nos fiançailles ?

Elle se rendit compte qu'il s'agissait d'une question. Avait-il tout oublié de la soirée ?

— Non, en effet, dit-elle simplement, se gardant bien de développer.

Il la regarda.

— Est-ce que ça veut dire que le mariage est annulé ?

Elle hésita.

— Qu'en penses-tu ?

— Je pense qu'il y avait quelqu'un d'autre au bal que tu préférerais épouser, dit-il abruptement.

— Oh ! Leonardo...

Il la coupa.

— Ça ne fait rien, ma chère. Nous nous occuperons de cela plus tard, en ce moment j'ai trop à faire. Avec la mauvaise santé de mon père, il va bien falloir organiser la succession.

— Quoi ? Que se passe-t-il ?

— Tu sais qu'il n'est arrivé de France qu'hier. Je ne l'avais pas vu depuis des semaines et je ne me rendais pas compte...

Il s'arrêta et se frotta les yeux.

— Mon père est pratiquement inconscient, Pellea, et il va falloir que je le mette sous tutelle. Toutes les factions affûtent leurs dents et se préparent à essayer d'attraper une part du gâteau. C'est un véritable cauchemar.

— Oh ! Leonardo, je suis désolée.

— Tout repose sur moi maintenant, ma douce, et je crains que le mariage ne soit plus à l'ordre du jour. Désolé.

Leonardo fit volte-face et s'éloigna, l'esprit absorbé par ses préoccupations. Pellea soupira de soulagement, c'était un fardeau de moins à porter.

Certes, elle n'était pas tirée d'affaire, elle était toujours enceinte et sans mari. Qu'adviendrait-il d'elle et de son bébé, dans cette société aux valeurs archaïques ? Il fallait qu'elle réfléchisse, il était temps de trouver ses réponses.

Quelques minutes plus tard, Pellea se rendit au chevet de son père. Il allait beaucoup mieux. Elle ignorait ce que le médecin lui avait donné mais il avait retrouvé tous ses esprits et elle en fut soulagée.

Bavardant de choses et d'autres, elle fut prise au dépourvu par sa question :

— Qui était cet homme, hier soir ?

— Le médecin ? tenta-t-elle à tout hasard.

— Non, l'autre. Celui que j'ai confondu avec le roi Grandor.

Elle prit une profonde inspiration.

— C'était son fils. Le prince héritier. Monte de Angelis.

— Monte ? répéta-t-il en souriant. Ah oui, bien sûr je me souviens de lui. Un beau garçon, solide. Je suis heureux qu'il ait survécu.

Elle décida de faire preuve de sincérité.

— Il est toujours aussi beau garçon d'ailleurs, dit-elle doucement.

— Oui. Je t'ai vu l'embrasser.

— Oh !

Après tout, elle était soulagée que son père connaisse la vérité.

— Je suis amoureuse de lui, Père. Et je porte son enfant.

Voilà. Il n'y avait plus rien à dire et elle retint son souffle.

Le voyant fermer les yeux, elle craignit d'avoir été trop brutale.

— Je suis désolée, Père, dit-elle en se penchant au-dessus de lui. Je t'en prie, pardonne-moi.

— Il n'y a rien à pardonner, en tout cas pas de ton côté. J'imagine que cela va mettre un terme à mes espoirs de te voir épouser Leonardo.

Elle secoua la tête, ennuyée de le décevoir.

— J'en ai peur.

Pendant quelques minutes, il sembla absorbé dans sa réflexion et, le laissant seul, elle fit un peu de rangement avant de lui apporter une bouteille d'eau fraîche. Enfin, il lui prit la main et lui expliqua ce qu'il avait en tête.

— Je voudrais voir le médecin, dit-il d'une voix faible mais égale. Il faut que nous fassions des projets. Je vais bientôt quitter ce monde mais je veux d'abord faire quelque chose pour toi.

— Non, Père, ce n'est pas la peine. Tu as passé ta vie à t'occuper de moi, cela me suffit. Tout ce que je souhaite, c'est que tu te rétablisses et que tu restes avec moi le plus longtemps possible.

Il lui caressa la main.

— C'est pour ça que je veux voir le médecin. Essaie de le faire venir tout de suite, s'il te plaît.

Elle poussa un petit soupir d'inquiétude.

— Tout de suite.

Le médecin, qui avait toujours aimé Pellea et son père, arriva promptement. Après s'être entretenu avec son malade, il déclara :

— Je vais voir si je peux tirer quelques ficelles.

— Parfait, dit son père une fois qu'il fut parti. Leonardo va avoir du pain sur la planche : il devra lutter contre toutes les factions qui essaieront de renverser le pouvoir et n'aura pas le temps de penser à moi. Je ne lui sers plus à rien maintenant et je ne suis pas en état de l'aider.

Il prit la main de sa fille.

— Le médecin va m'autoriser à aller sur le continent pour consulter un spécialiste. J'aurai besoin que tu viennes avec moi en tant que garde-malade.

— Quoi ?

Elle en croyait à peine ses oreilles. Ils allaient se rendre sur le continent, comme par enchantement. Cela pouvait-il être si simple ?

— Tu es d'accord ?

— Oh, Père !

Les yeux de Pellea se remplirent de larmes et c'est d'une voix étranglée qu'elle répondit.

— Père, tu me sauves la vie.

Arrivée en Italie deux jours plus tard, Pellea se sentait plus angoissée que jamais. Elle souhaitait revoir Monte mais redoutait ce qu'elle allait découvrir. Après tout, jamais il n'avait cessé de répéter qu'il ne l'épouserait pas...

Elle était réaliste. La magie d'une liaison clandestine était une chose mais la réalité d'une femme enceinte qui venait frapper à votre porte en était une autre. Il avait peut-être décidé qu'après tout elle n'en valait pas la peine. Cette perspective était certes déplaisante mais elle avait appris que la vie peut se montrer froide et cruelle.

Une seule chose était certaine : elle devait aller le retrouver, lui annoncer les événements récents : elle n'était plus en danger, n'épouserait pas Leonardo et il n'avait plus aucun besoin de préparer une invasion pour elle.

Après avoir laissé son père dans une clinique à Rome, elle se rendit à quelques heures de là dans la petite ville montagnarde de Piasa, où étaient rassemblés de nombreux légitimistes ambriens. Elle parvint à dénicher l'hôtel de Monte et, le cœur battant, alla le demander à la réception.

— Il ne reçoit pas de visiteurs, mademoiselle, lui dit le réceptionniste. Peut-être que si vous laissez votre nom...

Que pouvait-elle faire ? Désemparée, elle se détourna, se demandant où aller.

C'est alors qu'elle l'aperçut, sortant d'un ascenseur avec deux autres hommes, riant à l'une de leurs plaisanteries. Joie et peur se mêlèrent en elle mais, lorsque son regard s'arrêta sur elle, elle eut un coup au cœur : non seulement il n'avait pas l'air heureux de la voir mais il sembla presque ennuyé de sa présence.

Il prit congé de ses compagnons et s'approcha d'elle sans un sourire puis glissa une clé dans la main.

— Va à la chambre 25 et attends-moi, murmura-t-il.

Tournant les talons, il rejoignit ses compagnons qu'il gratifia sans doute d'une plaisanterie car ils s'esclaffèrent immédiatement, l'un d'eux se retournant même pour jeter un coup d'œil à Pellea. Se moquait-il d'elle ? Ses joues devinrent cramoisies et elle fut tentée de lui jeter la clé au visage avant de décamper.

Heureusement, elle parvint à se calmer rapidement ; après tout, elle n'avait aucun moyen de savoir ce qu'il avait vraiment dit, ni même ce qu'il pensait. Peut-être était-il obligé de jouer un rôle pour préserver son anonymat ? Elle aurait tort de lui faire un procès d'intention. Respirant profondément, elle se dirigea vers l'ascenseur.

Une fois à l'intérieur de la chambre, toute sa logique ne put venir à bout de ses appréhensions. Son comportement était si différent, il n'avait plus rien de commun avec l'homme qu'elle avait connu à Ambria. Qu'allait-il se passer ? Cela n'avait rien à voir avec les retrouvailles qu'elle avait espérées et elle en était malade d'angoisse.

Après avoir arpenté nerveusement la chambre, elle finit par s'allonger sur le lit pour se reposer et, épuisée, s'endormit rapidement.

Son sommeil fut de courte durée et prit soudain fin lorsqu'elle sentit quelqu'un s'allonger à côté d'elle sur le lit et lui embrasser l'oreille.

— Oh ! s'écria-t-elle, essayant de se relever.

Mais c'était inutile, Monte continua à l'arroser d'une pluie de baisers et elle se mit à rire.

— Qu'est-ce que tu fais ?

— Certaines personnes souhaitent la bienvenue avec des fleurs, lui dit-il avec un sourire charmeur et tendre. Moi je le fais avec des bouquets de baisers. Donc, allonge-toi et prends ton mal en patience.

Elle éclata d'un rire nerveux tandis qu'il la couvrait d'encore plus de baisers.

— Monte ! Arrête !

Il finit par s'arrêter mais posa la main sur son ventre.

— Fille ou garçon ? demanda-t-il doucement.

Elle lui sourit, soudain inondée de bonheur :

— Je ne sais pas encore.

— C'est incroyable.

— Encore un miracle, dit-elle. Tu es content ?

Il la regarda longuement dans les yeux avant de répondre.

— *Content* est un mot bien trop faible, répondit-il simplement. Le sentiment que je ressens est si fort, si neuf que je ne sais même pas comment le définir. C'est comme si un nouveau monde s'ouvrait à mes pieds et, maintenant que tu es près de moi, tout est pour le mieux.

Elle soupira.

— J'étais inquiète. Tu as eu un air si bizarre quand tu m'as vue...

— En public, je dois jouer un rôle, Pellea, c'est un mal nécessaire dans ma position.

Gentiment, il posa un doigt sur ses lèvres.

— Mais avec toi, je promets d'être toujours moi-même. Tu me verras toujours tel que je suis, bon ou mauvais.

Malgré toutes ces déclarations, il n'avait toujours pas prononcé les mots qu'elle voulait entendre. Elle lui parla de ce qui s'était passé au château et de la visite de son père chez le spécialiste italien.

— J'espère qu'ils pourront faire quelque chose pour lui, conclut-elle.

— Est-ce qu'il compte rentrer ?

— Oh j'en suis sûre. Sa vie est à Ambria.

Il prit l'air songeur.

— Toi tu ne rentres pas, annonça-t-il, sa voix sonnant comme un ordre.

— Ah bon ? Et qu'est-ce qui me retient ici ?

— Moi.

Elle attendit qu'il en dise un peu plus mais il fronça les sourcils, semblant penser à autre chose. Pellea perdit patience.

— Il faut que j'aille retrouver mon père, dit-elle en se levant et en lissant ses vêtements.

Monte se leva, lui aussi.

— Je viens avec toi.

— Mais… tu le détestes !

— Non. Je déteste l'homme qu'il a été, pas celui qu'il est aujourd'hui.

— Tu crois qu'il a changé ?

— Nous avons tous changé.

Il l'attira près de lui.

— De toute façon, il n'y a pas de bons joailliers à Piasa, il faut que j'aille à Rome.

— Pourquoi as-tu besoin d'un joaillier ?

— J'ai besoin de quelqu'un qui puisse exécuter une bonne copie.

— Du diadème ?

— Pas exactement. En fait, je cherche quelqu'un capable de s'inspirer du motif principal du diadème pour créer… une bague de fiançailles.

— Oh.

Il l'embrassa.

— Tu aimerais porter une bague de ce genre ?

Soudain, elle se sentit flotter sur un nuage de bonheur.

— Je ne sais pas, tout dépend de la personne qui me l'offrirait.

— Bonne réponse.

Après l'avoir embrassée de nouveau, il lui prit les deux mains et sourit.

— Je t'aime, Pellea, lui déclara-t-il, les yeux brillants. Mon amour pour toi est plus grand que ma soif de justice et de vengeance, plus grand que les blessures du passé. Je m'occuperai de ces choses-là plus tard et je reconquerrai mon pays le moment venu. Lorsque je reprendrai le pouvoir, je veux que tu sois à mes côtés, que tu sois ma reine. Acceptes-tu d'être ma femme ?

Eperdue de bonheur, elle éclata de rire. Il avait enfin prononcé les mots tant attendus.

— Oui, Monte, dit-elle en s'approchant de celui qu'elle aimait, emplie de joie. De tout mon cœur et de toute mon âme.

MICHELLE CONDER

Un prince pour patron

Traduction française de
CÉLIA VAL

DIADÈME

HARLEQUIN

Titre original :
CROWNING HIS UNLIKELY PRINCESS

Ce roman a déjà été publié en 2020.

1

Cassidy vérifia le prospectus qu'elle tenait à la main. Ce n'était pas le même que celui qui s'affichait sur l'écran de son ordinateur...

Elle lui avait donné la mauvaise version.

Elle n'avait pas de chance.

Elle allait perdre son emploi.

Point final.

La journée avait mal débuté, et se terminait de manière catastrophique.

Elle n'avait pas vécu d'aussi mauvaise journée depuis le jour où son père les avait fait déménager, sa sœur et elle, au beau milieu de la nuit, fuyant leur petite paroisse tranquille comme s'ils étaient des criminels – ce qui n'était pas le cas. Longtemps, ils avaient été traités en parias. Mais ressasser le passé ne servirait à rien, songea-t-elle alors.

Si elle ne trouvait pas moyen d'arranger les choses, son patron, méticuleux en diable, se retrouverait le lendemain à Boston, où il devait diriger un important meeting destiné à finaliser un investissement capital, avec à sa disposition des informations qui n'étaient pas les bonnes... Ce qui voudrait dire qu'elle perdrait huit mois d'un travail pénible. Après la bombe inattendue que sa sœur lui avait jetée à la tête le matin même, inaugurant de façon éclatante sa journée en enfer, eh bien, c'était maintenant la cerise sur le gâteau !

Hélas, elle ne pouvait blâmer qu'elle-même. Elle n'aurait pas dû laisser l'incroyable annonce de Petra l'affecter autant et pour le reste, elle avait le choix entre se lamenter et tenter d'arranger les choses. C'était encore possible, se dit-elle en jetant un coup d'œil à sa montre.

Cassidy vérifia de nouveau la version corrigée du document, s'assurant que les bons chiffres se trouvaient au bon endroit, cette fois, et lança l'impression.

Bien sûr, l'imprimante se trouva à court de papier à mi-chemin mais cela, c'était la routine. Quand une journée commençait aussi mal…

Son mal de tête redoubla alors qu'elle se rappelait les détails de sa matinée. Elle était à peine réveillée qu'une des jumelles, sa nièce de onze ans, avait débarqué dans sa chambre en déclarant tout de go que sa mère allait se marier. Sa mère. La sœur de Cassidy, qui avait pourtant juré de renoncer aux hommes lorsque le père des fillettes l'avait abandonnée avant même leur naissance. Petra, « Pete » pour les intimes, sortait à peine de l'adolescence alors.

La sœur de Cassidy, qui suivait sa fille de près, était apparue avec un sourire contrit et un diamant au doigt.

— Je ne savais pas trop comment te l'annoncer, mais… Dan m'a fait sa demande, c'était complètement inattendu ! Il veut que j'emménage avec lui et les filles tout de suite. Mais rassure-toi… pas avant que tu aies trouvé un colocataire pour me remplacer. Je sais bien que tu ne peux pas payer le loyer seule, avec les prix de New York…

Cassidy lui avait jeté un regard incrédule.

— Tu es… fiancée ?

Pete lui avait retourné un regard aussi surpris qu'enchanté.

— C'est fou, non ? J'ai du mal à y croire moi-même… Mais il est formidable, Cass, et il veut même adopter les jumelles !

Une boule s'était formée dans la gorge de Cassidy. Les jumelles étaient ses nièces, on ne les lui prendrait pas ! Elle était là à leur naissance, avait aidé sa sœur à les élever, avait emmené Amber à l'hôpital pour un bras cassé quand Pete était prise par le travail et avait lu des histoires à April pour lui occuper l'esprit pendant que sa sœur se trouvait sur la table d'opération.

Dan était… un homme sympathique, adorable, même, mais… un mariage ? Avec le recul, Cassidy songea qu'elle aurait dû s'y préparer. Sa sœur avait le genre de beauté qui faisait se retourner tous ceux qu'elle croisait.

Un peu comme son employeur. Le prince Logan d'Arrantino…

À l'époque du lycée, les garçons ne s'intéressaient à elle que pour être présentés à sa sœur, se souvint Cassidy. Elle s'y était si bien habituée que même à présent, elle soupçonnait tout homme qui l'invitait à dîner. Non qu'elle ait reçu tant d'invitations que cela depuis le dernier type avec qui elle était sortie, et qui s'intéressait plus à ses cours de fac qu'à elle-même… Une erreur qu'elle préférait oublier. Était-ce vraiment trop demander de vouloir rencontrer un homme qui la désirerait pour ce qu'elle était ?

L'image de son patron lui vint à l'esprit et elle la bannit aussitôt. Après les erreurs catastrophiques qu'elle avait accumulées dans la journée, il aurait sûrement envie de l'étrangler, pas de l'inviter à prendre un verre !

Pour commencer, elle lui avait passé la communication d'une ex en pleurs, plaidant pour une deuxième chance, au lieu du responsable de leur service juridique. Elle avait continué en se trompant sur l'adresse du restaurant où il avait un déjeuner d'affaires. Résultat, il avait eu vingt minutes de retard. Et maintenant, cette débâcle…

Elle rassembla soigneusement les feuillets du prospectus. La dernière chose à faire serait de les éparpiller en se rendant dans le local photocopie…

À cette heure, le bureau était presque vide car la plupart de ses collègues de la banque étaient rentrés chez eux. Personne ne serait témoin de son désespoir, et c'était déjà ça. L'idée de retourner chez elle la déprimait. Pourtant, elle était sincèrement heureuse pour sa sœur, mais elle craignait les conséquences de ce bonheur pour elle-même… Ne plus voir sa famille chaque jour la terrifiait. Le vide programmé de ses journées l'angoissait. Elle finirait sa vie seule, vieille fille drapée dans un châle, avec pour seule distraction les chats qu'elle recueillait.

Elle sentit sa gorge se serrer. Sa sœur et elle formaient une équipe soudée, particulièrement depuis la naissance des jumelles, alors que Pete venait tout juste d'atteindre ses dix-sept ans. Leur mère avait quitté le foyer deux ans plus tôt, leur père luttait pour garder la tête hors de l'eau et Cassidy était devenue le roc sur lequel tout le monde s'appuyait. Cela ne la dérangeait pas, car elle était du genre combatif.

En se félicitant d'avoir maintenu la régularité de sa gym matinale, elle grimpa l'escalier quatre à quatre pour retourner à son bureau. Au moment d'appeler le service courrier express pour qu'il prenne en charge les nouveaux prospectus, elle hésita.

Si jamais le livreur avait un accident et que ses beaux

prospectus finissaient dans le fleuve Hudson ? Non seulement ce n'était pas défendable écologiquement de perdre du si beau papier, mais en plus elle se retrouverait mise à la porte pour cause de stupidité...

Être engagée chez Logan deux ans auparavant, comme assistante du P-DG, alors qu'elle venait de finir ses études, avait été un extraordinaire coup de chance. Des mois plus tard, elle en était encore à se pincer. Avoir décroché un poste de cadre aussi lucratif, presque sans expérience, ça n'arrivait jamais ! Mais elle s'était trouvée au bon endroit, juste au bon moment : le responsable du personnel de la banque Logan était aux abois. Sans cet heureux concours de circonstances, elle n'en serait pas là aujourd'hui, à faire un travail qu'elle aimait pour un homme dont tout le monde s'accordait à dire qu'il était un génie des affaires.

En effet, c'était un homme de caractère qui ne se laissait arrêter par rien pour obtenir ce qu'il voulait. Au début, cela intimidait terriblement Cassidy mais on lui avait conseillé de ne pas le montrer, tout en lui révélant que les assistantes précédentes avaient été remerciées parce qu'elles ne tenaient pas la charge de travail. Le responsable du personnel, source de ces précieuses informations, avait poursuivi :

« Soit ces pauvres femmes étaient intimidées par le fait qu'il soit prince, le second de la lignée à pouvoir prétendre au trône d'Arrantino, soit elles avaient la mauvaise idée de tomber amoureuses de lui... »

Réduite à compter les rares dollars qui restaient sur son compte en fin de mois, Cassidy l'avait assuré que l'amour était la dernière de ses préoccupations. Quant à la charge de travail, rien ne pouvait effrayer celle qui avait dû prendre deux emplois tout en suivant ses études et était tout de même sortie major de sa promotion.

Cassidy regarda les prospectus qu'elle venait de glisser dans une enveloppe kraft. L'appartement de son patron n'était qu'à quinze minutes à pied, si elle ne perdait pas de temps. Elle s'y était déjà rendue pour déposer des documents, donc pourquoi pas ce soir ?

Avec un peu de chance, son patron ne serait pas chez lui et elle pourrait mettre les papiers en place avant même qu'il ait lu les autres...

Emplie d'optimisme pour la première fois de la journée, elle enfila sa veste de tailleur, se saisit de son sac et appela l'ascenseur.

La Cinquième Avenue, en cette mi-juillet, regorgeait de touristes mal fagotés et rouges de trop de soleil, les bras chargés de souvenirs de New York.

Cassidy ne remarqua pas que le ciel s'était soudain plombé. Bientôt, une énorme goutte s'écrasait sur son enveloppe kraft comme un ballon d'eau qu'on aurait crevé.

C'était bien sa chance ! pesta-t-elle en se réfugiant sous l'auvent d'un magasin en compagnie de deux dames en tenues de soirée, aussi dépitées qu'elle d'être stoppées en chemin. Peut-être se rendaient-elles au théâtre...

Aller au théâtre... Voilà quelque chose qu'elle n'avait jamais le temps de faire. Assister à une comédie musicale lui ferait pourtant du bien, mais elle peinait à se rappeler la dernière fois qu'elle avait fait quoi que ce soit pour le plaisir. Qui avait le temps pour de pareilles frivolités ? Ôtant prestement sa veste, elle en entoura la précieuse enveloppe et chercha du regard un taxi. Bien entendu, l'avenue était embouteillée à cause de la violente averse et on ne voyait pas le moindre taxi jaune à l'horizon. Résignée, Cassidy sortit de son abri. Elle ne pouvait pas rester là à attendre, sinon la nuit la surprendrait alors qu'elle rentrait chez elle. Il ne lui restait plus qu'à espérer que son patron apprécierait son dévouement à sa juste valeur au moment de distribuer les primes…

Alors qu'elle atteignait enfin l'immeuble de grand standing où il logeait, elle se rendit compte qu'elle était trempée.

Le portier la dévisagea en écarquillant les yeux tandis qu'il s'empressait de lui ouvrir.

— Bonsoir, mademoiselle Ryan.

— Bonsoir, Michael, dit-elle, reprenant pour la première fois son souffle depuis le début de sa course folle. Il est chez lui ?

— Oui, Mademoiselle, depuis une heure environ.

— Super…, répondit-elle, mi-figue, mi-raisin.

Sa dernière chance de dissimuler son erreur venait de s'évanouir… Comme son patron n'avait pas répondu au texto qu'elle lui avait envoyé avant de partir, elle utilisa son passe personnel pour accéder au duplex du dernier étage, par le biais de l'ascenseur privé.

Une soudaine panique la saisit alors que l'ascenseur s'élevait. Elle était déjà venue à plusieurs reprises pour déposer des courriers importants mais Logan était toujours absent. La pensée de le trouver chez lui, dans son intimité, la mettait mal à l'aise, mais ce sentiment était sûrement dû à la journée éprouvante qu'elle aurait tout donné pour voir enfin terminée.

L'appartement, grandiose et d'un luxe absolu, jouissait d'une vue à 360° sur Manhattan. Cassidy sortit précautionneusement de l'ascenseur pour ne pas glisser sur le marbre poli du sol. Le lieu était magnifique, le décorateur chargé du stylisme ayant utilisé du bois clair veiné et pléthore d'espaces vitrés pour créer un intérieur accueillant où toute notion de limites était abolie.

Consciente que l'eau dégoulinait de ses vêtements, elle se hâta d'entrer et appela son patron. Il n'y eut pas de réponse et Cassidy se laissa un instant distraire par le magnifique coucher du soleil entre les gratte-ciel. Le panorama était imposant et il s'en dégageait une impression de paix profonde. Bien sûr, on apercevait tout en bas les embouteillages de la ville et les piétons qui se pressaient dans les rues, mais cette agitation paraissait presque surréaliste dans le calme parfait de l'appartement. Le cadre de vie de Logan apportait à Cassidy une bouffée de sérénité, bienvenue après cette journée de folie. Elle se sentait comme dans un cocon, au sein même de la ville qui ne dormait jamais.

Mais soudain, ce calme vola en éclats – son patron venait d'entrer dans la pièce. Elle se retourna, serrant contre elle la veste qui contenait les précieux documents. Et en l'apercevant, Cassidy ne put que retenir son souffle.

Trempé de sueur dans un T-shirt sans manches qui ne cachait rien de ses puissantes épaules et soulignait son large torse, son bermuda de sport révélant ses cuisses musclées, il offrait le spectacle d'une virilité éclatante. Il avait gardé ses écouteurs aux oreilles et Cassidy perçut un morceau au rythme soutenu. Pendant un instant, elle ne put prononcer un seul mot devant ce corps bronzé, tonique, luisant des prouesses qu'il venait d'accomplir. Certes, elle s'était doutée que son employeur était un sportif accompli, mais comme elle ne l'avait vu jusque-là qu'en costume sur mesure, elle n'avait pas imaginé ce qu'elle avait en ce moment sous les yeux !

Logan la scrutait et elle était tellement troublée qu'elle se laissa gagner par une chaleur inhabituelle, son cœur battant la chamade comme si elle courait encore sous la pluie. Elle déglutit avec peine, horrifiée de sentir son corps réagir à la présence de Logan d'une façon aussi peu professionnelle... Pourtant, Cassidy avait déjà réagi ainsi, lors de leur première rencontre, alors qu'il la recevait, derrière son bureau, visiblement de très mauvaise humeur. Il ne souriait pas non plus, cette fois-là, testant sa réactivité aux questions dont il la bombardait en la fixant d'un regard bleu très vif frangé de cils épais.

Le même regard qu'il dardait sur elle à présent... Mais cette fois, elle se sentait vulnérable, bien moins apte à dissimuler ses émotions. C'était pourtant son point fort de cacher ce qu'elle ressentait – l'un des superpouvoirs que lui avait conférés une enfance chaotique.

Et qu'elle avait utilisé avec succès ce premier jour dans son bureau pour qu'il ne sache pas à quel point elle le trouvait attirant, se concentrant sur la chance qu'elle avait de décrocher cet emploi dans une situation financière critique. Ce qui l'avait aidée, aussi, c'était la conscience aiguë qu'un homme possédant tout ce que le monde pouvait offrir n'allait pas perdre son temps à regarder une femme comme elle.

Pourtant, l'œil bleu azur de Logan s'attardait sur sa bouche et elle en ressentit un flamboyant désir qui la secoua jusqu'au tréfonds. Comme une gazelle pétrifiée devant un lion affamé, elle se trouvait incapable de fuir... Les femmes qui le suppliaient de leur laisser une seconde chance étaient plus à plaindre qu'à blâmer, songea soudain Cassidy, car si par bonheur il la serrait dans ses bras puissants, elle non plus n'aurait pas supporté qu'il la lâche...

Heureusement, l'expression contrariée de Logan lui rappela qu'il n'y avait aucune chance pour qu'il la prenne dans ses bras... Et il était temps qu'elle fasse quelque chose, n'importe quoi, qui lui permette de trancher l'étrange lien qui se nouait entre eux, sous peine de se rendre ridicule.

Avant qu'elle ait pu songer à autre chose qu'à serrer convulsivement sa veste détrempée contre elle, Logan fouilla dans sa poche et coupa la musique tout en arrachant ses écouteurs.

— Que faites-vous ici à dégouliner sur mon parquet, Cassidy ?

Ils étaient passés à l'usage de leurs prénoms au bout de six mois de fréquentation quotidienne, car il prétendait que la façon stressée dont elle prononçait « M. de Silva » lui donnait toujours l'impression qu'elle allait lui annoncer une mauvaise nouvelle. Mais ce soir, son prénom dans la bouche de son patron prenait une consonance étrangement intime.

— Eh bien...

Elle balaya de son esprit le moment de folie qu'elle venait de vivre et releva le menton.

— Il fallait que je vous donne ces prospectus avant demain matin, reprit-elle en écartant sa veste pour récupérer les papiers, qu'il ne chercha cependant pas à prendre.

— J'ai déjà les prospectus pour demain.

Cassidy essuya de sa main libre les gouttelettes qui tombaient de ses cheveux sur sa nuque.

— En fait, non. Vous avez les mauvais...

— Les mauvais ?

Il s'interrompit, la regarda de haut en bas comme s'il la voyait pour la première fois de la soirée et jeta :

— Vous êtes trempée.

— Oui, désolée...

Elle glissa un regard à son chemisier rendu transparent par l'eau et, hâtivement, se couvrit les seins de son bras libre. Elle devait offrir un tableau pitoyable !

Le froncement de sourcils de Logan s'accentua alors qu'il la délivrait enfin de ses prospectus. Il prit également sa veste et disparut dans le couloir pour revenir quelques secondes après avec une serviette de toilette.

— Vous savez où se trouve la salle de bains.

— Euh... non, je n'en ai aucune idée, répondit-elle dans un frisson.

Visiblement agacé de voir perturbé l'ordonnancement parfait de sa soirée, il la précéda dans le couloir.

— Ici, dit-il en ouvrant une porte derrière laquelle Cassidy se réfugia.

Quand elle vit ce que la pluie avait fait de ses cheveux et constata les coulures de son mascara, elle faillit pousser un cri d'horreur. La créature échevelée que lui présentait le miroir n'avait rien à voir avec celle qu'elle s'efforçait d'être depuis qu'elle avait quitté l'Ohio, toujours impeccable. La preuve, s'il en fallait encore, qu'elle n'aurait jamais dû quitter son lit ce matin !

Prenant une profonde inspiration, elle nettoya le mascara, s'essuya le visage et le cou, puis elle défit son chignon et entreprit de remettre de l'ordre dans sa coiffure. Mais au moment de prendre sa brosse dans son sac, elle se rappela qu'Amber la lui avait empruntée la veille. Maudissant sa nièce chérie, elle tenta de se coiffer avec les doigts mais, devant le piètre résultat, décida qu'il valait mieux garder les cheveux libres. Son chemisier lui collait toujours à la peau et on voyait son soutien-gorge. De toute façon, au point où elle en était... Le plan, c'était de récupérer sa veste, souhaiter bonne nuit à son patron et filer sans demander son reste.

De retour dans le salon, elle aperçut la silhouette de Logan sur fond de gratte-ciel. Les nuages s'étaient déchirés et les derniers rayons du soleil teintaient d'or et d'argent les bâtiments encore luisants de pluie. Mais ce qui retint son attention fut plutôt la vue sublime qu'offrait celui qui lui tournait le dos. Il était l'image même du mâle dominant, grand, les épaules larges, les hanches étroites et les jambes musclées. Ses cheveux châtain clair bouclaient sur la ligne ferme de son cou. C'était un homme splendide, au faîte de sa beauté virile, même si par ailleurs il s'avérait être un bourreau de travail au cœur froid.

Contre sa volonté, le pouls de Cassidy s'emballa de nouveau. Mais elle fit demi-tour pour chercher sa veste, de peur de se faire surprendre une nouvelle fois à admirer son patron.

Quand Logan se retourna, il vit Cassidy à la recherche de son haut de tailleur. Elle ne ressemblait plus à l'assistante efficace qu'il connaissait. Son chignon, d'habitude tiré à quatre épingles, avait laissé place à un nuage de boucles auburn, son chemisier trempé ne cachait plus rien de ce qu'il recouvrait, son visage ne présentait plus la moindre trace de maquillage. La seule chose qui lui rappelait son employée, c'était la paire de lunettes qu'elle avait rajustée sur son nez en s'apercevant qu'il la regardait – un geste de nervosité dont elle n'était d'ailleurs pas coutumière.

Grâce à elle, le bureau tournait comme une horloge. Mais la femme qui se tenait devant lui, loin de ressembler à l'assistante parfaite, donnait l'impression d'avoir planifié un strip-tease en vue de finir dans son lit.

Presque gêné, il quitta la pièce pour y revenir quelques secondes plus tard, tenant à la main un de ses chandails.

— À moins que vous ne comptiez remporter un concours de T-shirts mouillés en sortant, vous feriez mieux d'enfiler ceci.

Elle évita son regard en acceptant le vêtement et le glissa par-dessus la tête, son « merci » étouffé par le coton épais. Le sweat était évidemment bien trop grand et lui tombait à mi-cuisses mais au moins, il dissimulait ce qu'il fallait… Logan ne savait pas ce qui était arrivé à la Cassidy qu'il connaissait. Lorsqu'il était entré dans son bureau le matin, elle n'y était pas, contrairement à d'habitude. Pas plus que le café qu'elle prenait toujours le temps de déposer sur la table. Non seulement il lui avait fallu faire son propre café mais il avait dû accueillir deux membres de l'équipe junior qui posaient des questions auxquelles il n'avait pas de réponse. Lorsque Cassidy était enfin arrivée, accusant le métro pour son retard, elle était stressée. Au début, il ne s'était rendu compte de rien car elle était aussi impeccable qu'à l'habitude dans son tailleur noir et son chemisier blanc, ses cheveux auburn coiffés en un chignon strict. Elle était toujours coiffée ainsi. Au début, cela l'agaçait car la répétition lui déplaisait mais au final, il avait fini par apprécier cette forme de routine. Sans parler de l'efficacité dont Cassidy faisait preuve… et qui avait été prise en défaut aujourd'hui. En effet, elle avait accumulé les erreurs au point qu'il avait failli lui demander ce qui n'allait pas. Il s'en était abstenu car il ne voulait pas lui donner la moindre idée qui puisse infléchir leur relation, une relation de travail qui fonctionnait bien. Il avait déjà vécu cela avec d'autres assistantes et il ne tenait pas à recommencer. D'après son expérience, la plupart des gens étaient bien différents de la façade lisse qu'ils présentaient au monde. Cependant, avec Cassidy, il lui semblait qu'il en allait différemment : elle était ce qu'elle montrait, calme, sensée, intelligente et dotée de lèvres d'une incroyable sensualité. Sans parler de ses yeux vifs, d'un vert profond. Il l'avait remarqué tout de suite et avait failli ne pas l'embaucher à cause de la façon dont il avait réagi à sa présence, mais son directeur du personnel l'avait convaincu de la prendre. Elle était parfaite, disait-il.

Et jusqu'à aujourd'hui, elle l'avait été.

Elle ajusta une nouvelle fois ses lunettes.

— Je sais que vous êtes occupé, donc si vous me dites où est ma veste, je file.

— Certainement pas avant de m'avoir expliqué pourquoi j'ai reçu les mauvais prospectus...

Elle poussa un lourd soupir.

— J'espérais que vous ne poseriez pas la question...

Logan haussa un sourcil devant cette réponse évasive, un indice de plus que la Cassidy habituelle était portée disparue...

— L'espoir est une perte de temps. Et je renouvelle ma question.

Elle inspecta ses mains un instant avant de répondre :

— Je vous ai donné l'avant-dernier projet et pas celui qu'on a finalement arrêté. Je ne sais pas trop comment cela a pu se produire...

— Moi non plus, répliqua-t-il, agacé par cette manifestation d'incompétence. Mais j'aurais pu prendre ces papiers demain matin au bureau.

— Votre avion pour Boston décolle de bonne heure et je ne voulais pas vous retarder. J'ai eu une journée épouvantable, avoua-t-elle en pressant ses mains l'une

ontre l'autre. Je suis désolée de ces bêtises, je ne suis
as vraiment moi-même aujourd'hui.

Bienvenue au club ! songea-t-il en évoquant sa réaction hysique à la présence de son assistante. Lui non plus 'était pas vraiment lui-même, ce soir. Il ferait mieux de ui donner sa veste et de la laisser filer. C'était ce qu'il 'apprêtait à faire lorsque son téléphone sonna. Il fronça es sourcils en découvrant que l'appel provenait de son rère. Vu qu'on était au milieu de la nuit à Arrantino, il e pouvait s'agir de bonnes nouvelles…

— Allô ! jeta-t-il d'un ton rogue.

Son entrée en matière un peu sèche fut prise avec umour.

— Est-ce que j'appelle au mauvais moment, mon cher rère ? Tu ne serais pas avec une femme, par hasard ?

— Si, répondit Logan avant d'avoir réfléchi, les yeux oujours posés sur Cassidy.

Celle-ci remit en place une de ses mèches derrière 'oreille et ce simple geste fit bouillir son sang. Se reprenant u prix d'un immense effort de volonté, il se détourna l'elle et reprit :

— Non, en fait.

— Bien. Tu as une minute ? J'ai… quelque chose à te dire.

L'hésitation qu'il entendit dans la voix de son frère fit ourir un frisson glacé dans le dos de Logan et il oublia out ce qui concernait Cassidy.

— Qu'y a-t-il ? Tu es allé chez le médecin ? Est-ce que…

Logan s'interrompit, incapable de mettre des mots sur a peur que la leucémie de son frère n'ait récidivé. Leo vait été malade lors de son adolescence et avait bravement combattu la maladie. Logan, lui, ne se remettrait ans doute jamais d'avoir vu son frère aussi affaibli. Pas

plus qu'il n'oublierait son impuissance devant un ma
qu'il ne pouvait contrôler.

— Non, rassure-toi, rien de tel. Enfin, pas vraiment
C'est juste que…

La pause que marqua Leo au milieu de sa phrase ôta
dix ans de vie à Logan.

— C'est que j'ai décidé d'abdiquer, reprit son frère. Ce
qui fait de toi le prochain roi d'Arrantino.

2

Logan, tourné vers la fenêtre, fixa sans le voir le ciel qui s'obscurcissait. Avait-il correctement entendu ?

— Abdiquer ? De quoi est-ce que tu parles, bon sang ?

— Il y a eu… un problème.

À l'autre bout du fil, la voix de son frère était douloureuse.

— Ça n'était pas censé se dérouler comme ça, mais maintenant que c'est à la une de tous les journaux… Tu connais la musique. La famille royale vit sous les regards de tous les curieux. J'aurais aimé que cela se termine autrement, mais c'est impossible.

— Je ne comprends pas un mot de ce que tu racontes ! gronda Logan. Arrête les métaphores et dis-moi ce qu'il se passe.

— Pour faire court, Anastasia et moi sommes officiellement séparés. Et je me retire.

— Divorcer de ta femme n'est pas une raison suffisante pour abdiquer, répondit Logan.

Surtout lorsqu'on connaissait la femme en question. Divorcer de cette harpie prédatrice et manipulatrice aurait plutôt dû lui valoir une médaille. Anastasia s'était jouée d'eux avec une redoutable habileté, jetant son dévolu, cinq ans plus tôt, sur celui des deux qui hériterait du trône. Elle avait creusé un fossé entre eux lorsque

Logan avait tenté de raisonner son frère, qui, aveuglé par la beauté de la jeune femme, ne jurait plus que par le mariage. Pour couronner le tout, leur mère avait répété pendant des mois à l'oreille de Leo qu'il lui fallait impérativement un héritier, et ce avant même qu'Anastasia entre en scène. Lorsqu'il avait rencontré cette dernière, toutes les pièces étaient en place sur l'échiquier. Il n'y avait plus qu'à jouer… pour perdre.

— Non, ce n'est pas une raison suffisante, confirma Leo. Mais entretenir une liaison qui se retrouve étalée en couverture de tous les magazines, oui !

— Bon sang…

Logan n'avait jamais réussi à prouver l'infidélité d'Anastasia ; elle avait dû se montrer vraiment imprudente, cette fois-ci.

— Qu'a-t-elle fait ? demanda-t-il sans chercher à masquer le dégoût dans sa voix.

— Ça n'est pas Anastasia. C'est moi. Et pour parler franchement, on ne peut pas appeler ça une liaison. Ce n'est même pas consommé pour le moment. Mais j'ai été photographié en train d'embrasser une autre femme et la presse en fait ses choux gras, alors quelle différence ? Mère a sauté au plafond, tu peux l'imaginer ! Tous les journalistes du monde me comparent à Père et cherchent à découvrir l'identité de ma nouvelle conquête…

Toujours sous le choc, Logan pensa au palais. Tout le monde devait être sur le pied de guerre, là-bas. Et sa mère avait assurément sauté au plafond. Leur vie familiale avait été entachée par les scandales sexuels de leur défunt père, et c'était elle, bien sûr, qui en avait le plus souffert. Les deux garçons avaient renié leur géniteur depuis bien longtemps, ce qui ne rendait que plus étrange l'attitude de son frère. Et cette histoire d'abdication… Impensable.

— Il faut que tu gardes la tête froide, conseilla-t-il. Ne fais rien d'irrationnel. Comme d'abdiquer, par exemple.

— Trop tard, répondit sobrement Leo. Et ça n'a rien d'une décision à l'emporte-pièce. Elle est prise depuis un mois déjà. Je la gardais pour moi, le temps de réfléchir.

— Un mois ? Mais bon sang, pourquoi est-ce que tu ne m'as pas appelé plus tôt ?

— Parce que je ne voulais pas t'inquiéter tant que je n'étais pas sûr. Et que je savais que tu essayerais de m'en dissuader.

— Évidemment que je t'en dissuade ! Je ne suis pas né pour être roi, Leo. Toi, si. Et le poste ne m'intéresse pas !

— Je savais que tu dirais ça, mais si tu ne veux pas du trône, alors il suffit d'appeler Ped...

— N'y pense même pas, l'interrompit Logan, furieux. Pedro n'a aucune idée de la manière dont se gère un pays, nous le savons tous les deux.

Leur cousin était un passionné de surf, éternel dilettante, qui préférait cent fois la plage au travail de bureau. La plage et les femmes, en bikini si possible.

— Tu as raison. Mais je ne peux plus remplir mon rôle, Logan. La femme que j'aime est une mère célibataire qui déteste l'idée de rendre sa vie publique, et...

— Que tu aimes ?

Logan s'éloigna de la fenêtre, soudain conscient de la présence de Cassidy dans le salon, puis revint à son appel.

— Tu es vraiment sérieux ?

Il entendit le rire de son frère, à l'autre bout du fil.

— Je sais que tu penses que l'amour n'est qu'une bêtise sentimentaliste, mais ce n'est pas le cas pour moi. Cette femme est fabuleuse, Logan. Je n'imaginais pas ressentir un jour ce genre de bonheur et pourtant, je le tiens au creux de mes mains...

Logan, lui, ne désirait qu'une chose : protéger son frère d'une nouvelle folie. Il ne tenait absolument pas à devenir roi. Il n'avait jamais aimé le protocole, la tension épuisante de la vie monarchique, et il haïssait les comparaisons qu'on pouvait faire entre lui et son père. Il était celui des deux qui lui ressemblait le plus et en avait toujours payé le prix, sans cesse comparé à un homme qu'il ne respectait pas et qui avait choisi de privilégier ses plus bas instincts au mépris de sa famille, de son honneur et de son pays. Logan et son frère étaient passés de l'amour inconditionnel à la crainte, puis au désintérêt, avant de finir par le haïr, lorsque ses multiples liaisons avaient été rendues publiques.

Et voilà que Leo tombait dans le même piège... Pris la main dans le sac avec une femme qui n'était pas la sienne ! L'heure était grave. Logan poussa un soupir.

— Écoute... Ne fais rien pour l'instant, tu veux ? Rien de définitif tant que tu es encore sous le coup de l'émotion. Et surtout, pas de communiqué. Je serai à Arrantino ce soir. Le matin, pour vous.

— Si je ne suis pas là pour t'accueillir, Margaux est au courant de tout.

— Je ne veux pas parler à ta secrétaire ! gronda Logan. C'est toi que je veux voir.

— J'essaierai d'y être.

Leo semblait distrait, déjà ailleurs. Après avoir raccroché, Logan mit un moment à revenir à la réalité. Lui, roi ? C'était hors de question !

Cassidy s'éclaircit la gorge, impressionnée malgré elle par les épaules musclées et subitement raidies de son employeur. Elle ne l'avait jamais vu aussi tendu auparavant et sentit une vague de compassion la submerger. Sa vie entière avait été bouleversée ce matin et voilà que la vie de son patron prenait la même direction. Il se tourna vers elle, le visage fermé.

— Qu'avez-vous entendu ?

Gênée d'avoir surpris la conversation, elle grimaça. Il était inutile de mentir.

— Votre frère abdique et vous ne voulez pas du trône. Vous pensez que l'amour est une perte de temps et vous ne semblez pas particulièrement apprécier votre future ex-belle-sœur…

— C'est le plus important. Ajoutez à cela un divorce, une autre femme et une meute de journalistes et vous obtenez la recette parfaite d'une crise nationale !

— Eh bien… Et moi qui pensais que ma journée était mauvaise… Qu'allez-vous faire ?

— L'en dissuader.

Cassidy soupira.

— Vous semblez toujours connaître la marche à suivre. C'est une des choses que j'admire chez vous, cette habilité à trancher. J'aimerais que ce soit un de mes superpouvoirs.

— Superpouvoirs ?

— Une de mes qualités, en tout cas.

— Votre meilleure qualité est la gestion de mes affaires. Et vous allez devoir vous surpasser, car nous partons pour Arrantino ce soir. Avec un peu de chance, nous ne resterons qu'une journée, mais il vous faudra réorganiser mon programme si les choses prennent du retard.

— Noté, commenta Cassidy, sourcils froncés. J'envoie un e-mail pour reporter la réunion de demain à Boston. Dès demain, je m'attelle à ce qui doit être délégué. Voulez-vous que j'appelle Ben pour le vol ?

— Je viens de lui envoyer un message, nous partons dès qu'il sera prêt.

— Très bien, dans ce cas, je...

Elle s'interrompit.

— Nous ? reprit-elle soudain, comme si elle notait seulement maintenant qu'elle semblait concernée.

Logan ne leva même pas les yeux de son téléphone.

— Oui. J'ai besoin que vous veniez avec moi.

— Mais... Je ne peux pas venir avec vous.

Il leva les yeux cette fois, visiblement surpris. C'était sans doute la première fois qu'elle lui disait non.

— Pourquoi pas ?

Cassidy repensa à la conversation qu'elle devait conduire de toute urgence avec sa sœur et à la garde des jumelles, deux soirs par semaine, pendant que Pete suivait ses cours du soir.

— J'ai des obligations, des engagements...

Si le voyage prenait plus de vingt-quatre heures, sa sœur en pâtirait. Elle était toute proche de ses partiels...

— Oui, vous avez un engagement. Envers moi.

— Vous avez besoin que je gère votre travail, très bien, je peux le faire depuis New York.

— Moi seul décide de ce qui convient le mieux, vous êtes sous mes ordres, Cassidy. Je vous veux à mes côtés.

Jusqu'ici, Cassidy n'avait jamais fait montre de sautes d'humeur, mais le bouleversement dû aux récentes nouvelles était tel qu'elle sentit la colère bouillir dans ses veines. Logan ne lui avait encore jamais parlé sur ce ton. Son arrogance lui rappelait ces princes trop gâtés, habitués à obtenir tout ce qu'ils exigeaient. C'était probablement un portrait assez ressemblant de son enfance.

Elle qui avait grandi dans la gêne ne pouvait qu'imaginer ce que représentait d'avoir un palais entier à sa disposition. Plus rien n'avait de valeur. Ce qui expliquait le peu d'émotion dont il faisait montre lorsqu'il rabrouait ses ex. Il n'accordait jamais de seconde chance. Lorsque vous en aviez terminé avec Logan de Silva, il n'y avait pas de retour possible. De ce qu'elle en voyait, son employeur ne se souciait que d'une chose : sa société et les milliards qu'elle engrangeait.

— Eh bien, je suis navrée de vous l'apprendre, mais je ne peux pas tout lâcher pour vous satisfaire. Lorsque j'ai commencé à travailler pour vous, j'ai dit qu'il me faudrait être prévenue assez tôt si nous devions voyager. Ça n'a pas été le cas. Partir pour l'autre bout du monde sans préavis…

— Puis-je vous rappeler, l'interrompit Logan d'une voix dangereusement douce, que lorsque vous avez signé votre contrat, ses termes étaient clairs : je vous paye largement plus que la moyenne pour m'assurer de votre entière disponibilité, à toute heure du jour et de la nuit. Ça n'a pas semblé vous poser problème, sur le moment.

Son ton autoritaire irrita Cassidy autant qu'il la perturbait. Il était toujours à demi nu face à elle et elle ne pouvait s'empêcher de regarder la toison noire visible à travers son débardeur. À quoi pouvait-il bien ressembler, entièrement nu ?

Il avait raison, néanmoins. Elle avait signé son contrat en toute connaissance de cause. Comment Pete prendrait-elle la nouvelle ? Les désastres continuaient à s'enchaîner…

Le silence tomba sur la pièce. Cassidy n'avait jamais été douée pour la confrontation, et le visage de Logan indiquait qu'il n'était pas prêt à entendre raison.

— Vous avez raison, j'ai accepté les termes du contrat, acquiesça-t-elle avec une grimace de dépit, mais… Il faut au moins que je passe un appel. Pete a besoin de moi cette semaine, plus que jamais.

Logan traversa la pièce en un éclair, ses yeux braqués sur ceux de Cassidy. Qu'allait-il faire ? L'embrasser ? Il ne semblait pas vouloir s'arrêter sur sa lancée. Elle sentit le désir lui fouetter le sang et s'immobilisa, pétrifiée, mais Logan s'immobilisa à quelques centimètres de son visage.

— Comme je l'ai déjà dit, moi aussi, j'ai besoin de vous. Gordon vous déposera chez vous pour que vous puissiez vous changer. Je vous prendrai dans une heure. Soyez prête.

Son regard s'attarda un instant sur le corps de Cassidy, la ramenant douloureusement à son apparence : à quoi pouvait-elle bien ressembler, les cheveux défaits, mal fagotée dans un sweat-shirt trois fois trop grand pour elle ?

Un instant plus tard, Logan avait disparu, quittant la pièce sans un regard en arrière. Cassidy resta immobile. Se comportait-il de la même manière avec les femmes qu'il fréquentait ? Et dans ce cas, pourquoi suppliaient-elles au téléphone au lieu de se réjouir, lorsqu'il rompait avec elles ? Il ne suivait qu'une seule route, la sienne, qu'importent ceux qui pouvaient bien traîner dans son sillage. D'habitude, Cassidy s'en accommodait. Mais aujourd'hui, sa vie tombait en ruines : toute patience semblait l'avoir désertée.

Logan accueillit le jet d'eau brûlante de la douche avec un soupir de soulagement. Il n'arrivait pas à déterminer ce qui était le plus choquant : essuyer, pour la première fois, un refus de son assistante ou apprendre qu'elle fréquentait un homme, ce dénommé Pete. Un éclair de jalousie le transperça. Elle était la meilleure avec qui il ait jamais travaillé. Si elle tombait amoureuse, il ne faudrait pas longtemps pour qu'elle se marie et parte se consacrer à la ribambelle de gamins que lui ferait cet imbécile. L'aimait-elle ? Était-ce pour cela qu'elle rentrait chez elle plus tôt, deux soirs par semaine, et rechignait à travailler les week-ends ? Il songea à la manière dont les yeux émeraude de Cassidy s'étaient écarquillés lorsqu'il avait marché jusqu'à elle, pénétrant son espace personnel. L'espace d'un instant, il avait été submergé par l'envie de continuer jusqu'à l'acculer au mur, prisonnière de son bon vouloir, et l'intensité même de ce désir était précisément ce qui l'avait arrêté. Avait-elle senti l'alchimie évidente entre eux deux ?

Avait-elle désiré, un instant, qu'il la fasse sienne ? Logan jura sous le jet d'eau brûlant et baissa la température du thermostat. La frivolité de son père avait précipité sa chute : Logan s'était fait une règle d'or de ne pas répéter la même erreur. Le désastre paternel avait signé le délitement de leur famille. Aujourd'hui, la Couronne n'était plus qu'une institution sans âme, et ses membres, des chiens savants qui ne montraient jamais que leur meilleur profil. Mais le devoir passait avant tout. Logan ne mettrait pas en danger la relation qu'il entretenait avec une assistante parfaite pour une raison fallacieuse. La nouvelle de l'abdication de son frère lui avait causé une puissante décharge de stress : rien à voir avec Cassidy.

Il l'avait retrouvée dans son salon comme un chaton à moitié noyé. Ses cheveux lâchés donnaient envie d'y passer les doigts. Qui aurait pu deviner que son assistante cachait aussi bien son jeu ? Ce Peter avait bien de la chance ! Irrité de penser encore à elle, il tenta de la chasser de son esprit. Ce qui était arrivé était arrivé. Il n'y avait rien à en déduire. Très bientôt, il la reverrait dans son tailleur formel et tous deux s'en porteraient bien mieux. Il oublierait le reste, y compris l'envie qui l'avait saisi de dégrafer son soutien-gorge.

Bon sang, cette femme était un poison !

Il jura de nouveau, sortit de la douche et enfila un jean, attrapant au passage un pull qui traînait sur sa commode. Son esprit logique ne pouvait s'empêcher de remettre en question ses motivations réelles concernant la venue de son assistante à Arrantino. Après tout, peut-être serait-elle mieux au bureau, à gérer les choses en son absence ? Il avait pourtant besoin de quelqu'un de compétent à ses côtés : il n'avait aucune idée de ce qui l'attendait au palais, ni de la durée de son absence. Vingt-quatre heures, si tout allait bien. Remettre les idées de son frère en place, saluer sa mère, reprendre l'avion. Simple. Mais si les choses se corsaient, la présence de Cassidy se révélerait indispensable. Il ne pouvait se permettre de lui envoyer des mails urgents, à l'autre bout du monde et sur un fuseau horaire différent, en priant pour une réponse rapide. Pour que tout fonctionne, ils devraient être tous deux au même endroit et au meilleur de leur forme.

Cassidy l'avait dit, ces dernières heures avaient été horribles pour eux deux. La possible abdication de son frère lui avait porté un coup violent et avait affûté ses sens, comme la première blessure du début d'une bataille.

Il maîtrisait la situation. Comme toujours. Inutile de s'appesantir sur ce qu'il avait ressenti envers Cassidy. Logan attrapa son téléphone et envoya un message à son chauffeur. Plus tôt ils partiraient pour Arrantino, mieux ce serait.

3

Cassidy fit jouer la clé dans la serrure de son appartement de location. À l'intérieur, les jumelles finissaient leurs devoirs, un œil fixé sur l'écran de télévision qui diffusait une émission consacrée aux jeunes talents. Elles lui lancèrent un salut distrait sans se détourner de l'écran. Pete sortit de la cuisine, un torchon à la main.

— Tu es en retard, je commençais à m'inquiéter.

— Désolée. Je t'ai prévenue par message.

— Il y a plus d'une heure.

Sa sœur la suivit jusque dans la chambre à coucher.

— Est-ce que tout va bien ? continua-t-elle. On dirait que tu as découché. À qui est ce sweat ?

Cassidy, qui avait presque oublié le vêtement, se sentit rougir jusqu'aux racines.

— C'est à Logan.

— Ton patron ?

Les sourcils froncés, Pete attendit que Cassidy ait descendu une vieille valise qui trônait en haut de l'armoire.

— Pourquoi portes-tu les habits de ton patron, et où vas-tu, bon sang ?

— À Arrantino.

— Pour combien de temps ?

Cassidy plia un tailleur et le fourra dans la valise, ignorant délibérément le mécontentement de sa sœur.

— Je n'en sais rien. Un jour ou deux.

— Un jour ou deux ? J'ai besoin que tu t'occupes des filles, cette semaine. J'ai mes partiels.

— Je sais.

Cassidy détestait mettre sa sœur dans l'embarras.

— Dan pourra s'occuper des jumelles, si je ne suis pas de retour, non ? Ou la voisine ?

Les jumelles ne seraient pas enchantées, peu friandes de la compagnie de la vieille dame revêche, qu'elles piégeaient en échangeant constamment leur identité. Cassidy ajouta :

— Je suis désolée, mais je ne peux pas faire autrement.

Elle aurait pu rappeler à sa sœur que son travail d'assistante auprès de Logan de Silva leur permettait de payer le loyer et les cours d'esthétique de la jeune femme, tout en nourrissant les jumelles, mais elle s'en abstint. Elle ne voulait pas que Pete se sente coupable. Après tout, Cassidy aimait son travail, tout autant que sa sœur et ces diablesses de jumelles.

— On ne dit pas non à Logan de Silva, conclut-elle.

— Alors démissionne, répondit sa sœur. Tu as pris ce boulot à la banque parce que la paye était bonne, mais ton diplôme n'a rien à voir avec cet emploi et tes compétences sont en train de prendre la poussière. Tu devrais tâter le terrain dans d'autres entreprises, voir ce qu'on te propose.

Cassidy le ferait, un jour. Elle élargirait le champ de ses recherches, mais il était stupide d'opérer une transformation si radicale à une période aussi complexe de sa vie.

— Son emprise sur toi me fait peur, poursuivit Pete.

Et tu ne m'as toujours pas expliqué pourquoi tu portes son sweat. Il n'y a rien entre vous deux, n'est-ce pas ?

— Bien sûr que non ! répliqua vivement Cassidy sous le regard perçant de sa sœur. Il me l'a prêté parce que j'ai été surprise par la pluie.

L'idée d'une relation entre eux était risible.

— Dieu merci ! soupira Pete, soulagée. Je ne veux pas te voir souffrir.

L'idée qu'elle soit nécessairement la victime dans ce scénario n'était pas des plus flatteuses.

— Peut-être que c'est lui qui aurait le cœur brisé, répondit-elle avec morgue.

— Redescends sur terre, tu veux ? jeta Pete avec un rire incrédule. C'est un prince, un milliardaire. Nous savons toutes les deux qui pâtirait le plus d'une situation pareille.

Ce n'était pas agréable à entendre, mais Cassidy ne nourrissait aucun fantasme : son illustre patron et elle ne jouaient pas dans la même cour. Elle n'était même pas sûre de vouloir fréquenter qui que ce soit, à vrai dire. Ses dernières relations, désastreuses, l'avaient refroidie pour un bon moment. Mais que Pete ne la croie pas capable d'attirer un homme comme Logan était douloureux. Elle n'avait fait qu'aider sa sœur, ces dernières années : un peu de soutien de sa part n'aurait pas fait de mal.

— Rassure-toi, je n'ai pas perdu la tête, répondit-elle en attrapant des sous-vêtements dans un tiroir.

— Fais attention, prévint Pete. J'entends ta voix changer lorsque tu parles de lui et ça m'inquiète. Tu es tellement contente de travailler à ses côtés que je me demande parfois si tu n'es pas en train de tomber amoureuse, Cass...

— Amoureuse ? C'est absurde.

Cassidy avait refermé sa valise avec plus de force que

nécessaire. Si elle devait retomber amoureuse, ce serait de quelqu'un dont elle pourrait s'imaginer partager la vie, pas d'un prince qui choisissait ses relations dans les agences de mannequinat. Son mètre cinquante-cinq et son physique ordinaire ne jouaient pas en sa faveur. Elle soupira. Comment les choses avaient-elles pu changer aussi vite ? La journée précédente, elle était partie travailler, avait fait deux heures d'arts martiaux dans le dojo où elle s'entraînait et avait aidé les jumelles pour leurs devoirs de mathématiques. Sa vie privée était aussi plate que sa vie professionnelle et elle s'en réjouissait. Pas de complication, pas de mauvaise surprise.

Pete lui jeta un regard étrange.

— Ton problème, c'est que tu prends toujours fait et cause pour les perdants. Un jour, ça t'explosera au visage.

Cassidy éclata de rire.

— S'il y a bien une chose dont on ne peut pas accuser Logan de Silva, c'est d'être un perdant !

— Je parlais métaphoriquement, rétorqua Pete. C'est votre relation qui sera perdante. Il profite de ton dévouement.

Peut-être n'était-il pas le seul, pensa Cassidy, avant de s'admonester en silence. Sa sœur était loyale.

— Ne te laisse pas marcher sur les pieds, c'est tout ce que je demande, conclut Pete. Tu mérites mieux qu'une vie passée entre le travail, moi et les jumelles. Il faut que tu y penses.

Cassidy sentit l'énervement la gagner.

— J'ai une vie. Et j'aime m'occuper des petites.

— Oui, mais tu n'as rien d'autre.

— Je n'ai besoin de rien de plus ! répondit-elle, tentant de garder la maîtrise de ses nerfs. Écoute, on pourra en discuter autant qu'on voudra, ça ne changera rien.

Elle n'avait de toute façon pas le choix. Logan avait été clair : elle devait l'accompagner, sous peine de perdre son poste. Et elle ne tenait pas à vérifier s'il tiendrait parole. Un frisson la traversa au souvenir du moment partagé dans son appartement, lorsqu'elle l'avait vu à demi-nu, dégoulinant de sueur. C'était comme voir un corps masculin pour la première fois. Cassidy n'avait aucune envie d'être attirée par son patron. Avec un peu de chance, ce qu'elle avait ressenti était une aberration, une manifestation de son stress qui aurait disparu d'ici à ce qu'il vienne la chercher.

Pete la regardait toujours, sourcils froncés, et Cassidy haussa le menton.

— Je m'en sortirai. Je m'en sors toujours.

Une demi-heure plus tard, tandis que Dan portait sa valise jusque sous le porche, cette belle assurance s'était envolée.

— Ne t'en fais pas pour les filles, lui glissa-t-il avec une tape sur l'épaule, en l'embrassant. Je veillerai sur elles pendant ton absence.

Cassidy murmura un remerciement, tandis que Dan confiait la valise au chauffeur de Logan. Sa confiance en elle se réduisait comme peau de chagrin et une fois à l'intérieur de la berline, elle n'en trouva plus aucune trace. Les commentaires de sa sœur passaient en boucle dans son esprit, surtout celui où elle lui reprochait d'être amoureuse. Elle mit un instant à revenir à la réalité, alors que Logan s'engouffrait dans la berline, avec la nonchalance maussade des apollons, vêtu d'un jean délavé et d'un tricot qui dévoilait sa musculature puissante. Elle aurait aimé qu'il ne soit pas aussi beau : l'attirance qu'elle avait ressentie, dans l'appartement, l'avait sérieusement déstabilisée. Il fallait qu'elle mette un terme à tout ça.

Malgré les allégations de Pete, elle aimait sa vie telle qu'elle était. Nul besoin d'y ajouter quoi que ce soit qui pourrait compromettre son emploi. Demain, tout serait revenu à la normale. En attendant, il fallait serrer les dents et se concentrer sur le travail.

— Pourquoi cet accoutrement ? demanda Logan de sa voix rauque, dans l'obscurité de l'habitacle.

C'était son tailleur strict qu'il qualifiait ainsi ?

— Parce que c'est un déplacement de travail.

Grandir au sein d'une paroisse conservatrice lui avait enseigné très tôt l'importance de l'image qu'on renvoyait aux autres. Il fallait se fondre dans la masse pour ne pas en être exclue. Après que leur mère les eut abandonnées, sa sœur avait commencé à fréquenter les mauvaises personnes, accumulant les flirts jusqu'à tomber enceinte, à l'âge de seize ans, d'un jeune délinquant. La communauté s'était retournée contre elles, passant en un clin d'œil de l'amabilité aux chuchotements acerbes. Les filles Ryan n'étaient plus fréquentables. Le soutien de Cassidy n'avait fait que renforcer le sentiment général : lorsqu'elles marchaient dans la rue, on se retournait sur leur passage, dans un concert de murmures réprobateurs. Leur père avait perdu son travail et ils avaient dû déménager. Les choses avaient fini par s'améliorer mais il y avait désormais deux bouches de plus à nourrir et la petite famille avait tiré le diable par la queue pendant un bon moment.

— Il est tard, observa Logan en l'arrachant à ses pensées. Nous allons voler de nuit. Votre tenue ne sera pas des plus confortables.

— Ce n'est pas grave.

Et si ça l'était, il en serait de toute façon le dernier informé. Distraitement, elle sortit sa tablette de son sac à main pour consulter ses e-mails. Il fallait qu'elle envisage ce voyage inattendu comme une occasion de se concentrer sur le travail car du côté vie privée, elle n'avait aucune idée de la suite. Seule certitude, sa sœur allait déménager. Cassidy n'avait pas assez d'argent pour vivre seule, mais l'idée de chercher un colocataire était déprimante. Et si c'était un type bizarre ? Un pervers ? Et si les choses ne se passaient pas comme Pete l'espérait, entre elle et Dan ? Peut-être Cassidy se devait-elle de rester seule, pour lui garder la porte ouverte, en cas de naufrage. Toute cette situation lui laissait dans la bouche un goût amer. Elle se sentait rejetée, vulnérable, des émotions qu'elle préférait éviter. Pete ne s'en était jamais sortie seule. Elle ne gagnait pas assez pour élever ses filles, alors Cassidy l'avait logée et aidée avec les jumelles. Emménager ensemble avait été une solution vite adoptée.

Mais ce qu'elle voulait vraiment demander à Pete, c'était si elle était bien sûre de Dan. Après la naissance des jumelles, sa sœur avait juré de ne plus faire confiance à un homme. Elle se consacrerait à l'éducation de ses enfants, et même s'il était stupide de penser qu'elle ne rencontrerait plus jamais personne, Cassidy l'avait crue. Elles avaient même plaisanté sur le fait que les rares hommes décents de la planète n'étaient pas près de pouvoir les approcher !

— Vous comptez l'allumer ou regarder l'écran noir vous suffit ?

Absorbée par ses souvenirs, Cassidy n'avait même pas déverrouillé la tablette.

— J'ai eu une dispute avec Pete, admit-elle à contrecœur. Je ne suis pas à ce que je fais.

Logan haussa les sourcils.

— À propos de votre venue chez moi, je suppose.

Cassidy acquiesça silencieusement.

— Vous lui avez expliqué qu'il s'agit d'un voyage professionnel ?

— Bien sûr, répondit-elle, irritée. Mais à son goût, je fais passer mon travail avant mes propres intérêts.

— Quelle exigence... J'espère que cette relation ne nuira pas à notre travail.

— Vous pouvez en être sûr.

Elle avait pourtant l'impression que tout lui échappait depuis l'annonce des fiançailles de Pete.

Logan insista :

— Vraiment ? Une fois que nous serons à Arrantino, j'aurai besoin de vous à cent pour cent.

— Aujourd'hui n'était pas une journée ordinaire.

— Soyez comme d'ordinaire, conclut-il.

S'il y avait eu un prix de la femme la plus ordinaire, on le lui aurait probablement décerné. Cassidy lui adressa un mince sourire.

Malgré l'heure tardive, le tarmac de l'aéroport était plein. Un jet était sur le point d'atterrir, un autre décollait. Un petit hélicoptère se posa à proximité de la berline, les rotors hachant l'air à grande vitesse. Tête baissée pour éviter le souffle, Cassidy et Logan se dirigèrent vers le jet privé qui les attendait. Alors qu'elle s'engageait sur la passerelle, elle manqua une marche. Logan la rattrapa aussitôt, rétablissant son équilibre d'un bras puissant. Elle le remercia, troublée par le contact, et s'engouffra dans l'habitacle.

L'intérieur du jet était luxueux et confortable. Cassidy

s'installa dans un fauteuil proche d'un hublot, boucla sa ceinture et tendit son passeport à l'officier des douanes. Une fois leur autorisation de décoller reçue, Logan prit place en face d'elle. Ignorant son cœur qui battait trop vite, Cassidy passa rapidement en revue l'emploi du temps de son patron, envoya quelques e-mails, annula une ou deux réunions. Jusqu'ici, pas de nouvelles du scandale à Arrantino, mais il ne s'agissait que d'une question de temps.

— Il faudra déterminer quelles réunions déléguer ou annuler, pour la semaine à venir, observa Logan, le regard perdu par la vitre du hublot.

— Je m'en suis déjà chargée, répondit Cassidy sans lever les yeux de son écran. J'hésite simplement sur le maintien de la réunion des actionnaires, jeudi matin, pour le projet de tunnel. Il nous reste deux jours, donc on peut attendre un peu, mais si nous annulons à la dernière minute sans avoir maintenu le contact, il est fort probable que nous perdions le soutien de Peterstone Organisation.

Ce qui porterait un coup fatal au projet, ruinant leurs chances de l'emporter face aux agences gouvernementales australiennes à qui ils disputaient l'attribution du projet depuis plusieurs mois. Le contrat s'élevait à plus de dix milliards de dollars et ils avaient besoin des fonds de Peterstone pour l'emporter. Cassidy connaissait l'importance de l'opération : s'ils sortaient gagnants, la Banque Arrantino pourrait faire son entrée dans la cour des grands. Tout le monde avait prédit que Logan ne réussirait jamais un coup pareil, ce qui l'avait poussé à se surpasser : perdre ce contrat, après autant d'efforts investis, serait désastreux.

— S'ils se retirent, ils se retirent ! répondit Logan

avec dédain. L'avenir de mon pays est plus important qu'une transaction.

Cassidy savait qu'il minimisait sa déception.

— Je vais quand même préparer un communiqué, en attendant que vous discutiez avec votre frère.

Ses doigts pianotaient encore lorsque le jet entama son décollage. Elle jeta un coup d'œil par le hublot et agrippa fermement les accoudoirs de son siège.

— Vous êtes nerveuse en avion ?

Cassidy releva les yeux, le sourire aux lèvres.

— Non. J'aime beaucoup voler, et j'adore la vue depuis les hublots. C'est seulement la seconde fois que j'ai cette chance, je ne veux rien manquer.

Pete avait gagné un voyage tout compris à Cancún, grâce à une émission de radio, quelques années auparavant. Le temps d'une merveilleuse semaine, Pete, Cassidy et les jumelles avaient siroté des cocktails sur le bord d'une piscine baignée de soleil, et elle rêvait de recommencer. Malheureusement, l'argent manquait...

Lorsque l'appareil s'arracha à la gravité, elle sentit son cœur se soulever.

— On ressent toujours ça ?

— Aucune idée. Je ne m'en rends plus compte.

— Eh bien, expérience à renouveler pour ma part !

Elle poussa un soupir de soulagement quand tout revint dans l'ordre et se sentit rougir sous le regard de Logan.

— Navrée. Vous devez avoir l'habitude de voyager avec des femmes bien plus sophistiquées que moi. On s'y remet ?

— À vrai dire, il est préférable que vous tentiez de dormir. Il y a une cabine au bout de l'avion, vous pouvez l'utiliser.

Cassidy sentait le poids de sa journée lui peser sur

les épaules. Elle refréna un juron : dans la précipitation, elle n'avait rien prévu pour dormir. La dispute avec Pete l'avait secouée au point qu'elle avait oublié la moitié de ses affaires. Hormis ses tailleurs et ses sous-vêtements, elle n'avait que son kimono d'arts martiaux, attrapé au hasard parce qu'il était fraîchement repassé et posé sur le lit. Elle n'avait même pas pris de chaussures de rechange... Logan releva les yeux des rapports qu'il étudiait.

— Qu'est-ce qui ne va pas ?

Elle n'allait certainement pas entrer dans les détails.

— J'ai oublié de prendre une tenue de nuit...

Le regard de Logan s'attarda un instant sur elle.

— J'ai de nombreuses chemises à bord, servez-vous.

— Non, ça ira, merci.

Elle avait déjà emprunté l'un de ses vêtements aujourd'hui et c'était plus que suffisant.

— Quelle heure est-il ?

— Vingt-deux heures.

— Je vais attendre encore un peu, si j'y arrive. Cette journée n'en finit pas. J'ai dû marcher sous une échelle ou croiser un chat noir, ce matin.

Logan haussa les sourcils.

— Vous êtes superstitieuse ?

— Non, soupira-t-elle, mais des jours comme ça... On se surprend à douter. Comment est-ce que vous faites en cas de mauvaise passe ?

— Je fais avec.

C'est à peu près ce que lui aurait conseillé son maître d'arts martiaux...

— Ça a l'air facile quand vous le dites, répondit-elle d'un air abattu, mais je ne suis pas du genre à faire avec, hélas. Je suis plutôt du genre à tout analyser, tout compartimenter. C'est pour ça que votre bureau tourne si bien.

Et probablement pour la même raison que sa vie amoureuse était au point mort. Lors de ses derniers rendez-vous, elle avait découvert que les hommes n'étaient pas friands de la psychanalyse qu'elle leur imposait pour exposer leurs motivations au grand jour. Malheureusement pour eux, Cassidy n'aimait pas être utilisée et chacun finissait par repartir chez soi sans avoir obtenu ce qu'il voulait.

— Mon bureau n'a pas si bien tourné que ça, aujourd'hui, fit remarquer Logan.

— J'en suis consciente et, une fois de plus, je m'en excuse. J'étais préoccupée.

— Par quoi ?

Cassidy cilla, surprise, notant au passage l'ombre fine qui assombrissait sa mâchoire. Elle ne l'avait jamais vu que fraîchement rasé et se demanda quel effet cela ferait de passer sur sa joue le revers de la main.

— Vous voulez vraiment savoir ? demanda-t-elle.

— Si ça permet à mon assistante de retrouver la pleine possession de ses moyens, alors oui.

L'espace d'un instant, elle avait cru qu'il s'intéressait à ses problèmes et ne put s'empêcher d'être déçue. Mais le connaissant, il ne laisserait pas tomber tant qu'elle ne lui aurait pas tout dit.

— Ma sœur va se marier, elle me l'a annoncé aujourd'hui. Ça m'a fichue par terre.

Logan fronça les sourcils.

— Vous n'aimez pas son fiancé ?

— Si, je l'apprécie beaucoup, mais... C'est juste que ça m'a surprise. En plus de cela, elle voulait que je m'occupe de mes nièces cette semaine. Mon départ ne l'a pas ravie.

— Ne peut-elle trouver quelqu'un d'autre ?

— J'espère que oui, mais j'ai vraiment l'habitude de m'occuper des petites tout le temps.

— Tout le temps ?

Il avait l'air surpris. Cassidy haussa les épaules.

— Plus ou moins, oui. Mais ça me fait plaisir. J'adore mes nièces.

— J'en suis sûr, mais votre sœur a l'air de profiter de la situation.

Inutile de se mentir : Cassidy y avait déjà pensé. Ça ne l'empêcha pas de voler au secours de sa sœur.

— Elle a connu des moments difficiles. Elle a eu les petites à l'adolescence et a dû les élever sans père. Il n'y avait pas grand monde pour l'aider, à part moi. Notre mère était partie deux ans auparavant et notre père a perdu les pédales. Il était déprimé, a commencé à jouer...

Cassidy se mordit la lèvre au souvenir de ces instants douloureux, lorsqu'elles attendaient, inquiètes, le retour de leur père. Quelques années plus tard, leur pire crainte s'était réalisée : un accident de voiture l'avait emporté.

— Enfin, je suis sûre que tout cela ne vous intéresse pas...

Elle avait été sur le point de dévoiler toute l'histoire, elle qui ne parlait jamais du passé à qui que ce soit. Ce qui était enterré devait le rester. Elle conclut :

— Croyez-moi, quand nous nous poserons, je serai redevenue moi-même. D'ailleurs, je commence maintenant. Je vais travailler toute la nuit, comme ça, plus de questions à se poser sur mes vêtements oubliés.

— Mauvaise idée. Nous nous poserons juste avant le déjeuner, et j'aurai besoin de vous fraîche et dispose. Si vous ne dormez pas, vous souffrirez du décalage horaire.

— Je m'en accommoderai.

Logan se renfonça dans son siège sans la quitter des yeux.

— Je ne vous connaissais pas si têtue.

— Je ne suis pas têtue.

— Cassidy, si je dois vous donner l'ordre d'aller vous coucher, je n'hésiterai pas à le faire.

Les yeux écarquillés par la surprise, Cassidy rougit. Le diable sur son épaule lui murmurait de demander ce qu'il ferait, si elle refusait de s'exécuter, et une vague de chaleur lui saisit le ventre.

— Très bien, je prends le lit, alors. Mais je ne vous emprunte pas de chemise.

Sans attendre sa réponse, elle attrapa sa valise et s'engagea dans l'allée.

Alors qu'elle disparaissait, Logan émit un soupir de soulagement et se passa une main sur le visage. Qu'allait-elle porter à la place de sa chemise ? Ses sous-vêtements ? Rien du tout ?

Étouffant un juron face à la réaction prédictible de son corps, il attrapa une bouteille d'eau et la vida d'un trait. Il fallait qu'il se calme. Lorsqu'elle était montée en voiture, vêtue de son tailleur et les cheveux strictement tirés en arrière, il avait pu respirer : son assistante était de retour, fidèle à elle-même. Mais par la suite, elle n'avait cessé, par son attitude, de perturber leurs habitudes. Son excitation, au moment du décollage, en était un exemple. Elle n'avait pas eu tort en mentionnant son manque de sophistication. Aucune des femmes avec qui il était sorti n'aurait eu cette réaction, somme toute naturelle, elles qui veillaient farouchement à apparaître sous leur meilleur jour. À sa grande surprise, il avait été charmé par l'excitation frivole et candide de son assistante. La voir sourire lui plaisait tout autant... Alors que la question de son innocence lui passait en tête, Logan s'admonesta silencieusement. Il cherchait à fuir ses problèmes, bien sûr, et la distraction était toute trouvée, mais son assistante... C'était tabou. Proscrit. De plus, elle avait déjà un amant. Le type aux larges épaules qui lui avait dit au revoir, au seuil de sa maison. Elle n'était donc pas si innocente que cela, finalement.

L'estomac de Logan se serra à l'idée de Cassidy avec un homme. Il n'aimait pas cette sensation. Après tout, Cassidy pouvait fréquenter autant d'hommes qu'elle le désirait : ça n'était pas son problème. Il était peut-être le fils de son père, mais n'allait pas pour autant adopter la même attitude avec ses employés. Le doux sourire de cette jeune femme devait quitter son esprit ; il n'avait pas non plus à poser de questions sur son passé. Il était important que leurs relations restent professionnelles. L'intimité amenait des complications, et les complications amenaient le chaos. La seule chose qui importait était que Cassidy soit en état de gérer son poste. Son passé et ses difficultés évidentes ne le concernaient pas.

Logan se renfonça dans son siège et fit rouler les muscles de ses épaules pour tenter de les détendre. Son soudain intérêt pour elle était sûrement lié au refus d'envisager les difficultés qui l'attendaient : revenir chez lui pour se plier aux restrictions qu'imposait la vie de monarque.

Il comptait bien ne pas en arriver là. Il était déjà assez irritant de ressembler physiquement à son père sans devoir en adopter aussi l'autorité sans partage. Logan ne tenait pas à endosser ce genre d'habit. Mais il savait aussi qu'il ferait tout pour son frère, après l'avoir vu tant souffrir et combattre. Le dilemme était posé...

Contre sa volonté, son regard se porta sur l'arrière de l'appareil. Où était Cassidy. Logan se passa la main dans les cheveux. La nuit allait être longue.

4

Arrantino était splendide. Cassidy ne pouvait détacher les yeux du paysage qu'elle apercevait par le hublot, alors que l'appareil entamait sa descente. De hautes montagnes encadraient une vallée émeraude où scintillaient les façades blanches de villages épars et la ville principale, ceinte d'un mur de fortifications, était nichée entre côte et montagnes. Sur la plage, le sable s'étalait en un long ruban d'or, comme alangui au bord de la Méditerranée. Bleue. Très bleue… Comme les yeux de Logan. Non qu'elle pense à ses yeux, bien sûr. Ni à aucune autre partie de son anatomie. Aujourd'hui était un autre jour et avec de la chance, il serait à l'exact opposé du précédent. À sa grande surprise, elle avait dormi d'un sommeil de plomb dans le lit confortable de la cabine arrière. Elle était désormais douchée et habillée pour briller, comme disaient les jumelles. Pour dormir, son chemisier et sa petite culotte avaient fait l'affaire. Si tout allait bien, Logan réglerait rapidement le problème avec son frère et ils seraient de retour dès ce soir, avant même qu'elle ait besoin de se changer. Pourquoi était-il si déterminé à refuser le trône ? Il ne tenait sûrement pas à changer de vie, mais les doutes qu'il avait émis sur sa capacité à régner la rendaient curieuse. Si quelqu'un avait l'étoffe d'un roi, c'était pourtant lui. Il inspirait le respect sans même avoir à se forcer. Les gens faisaient la queue pour lui demander conseil. La plupart du temps pour des raisons d'ordre professionnel, mais son intelligence était loin de se limiter à ce seul domaine. Il ne faisait pas que diriger une banque. Ces cinq dernières années, il l'avait d'ailleurs transformée du tout au tout, en une plate-forme globale et performante. Les marchés australiens et néo-zélandais représentaient le dernier bastion à conquérir et Cassidy savait qu'il ne se reposerait pas avant d'y être parvenu. Logan réussirait son offensive parce qu'il travaillait plus dur que quiconque. Sa détermination était impressionnante : elle était bien heureuse de ne pas être à la place du frère de son patron quand celui-ci le persuaderait de changer d'avis.

Elle repensa au moment où il lui avait fait comprendre que ses besoins passaient avant ceux de Pete... Sa présence physique était impressionnante, alors. Cassidy frissonna, sentant sa température corporelle augmenter. Si elle craignait généralement de ressentir une attirance physique pour son patron, il fallait bien reconnaître qu'à cet instant précis, elle aurait pu se jeter à son cou. Et son corps se moquait bien des avertissements de la raison. Elle se rappela les sages conseils de son père, donnés pendant son adolescence. Oui, il faisait partie de cette catégorie d'hommes à éviter, des mâles sûrs de leurs charmes qui collectionnaient les conquêtes. La question de sa sœur lui revint en tête. Était-elle amoureuse ? Non. Pas de lui, mais du poste qu'il lui avait offert.

Et elle ne menacerait pas cet emploi en nourrissant des sentiments pour Logan. Elle avait déjà vécu des périodes difficiles. Avec le mariage de sa sœur en perspective, il était impératif que Cassidy maintienne au moins un aspect de sa vie inchangé. Elle n'aimait pas les bouleversements. Impatiente de passer à l'action, elle ouvrit son ordinateur pour annuler certains rendez-vous de Logan, mais fut prise de court : la nouvelle de la liaison du roi se répandait comme une traînée de poudre, doublée d'une rumeur insistante d'abdication prochaine. Logan serait furieux. Il détestait les critiques et les analyses des médias internationaux le rendraient fou de rage. Cela ne ferait que compliquer encore les relations entre lui et son frère. Les médias pousseraient-ils ce dernier à renoncer au pouvoir ? Que cela signifierait-il pour elle, si Logan montait sur le trône ? Continuerait-elle à travailler pour lui ? Le voudrait-il seulement ?

Cassidy tâcha d'étouffer ses peurs pour se concentrer sur les informations qui défilaient sur son écran. D'après ce qu'elle pouvait lire, le palais ne s'était pas encore prononcé sur la crise actuelle. Il leur faudrait le faire sous peu car la nouvelle de l'abdication avait fortement fait chuter les actions de la famille royale, à la Bourse de Londres. Celle de New York suivrait sans doute dès l'ouverture. Pour couronner le tout, les paparazzis recherchaient activement l'identité de la jolie brune aperçue au bras du roi. Cassidy, une fois de plus, était heureuse de ne pas être à sa place. Elle savait l'effet que cela faisait d'être la proie de toutes les rumeurs. L'avion était sur le point de se poser. Où était Logan ? Cassidy leva les yeux de l'écran : il arrivait, fraîchement douché et rasé, ses boucles aux reflets cuivrés tombant sur son front. Il portait un costume bleu sombre et une chemise crème qui soulignait sa peau mate. Il était... renversant.

Depuis quand commençait-elle ses matinées avec ce genre de pensées déplacées ? Cassidy cilla : ce n'était pas de larges épaules et un physique avenant qui rendaient un homme attirant. Une bonne âme et un humour à toute épreuve étaient bien plus séduisants, si l'on prenait le temps d'y réfléchir. Logan s'installa dans le siège opposé au sien et se saisit de la tasse de café offerte par le copilote.

— Un problème ?

— Pourquoi pensez-vous tout de suite qu'il y a un problème ?

— Parce que vous me fixez.

— Oh ! Je...

Il ne fallait pas céder à l'attirance physique. D'autres problèmes, bien plus pressants, étaient à l'ordre du jour : l'abdication de Leo, en priorité.

— Il faut que je vous dise quelque chose, reprit-elle. Ça ne va pas être facile.

Logan étendit les jambes sous la petite tablette.

— Parlez sans détour.

— Les médias ont eu accès à l'information sur l'abdication possible de votre frère. Le monde entier est au courant.

Logan ne bougea pas d'un pouce, le regard toujours fixé sur elle, les sourcils froncés. Puis il poussa un soupir de frustration.

— La prochaine fois que je vous dis de parler sans détour, ne m'écoutez pas. Autre chose ?

— Les actions ont perdu 4 % à l'ouverture de la Bourse, ce matin, et les spéculations vont bon train sur votre possible reprise du trône.

— Laissez-les spéculer !

Il bondit sur ses pieds, animé d'une fureur soudaine.

— C'est tout ce qu'ils savent faire, de toute façon. Attendre et vous sauter à la gorge à l'instant où ils trouvent une faille.

Cassidy grimaça.

— Todd Greene est l'un des journalistes chargés d'enquêter.

Elle savait comment Logan réagirait à cette annonce et il ne la déçut pas, lâchant une bordée de jurons dans la cabine de l'appareil. Todd Greene cherchait à déterrer des scandales sur son compte depuis plus de trois ans, après que Logan avait obtenu son renvoi d'une grande rédaction à cause d'un article immonde sur une actrice qu'il fréquentait. Souffrant de dépression, la jeune femme avait fait un long séjour en clinique, et Logan avait juré de se venger du journaliste indélicat. Jusqu'ici, ses efforts étaient restés vains.

— À en juger par l'article, je pense qu'il est en chemin vers Arrantino, ou déjà sur place, ajouta Cassidy, fronçant les sourcils en parcourant l'article sur la santé du roi.

Logan, alerté par sa mine soucieuse, demanda :

— Quoi d'autre ?

— Je ne suis pas sûre. Il y a quelque chose sur la maladie de votre frère, qui serait de retour...

Elle leva les yeux juste à temps pour capter l'éclair de douleur qui traversait le visage de son patron.

— C'est faux, répondit Logan avec raideur. Leo va bien.

Cassidy en savait très peu sur le frère de son patron. Elle n'avait jamais cherché à apprendre plus qu'il n'en fallait sur la famille de Logan.

— De quoi souffrait-il ?

Logan haussa les sourcils.

— Vous ne vous êtes pas renseignée par vous-même, sur Internet ? À propos de mon passé ?

— Non.

Elle sentait la tension s'accumuler dans l'espace confiné. Une part d'elle-même aurait souhaité tendre la main et le réconforter.

— J'aurais dû ? ajouta-t-elle.

Logan émit un petit rire froid.

— Non, mais ça n'est un secret pour personne. Leo a eu une leucémie, à l'adolescence.

— Oh... C'est terrible...

— Oui, ça l'a été, admit Logan en se passant la main sur le visage, comme pour chasser de mauvais souvenirs. Mais c'était il y a longtemps. Je n'y pense plus aujourd'hui. À l'époque, par contre...

Son regard se voila.

— Ça été dur. J'ai arrêté l'école plusieurs mois pour rester à ses côtés, je tâchais de le distraire le plus possible. Mais il était très malade et ça a failli me rendre fou de désespoir. Enfin, conclut-il avec un sourire faible, autant vous dire que je suis imbattable au Monopoly, aujourd'hui...

Cassidy avait toujours cru que son patron avait le cœur aussi froid que le disaient les rumeurs, et elle se sentit bouleversée par sa confession. Il était donc bien éloigné de l'image publique qu'il laissait volontiers se répandre.

— Je saurai m'en souvenir, répondit-elle avec douceur, si jamais je dispute une partie avec vous... Vous avez fait preuve de beaucoup de dévouement. C'est vraiment gentil.

— Ce n'était pas gentil, c'était nécessaire. Mes parents ne pouvaient pas lui offrir l'attention et les soins dont il avait besoin. Quelqu'un devait s'en charger et j'étais ravi de le faire.

— Je comprends très bien.

N'avait-elle pas fait la même chose avec Pete lors de sa grossesse ?

— Vous devriez peut-être vous asseoir, pour l'atterrissage, fit-elle remarquer pour changer de sujet, troublée par le moment qu'ils venaient de partager.

Logan jeta un coup d'œil par le hublot et s'exécuta. Lorsque l'avion se posa impeccablement sur le tarmac, Cassidy sentit le stress monter en elle. Dans peu de temps, elle rencontrerait la famille royale. Elle ne s'était jamais sentie aussi roturière qu'aujourd'hui.

— Devant votre frère, je dois faire une révérence et l'appeler Votre Majesté, c'est ça ?

— Oui.

Il se leva et rajusta les manches de sa chemise, avant d'ajouter :

— Mais ne vous inquiétez pas trop du protocole. Mon frère a des soucis plus importants que ça.

— Je le sais bien, mais je ne veux pas commettre d'impair. Et pour votre mère ? La révérence, aussi ?

Elle ne tenait pas à attirer l'attention avec son manque d'éducation sur le sujet.

— Absolument. Et comme elle a été reine, on l'appelle toujours Votre Majesté.

— C'est noté, murmura Cassidy, concentrée.

Logan lui adressa un petit sourire.

— Ça ne vous ressemble pas d'être nerveuse. Vous ne l'étiez pas, lorsque je vous ai rencontrée.

— Bien sûr que si. C'était un entretien d'embauche et je tenais réellement à décrocher le job.

— Vous avez su le cacher, alors.

— C'est un de mes superpouvoirs.

Logan sourit à nouveau, amusé.

— Vous en avez beaucoup ?

— Peu. Je crois que c'est le seul, en fait !

Il hocha la tête lentement sans la quitter des yeux, comme s'il cherchait à mettre des mots sur un sentiment qui lui échappait.

L'avion posé, deux hommes imposants, en costume

noir, montèrent à bord de l'appareil et se présentèrent à Logan.

— Votre Majesté ? La voiture vous attend.

Cassidy écarquilla les yeux. Faudrait-il qu'elle l'appelle ainsi, désormais ? Logan les remercia et invita d'un geste de la main Cassidy à le précéder. Éblouie par le soleil à la porte, elle s'immobilisa et sentit le souffle de Logan dans son cou. Elle n'avait pas réalisé qu'il la suivait d'aussi près.

— Tout va bien ? murmura-t-il à son oreille.

— Oui, oui… Le soleil.

Se sentant de nouveau maladroite, elle prit une grande inspiration et contempla l'armada de berlines noires qui les attendaient sur le tarmac.

Sois détendue, souriante, comme si de rien n'était…

Alors que le cortège s'ébranlait, Cassidy jeta un regard soucieux à son patron, assis en face d'elle dans la voiture de luxe, les sourcils froncés, fixant l'écran de son téléphone.

— Encore un souci ?

— Oui, admit-il. Leo ne sera pas au palais. Il a emmené sa nouvelle conquête dans un endroit sûr, pour la protéger des médias. Il a promis de m'appeler plus tard.

Au dédain qui colorait sa voix, Cassidy comprit qu'il n'était pas ravi de la nouvelle. Logan poursuivit :

— Apparemment, il y a déjà un communiqué de presse qui se prépare pour son abdication. Le palais est confiné pour éviter toute fuite médiatique.

— Ça me paraît normal, commenta Cassidy tout en jetant un coup d'œil aux cours de la Bourse sur l'application de sa tablette. 11 % de chute sur les actions à New York. Ce n'est pas encore catastrophique mais les analyses semblent indiquer que les retombées seront désastreuses pour les petits commerces... En plus de cela...

Elle hésita. Logan n'aimerait pas ce qui allait suivre.

— La Peterstone Organisation vient de se retirer du projet de tunnel.

Logan jura violemment.

— Je ne sais pas qui a fait fuiter l'abdication auprès de la presse, mais si je les retrouve, ils regretteront d'être nés. Oubliez Peterstone ! J'imagine qu'ils ont déjà bien assez de capital et que l'abdication leur a donné le prétexte qu'ils cherchaient pour se retirer sans perdre la face. Contactez les administrateurs des assurances Kellard. Ils avaient manifesté leur intérêt pour le projet et je sais qu'ils cherchent toujours à acquérir une participation au capital pour leurs fonds de pension. Ça pourrait nous aider à tenir les délais.

Finissant de noter ce que son patron lui dictait, Cassidy leva les yeux juste à temps pour remarquer la gigantesque arche de pierre sous laquelle la voiture s'engageait après avoir quitté la campagne. Ils passaient les remparts de Trinia, la capitale et place financière d'Arrantino.

— C'est magnifique, murmura-t-elle en contemplant le mariage réussi de constructions millénaires et d'immeubles modernes. Et presque pas de trafic... Pour une ville qui compte près d'un million d'habitants...

Logan lui jeta un regard amusé.

— Le trafic a été arrêté pour notre arrivée. Une fois que nous serons passés, ce boulevard prendra des airs de Champs-Élysées en moins de temps qu'il n'en faut pour le dire.

Cassidy rougit, embarrassée par sa naïveté, et reporta son attention sur sa tablette. Mais Logan, allongeant le bras, prit le menton de la jeune femme dans sa main et la força à le regarder.

— Pourquoi rougissez-vous ?

Le contact soudain la troubla. Sa peau était chaude.

— C'est… C'est juste que… je fais erreur sur erreur.

— Ce n'était pas une erreur. Vous ne connaissez pas le protocole.

— Non. Tout ça est un peu impressionnant, je dois dire.

Elle avait la gorge serrée, incapable de décider entre l'envie de s'éloigner de lui et celle d'approfondir le contact.

— Vous vous en sortirez très bien. Tout ceci sera terminé en un clin d'œil.

Cassidy laissa échapper un soupir discret lorsqu'il laissa retomber sa main.

Quelques instants plus tard, ils franchissaient les grandes portes de bronze du palais royal. Les voitures ralentirent sur le chemin pavé qui débouchait sur une magnifique cour ombragée.

— C'est mon arrière-grand-père, Javier, indiqua Logan alors que Cassidy contemplait la statue massive d'un homme en uniforme, sabre au clair et à cheval. Sans lui, les Français auraient envahi Arrantino… Cela nous a rapprochés des Espagnols, finalement, et fait de lui un héros national.

— Ce qui explique pourquoi votre langue est si proche de l'espagnol…

— Nous avons longtemps fait partie de l'Espagne, avant que mon arrière-arrière-grand-père fasse sécession. Ce sont des voisins de longue date… La séparation n'a pas été une mince affaire non plus.

— Le palais est vraiment impressionnant, murmura Cassidy, le regard perdu par la fenêtre de la berline. Il y a... Quoi ? Mille fenêtres sur cette aile ? J'avais vu des photos, bien sûr, mais la réalité est assez désarçonnante.

— C'est imposant, oui. C'est le but. Il s'agissait de décourager tous ceux qui pourraient avoir des vues sur notre petit royaume. Et les rendre jaloux de notre richesse !

La porte de la berline s'ouvrit sur un valet en grande tenue, droit comme un i.

— Votre Majesté.

Logan tendit la main à Cassidy pour l'aider à sortir de la voiture et elle s'en saisit, frémissante. L'étreinte ferme de Logan se referma sur elle... Cela ne dura pas. Une fois de plus, le contact avait été bref, mais chargé d'électricité. Sur les grandes marches de pierre, Logan salua chaleureusement un majordome, avant de se tourner vers son invitée.

— Voici mon assistante, Cassidy Ryan. Cassidy, je vous présente Gerome. Il est à notre service depuis... Combien, Gerome ? Un siècle, deux ?

— Plutôt trois, Votre Altesse, répondit le majordome avec une petite révérence.

— Ma mère est là ? demanda Logan.

— Sa Majesté la reine mère rencontre actuellement l'organisateur d'un festival des arts, mais elle a été informée de votre arrivée. Les chambres sont en train d'être préparées et le roi vous offre le libre usage de ses bureaux, en attendant.

— Très bien. Faites-y monter quelques pâtisseries et du café très fort, voulez-vous ?

Maintenant qu'ils étaient sur place, Cassidy pouvait sentir le poids des responsabilités qui incombaient à son patron et elle ne pouvait s'empêcher d'être peinée pour lui. En comparaison, ses petits problèmes de logement semblaient bien dérisoires.

— Suivez-moi ! dit Logan en poussant deux gigantesques portes en bois de cinq mètres de haut.

Ils s'enfoncèrent dans les entrailles du palais. Le regard de Cassidy, constamment sollicité, allait des tapisseries splendides aux meubles anciens, détaillant les gigantesques piliers de marbre qui soutenaient les hauts plafonds et conféraient à l'endroit une atmosphère de grande solennité. Les bureaux du roi étaient divisés en quatre pièces larges et hautes, d'imposantes fenêtres battantes ouvrant sur le domaine d'un somptueux vert émeraude, zébré par la rivière qui serpentait en son centre. Au loin, le regard butait sur la crête des montagnes d'Arrantino, dernier rempart avant l'azur infini du ciel.

Au centre de la pièce principale, décorée dans un style contemporain, trônait un large bureau de chêne massif. Devant les fenêtres, de magnifiques sofas couleur crème invitaient à la détente et à la méditation face au paysage. Les portraits des ancêtres le disputaient aux bibliothèques qui couraient sur chaque mur, abritant des milliers de livres. Bouche bée, Cassidy réalisa que cette seule pièce aurait pu contenir son appartement tout entier.

— Voulez-vous que j'utilise le petit bureau que nous avons aperçu en arrivant ? demanda-t-elle, tâchant de se concentrer sur le travail qui les attendait.

— Non, prenez plutôt l'un des canapés, si cela ne vous dérange pas. Je pense que l'un des secrétaires particuliers de Leo utilise déjà le bureau : il faudra donc nous contenter de cette solution temporaire, avant d'en faire apporter un ici.

Alors qu'il terminait sa phrase, une femme altière, gracieuse comme une danseuse de ballet, fit son entrée. Ses cheveux d'un noir de jais contrastaient avec sa peau pâle et son rouge à lèvres carmin. Cassidy se fit la réflexion qu'elle était comme échappée d'un roman policier des années 1950.

— Bienvenue, Votre Altesse. Le roi vous prie de pardonner son absence.

Sa voix même, rauque et lascive, nimbait chacune de ses phrases d'une atmosphère sensuelle.

— Margaux… Quel plaisir de vous revoir ! Voici Cassidy, mon assistante. Il va nous falloir un bureau, ici. Pouvez-vous vous en occuper ?

— Bien sûr, Monsieur. Autre chose ?

— Vous ne savez pas où est mon frère, par hasard ?

— Son Altesse royale a préféré ne rien dire.

Logan fit la moue, avant de conclure.

— J'aurais besoin d'un débriefing, rapidement. Je vous tiendrai au courant.

— Comme Son Altesse le désire. Je reste à sa disposition.

Jusqu'à quel point ? se demanda silencieusement Cassidy, avant de se reprendre. Margaux agissait en professionnelle et c'était tout ce qu'on attendait d'elle. Cassidy posa son téléphone et son ordinateur sur la petite table basse face au canapé et se mit à écrire un e-mail, transmettant les éléments principaux d'un récent contrat. Au moins pouvait-elle s'abandonner à son travail. Elle passa de longues minutes sur les affaires en cours, stoppant seulement pour s'autoriser une tasse de café et l'une des délicieuses pâtisseries discrètement apportées par un valet.

Près d'une heure plus tard, une autre femme fit son entrée dans la pièce. Plus âgée que la précédente, elle avait de longs cheveux blonds et un regard plus bleu encore que celui de Logan. Elle n'avait pas frappé.

— Logan… Heureuse de te voir. Leo a dit qu'il t'avait mis au courant de tout.

Logan s'inclina avant de l'embrasser sur les deux joues.

— Il m'a informé de ce qu'il comptait faire, effectivement. Je veux le faire changer d'avis. Voici mon assistante, Cassidy Ryan.

La nouvelle arrivante jeta à Cassidy un regard perçant qui la fit frissonner. Logan ajouta :

— Cassidy, je vous présente ma mère, Sa Majesté la reine Valeria.

Sa mère ? Les yeux écarquillés de surprise, Cassidy se dépêcha d'exécuter une révérence qu'elle espéra ne pas être trop maladroite. Elle bégaya :

— Votre… Votre Majesté, c'est un plaisir de vous rencontrer. Le palais est splendide.

La reine lui adressa un vague hochement de tête avant de se tourner vers son fils.

— Sais-tu où est Leo ? Il ne m'a rien dit.

— Non, répondit Logan. Je sais seulement qu'il s'occupe de mettre à l'abri la femme qu'il fréquente.

La reine eut une moue dédaigneuse.

— Ça lui ressemble. Les sentiments, toujours…

Elle secoua la tête avec dédain avant d'ajouter :

— N'imagine pas une seule seconde que tu réussiras à le faire changer d'avis. Il a été très clair. C'est une abdication. Au vu du scandale, cela me paraît de toute façon la seule route à suivre.

— Vous dites cela à cause de ce qui s'est passé…

— J'ai oublié le passé, coupa brusquement la reine. Et tu devrais faire la même chose. Le futur seul importe et ton pays a besoin de toi. Tu ne peux plus te réfugier à l'autre bout du monde et tu feras de toute façon un grand roi. Tu as toujours su garder la tête froide, au plus fort des crises.

— Je ne veux pas du titre ! gronda Logan.

— Il n'est pas question ici de ce que tu veux, répondit sa mère. Nous inaugurons la nouvelle aile du Musée national cet après-midi, et une réunion est prévue avec le cabinet demain. Si Leo n'est pas revenu, il faudra que tu lui supplées.

— Il n'y a personne d'autre pour inaugurer ce maudit musée ?

— Non. J'ai une exposition à superviser et le directeur du musée s'attend à voir l'un des membres les plus éminents de la famille. Il était censé avoir une audience avec le roi.

— Très bien. J'espère juste qu'il n'y a pas de discours...

— Bien sûr qu'il y a un discours ! Et il y a un autre problème : ta fiancée.

Logan gronda.

— Je n'ai pas encore accepté de m'asseoir sur le trône. Et je n'ai pas de future épouse en vue !

— Je sais, et c'est la raison pour laquelle j'ai préparé une liste de candidates, qu'il faudra que tu consultes.

— Votre Majesté, murmura Logan d'une voix dangereusement grave, trouver une femme n'est pas dans mes priorités.

— Je le sais, rétorqua sa mère, un sourcil haussé pour signifier qu'elle se moquait de ce que pouvait désirer son fils. C'est bien pour cela que je m'en charge à ta place. Et avant que tu me fasses part de ton intention de t'en occuper toi-même, laisse-moi te rappeler l'échec flagrant de cette entreprise, jusqu'ici, alors même que tu dois produire un héritier. Et cette fois-ci, pas d'outsider ! Il faudra une jeune femme de notre rang, habituée à nos us et coutumes. Notre lignée et la monarchie ne survivront pas à un scandale de plus.

Logan se frotta nerveusement le cuir chevelu.

— Si je suis amené à monter sur le trône, je ne prendrai pas mes obligations à la légère.

— Bien. Alors nous n'aurons pas de problème à ce propos. Margaux t'enverra la liste par e-mail.

— La lecture en sera passionnante, j'en suis sûr. Cassidy, pourrez-vous contacter Margaux pour obtenir un brouillon du discours de cet après-midi ? Tout élément sera utile.

— Bien sûr, répondit Cassidy, les yeux baissés.

Elle fit une nouvelle révérence à la reine mère avant de se retirer. Quitter la pièce était un soulagement. Elle avait l'habitude d'être la personne la moins importante des réunions auxquelles elle participait, mais la mère de Logan lui avait donné le sentiment d'être totalement invisible.

— Je ne pense pas que tu devrais appeler ton assistante par son prénom, entendit-elle dire dans son dos, alors qu'elle refermait la porte. Après, ces subalternes se croient plus proches de toi qu'ils le sont réellement.

— Cassidy est mon assistante. C'est tout ce qu'elle a toujours été et ça continuera ainsi. Elle le sait très bien.

— J'espère que tu as raison, répliqua Valeria. Si elle développe des sentiments à ton égard, il faudra qu'elle s'en aille.

— Je sais. Si c'était le cas, je serai heureux de la voir partir moi-même.

— Puis-je vous aider ?

Cassidy sursauta, prise en train d'écouter aux portes. Derrière elle, Margaux la contemplait avec curiosité. Le commentaire de Logan était arrivé à point nommé :

quoi qu'elle ait pu ressentir pour son patron, ça n'était pas partagé. Elle le savait déjà, bien sûr, mais il venait de lui en apporter une preuve concrète.

— Il me faudrait le discours du roi, pour l'inauguration de cet après-midi, répondit Cassidy avec un sourire qui se voulait plein de confiance. Pourriez-vous me l'envoyer dès que possible ?

5

Une heure plus tard, Cassidy, retranchée dans son travail, avait presque oublié où elle se trouvait lorsque Logan s'arrêta près du canapé où elle officiait, la forçant à relever les yeux. Dans son élément naturel, au palais, il avait l'air plus imposant encore que d'habitude. Son beau visage affichait un air sinistre et Cassidy sentit sa gorge se serrer. Son humeur ne s'était clairement pas améliorée. Il avait passé plusieurs appels à ses bureaux de New York après avoir parlé avec sa mère, réglant quelques problèmes et travaillant comme si de rien n'était. Pour Cassidy, pourtant, tout semblait bouleversé. Le palais, la reine mère, la gravité de la situation... Tout indiquait que plus rien ne serait jamais pareil, sans compter les projets matrimoniaux qui concernaient Logan, censé épouser une femme de son rang. Soudain, Cassidy se rendit compte qu'elle ne s'était jamais imaginé son patron changer de vie à ce point. Il avait toujours été attaché à sa vie de célibataire, trop beau et trop riche pour quiconque. S'il devenait roi, celle qu'il se verrait forcé d'épouser n'aurait rien d'une roturière.

— Pas de nouvelles de Leo ? demanda-t-il.

Sa voix était calme, mais Cassidy sentait venir l'orage.

— J'ai bien peur que non.

Logan serra les dents et releva ses manches, révélant ses avant-bras musclés.

— Je lui ai donné votre numéro au cas où je serais en communication lorsqu'il appelle. Si cela arrive, quoi que je fasse, interrompez-moi.

— Sans faute.

— Comment trouvez-vous Margaux ?

Il avait posé la question de but en blanc. Cassidy songea que la jeune femme était plus sophistiquée que ce à quoi elle pourrait jamais prétendre.

— Très bien... Elle m'a beaucoup aidée en me transmettant rapidement le discours de votre frère que j'ai un peu retouché pour l'adapter à votre style. Il vous attend sur votre téléphone.

— Alors nous pouvons y aller.

— Nous ?

Cassidy rajusta la monture de ses lunettes sur son nez. Elle ne s'attendait pas à ce qu'il lui demande de l'accompagner aux événements officiels. Il avait l'habitude du décorum royal, en connaissait les innombrables subtilités depuis l'enfance. La cérémonie la plus officielle à laquelle Cassidy avait participé jusqu'ici était la remise de diplôme de ses nièces...

— Je vous veux sur place. Je ne veux rien manquer des développements sur le projet de tunnel.

— À vrai dire, j'ai déjà des nouvelles. Kellard a répondu, ils sont intéressés. J'ai mis en place une conférence vidéo avec les actionnaires pour jeudi. Il ne manque plus que votre accord.

— Voilà pourquoi je ne peux pas faire sans vous ! commenta-t-il avec un sourire à couper le souffle. Vous avez mon accord. Il y a une salle vidéo au bout du couloir.

Il faudra vous adresser au département informatique du palais...

— C'est déjà fait. J'attends le retour du chef de service.

Logan hocha la tête.

— Tenez-moi au courant dès que ce sera fait. En attendant, sortez-moi toutes les informations importantes sur ce projet et demandez les derniers chiffres à la comptabilité.

Le nez sur son téléphone portable, il fronça les sourcils et ajouta :

— Et en substance, ce discours pour l'inauguration du musée ?

— Vous y expliquerez l'importance du mouvement d'art contemporain à Arrantino et la manière dont il a influencé la scène internationale. Je vous ai mis des notes explicatives dans la marge. Vous devrez remettre des prix aux étudiants qui ont décroché une bourse l'année dernière.

— Merci pour les notes. Je m'y connais autant en art contemporain qu'en faune tropicale !

Cassidy étouffa un rire. Son humour n'allait certainement pas aider dans la situation où elle se trouvait.

— C'est assez passionnant, à vrai dire. Apparemment, la lumière d'été à Arrantino aurait influencé Van Gogh.

— Vous êtes férue de peinture ?

Cassidy s'irrita de la surprise manifeste dans sa voix.

— Quand on grandit dans une petite ville de province, on a du temps pour la curiosité.

Il hocha la tête et lui décocha un regard scrutateur.

— Ce n'était pas une critique. L'endroit d'où l'on vient ne nous définit pas en tant que personne.

Vraiment ? Amère, elle repensa à tout ce que sa propre ville lui avait fait endurer, des médisances à l'exclusion sociale. Mais personne n'avait à le savoir, et surtout pas Logan. Elle attrapa son sac, et fit comme si de rien n'était.

— Oubliez ce que j'ai dit. On y va ?

Durant le trajet qui les menait au musée, Cassidy garda son attention focalisée sur son portable. Les sourcils froncés, Logan se fit la réflexion que les choses n'étaient pas encore revenues à la normale, pour eux deux. La faute lui en incombait entièrement. Il était beaucoup trop conscient de sa présence, attentif à chacun de ses gestes, à tel point que c'en était préoccupant. Au bureau, ça n'avait jamais été le cas. Il la regarda de nouveau, face à lui dans la berline, égale à elle-même en chignon strict et tailleur gabardine. Mais il n'arrivait pas à oublier la vision qu'il avait eue d'elle, trempée et décoiffée, dans ce chemisier transparent qu'il brûlait d'envie de lui retirer. Dans l'avion, il en avait même rêvé, alors qu'il s'autorisait quelques heures de sommeil.

Savoir que l'obsession qu'il développait pour son assistante résultait de la crise dans laquelle ils se trouvaient n'aidait pas. C'était comme si son corps refusait de l'écouter, et pour un homme habitué à exercer un contrôle absolu sur lui-même, être pris en défaut était particulièrement frustrant. Avec détermination, il se remit au discours qu'il devait prononcer, mémorisant les points les plus importants. Lorsqu'il releva enfin les yeux, la berline se garait devant le musée. Construit au siècle dernier, c'était un des monuments les plus connus d'Arrantino et une destination touristique prisée. Son grand-père avait fait la commande de la gigantesque mosaïque qui ornait le fronton du bâtiment, et son père, lui, y avait fait ajouter une aile. Aujourd'hui, Logan en inaugurait une autre.

Marchait-il dans les pas de son père ? Pas s'il pouvait faire autrement. Et certainement pas en ce qui concernait Cassidy, dont il admirait le professionnalisme. Il se garderait bien de laisser le désir lui dicter sa conduite. Comme si elle avait senti son changement d'humeur, elle releva la tête. C'était une des nombreuses facettes de son talent : elle le comprenait souvent sans qu'il ait à parler.

Le bruit qui émanait de la foule amassée derrière les barrières s'intensifia alors qu'on venait leur ouvrir. Les yeux écarquillés, Cassidy lui jeta un regard inquiet.

— Bienvenue dans l'autre volet de mes activités, murmura-t-il avec un soupir.

— Je crois que toutes les célibataires d'Arrantino ont été prévenues de votre arrivée...

— Restez proche de moi et suivez ce que je fais, fit Logan, décidé à garder son sérieux.

Il sortit et se pencha pour lui offrir sa main, se maudissant à la seconde où leurs peaux entrèrent en contact. Leurs regards se croisèrent et il vit les joues de Cassidy s'empourprer. Il ne fallait plus qu'il la touche. Ni qu'il hume son parfum entêtant... Remerciant silencieusement la sécurité du musée d'avoir su éloigner les paparazzis, il serra des mains pendant quelques minutes, avant de rejoindre le directeur du musée sur les marches de l'entrée.

— C'est un honneur de vous recevoir à la place de Sa Majesté votre frère, Votre Altesse, déclara le directeur. Nous espérons que le roi va bien.

— Le roi vous remercie, répondit Logan. Belle foule...

— Grâce à votre venue, bien sûr, Votre Altesse.

Il se retourna pour s'assurer que Cassidy le suivait et la trouva en conversation avec des membres de la délégation du musée. Le cérémonial pompeux ne semblait pas l'impressionner. Comme si elle avait senti son regard, son assistante leva les yeux, formulant une question muette : « Avez-vous besoin de moi ? »

Une part de Logan lui souffla qu'il avait toujours besoin d'elle, mais il choisit de l'ignorer et se retourna après une dénégation. Le directeur vantait désormais les dernières innovations du musée. L'atmosphère était étrange, comme alourdie par la gravité du moment. L'abdication de son frère flottait dans l'air et, malgré ses efforts, il ne réussit pas à dérider les jeunes artistes qu'il rencontrait et à les faire parler de leur travail avec la liberté qu'il attendait. Frustré, il tentait d'entamer une conversation sur l'un des tableaux de l'exposition lorsqu'un rire cristallin retentit.

Toutes les têtes se tournèrent vers Cassidy. Le directeur du musée fronça les sourcils avec un raclement de gorge. Logan s'excusa et s'avança vers Cassidy, qui discutait avec un jeune artiste. Il se planta devant elle.

— Puis-je savoir ce qui vous amuse tant ?

— Je suis navrée, répondit Cassidy en rougissant. Ce n'est rien, j'admirais la toile de Michael, celle aux escargots, et il m'a confessé qu'il s'agissait de petits choux...

— C'est une table de dessert, confirma l'artiste, mais rien n'empêche de manger des escargots au dessert.

— Pas ceux de mon jardin, je vous l'assure, répondit Cassidy, faisant sourire l'assistance.

Alors que la visite se poursuivait, elle murmura à Logan :

— Je vais vous laisser faire, sinon je vais finir par offenser quelqu'un.

— Je doute que vous puissiez y parvenir, observa-t-il sans réussir à détacher son regard du visage de Cassidy.

La chaleur avec laquelle elle répondait aux sollicitations

la rendait plus belle encore et son enthousiasme, contagieux, semblait calmer l'assistance fébrile. Elle était sa meilleure arme pour briser la glace et lorsqu'il s'en rendit compte, la visite prit une tout autre tournure, passant de commentaires froids et pompeux à une conversation enjouée, particulièrement vivifiante. Logan conclut la visite par son discours et il promit de nouvelles bourses, ainsi qu'un entretien particulier avec le directeur.

Les applaudissements se tarissaient lorsqu'il se rendit compte que Cassidy avait disparu. L'un des membres de son personnel l'informa que la jeune femme était partie se rafraîchir. Comme elle ne réapparaissait pas, Logan s'excusa auprès de son entourage pour aller à sa rencontre. Alors qu'il prenait l'angle d'un couloir, Cassidy, venant d'en face, le heurta. Instinctivement, il étendit le bras pour la rattraper et sentit son corps s'éveiller au contact des formes qu'il frôlait, et cette réaction inappropriée lui coupa le souffle. Il inspira à pleins poumons le parfum délicat de ses cheveux. Cassidy avait porté la main à son visage pour retenir ses lunettes, et Logan sentit sa poitrine se presser contre son torse. Elle s'en rendit compte en même temps que lui et leva vers son patron des yeux écarquillés.

— Eh là, s'exclama-t-il en l'aidant à retrouver son équilibre, les mains dangereusement proches des fesses de son assistante.

Elle était petite comparée à lui, le haut de son crâne atteignant à peine son menton. Sans ses talons, il aurait dû se pencher pour l'embrasser. L'espace de quelques secondes, ils restèrent figés, le souffle court. Mais l'un des membres du personnel déboucha au fond du couloir, et laissa échapper une exclamation en les voyant. Logan recula et passa une main nerveuse dans ses cheveux.

Cassidy tira sur la veste de son tailleur. Ils semblaient tous deux pris en faute, bien que rien de licencieux ne se soit déroulé. Rien d'autre que ce qui avait traversé son imagination…

— On nous attend, dit-il enfin d'un ton formel, comme s'il ne s'était rien passé.

Toujours tremblante au souvenir du corps de son patron collé contre le sien, Cassidy refusa de lever le nez de son téléphone sur le chemin du retour. Logan, de son côté, ne semblait pas non plus disposé à la conversation. C'était une bonne chose, songea Cassidy : s'il l'avait regardée, il n'aurait pas manqué de lire le désir dans ses yeux. L'intensité avec laquelle elle avait voulu l'embrasser lui faisait honte. Deux années de rapports strictement professionnels envolés en un instant ! Mais Logan agissait comme si rien n'était arrivé. C'était peut-être ainsi qu'il l'avait vécu, pensa-t-elle en le suivant vers les bureaux du roi : un simple incident.

Avec un coup d'œil à sa montre, il fronça les sourcils :

— Il se fait tard. Nous devrions remettre le reste à demain.

L'heure était effectivement avancée, mais Cassidy avait dormi dans l'avion et ne ressentait aucune fatigue.

— Je vais rester travailler un peu, répondit-elle en prenant place au petit bureau installé à son intention. Vous n'imaginez pas le nombre de messages que j'ai reçus ! Tout le monde veut savoir ce qui se passe.

— C'est l'un des nombreux désagréments de notre époque, remarqua Logan. Mais nous n'avons rien de neuf à annoncer.

Cassidy nota ses épaules tendues, les cernes sous ses yeux, et son cœur se serra, plein d'empathie. Elle ne l'avait jamais considéré comme faible, mais il n'était pas difficile de voir que ce soir, il accusait le coup.

— Je me chargerai de les faire patienter, le rassura-t-elle. Il faut aussi que je réponde aux actionnaires de chez Kellard qui préféraient vous parler en direct.

— Ils attendront, marmonna Logan. Si Leo appelle...

— Je sais. Je viens vous prévenir. Sans faute.

Logan allait sortir mais il s'arrêta subitement à sa hauteur.

— Ne vous épuisez pas, Cassidy. Chacun a ses limites.

Il avait raison, pensa-t-elle, soupirant de soulagement à son départ. Logan épuisait sa maîtrise d'elle-même. Elle jeta un coup d'œil distrait à l'image que lui renvoyait l'un des miroirs de la pièce et fut surprise de se trouver inchangée, malgré tous les bouleversements survenus dans sa vie. Elle était à Arrantino, avec Logan, et lorsqu'elle rentrerait chez elle, tout serait différent. Était-ce anormal de se sentir métamorphosée ? Il fallait qu'elle arrête de penser à son patron, et cela irait beaucoup mieux. Il n'avait pas voulu l'embrasser, au musée, pas plus que la veille, dans son appartement. Logan embrassait des top models et des princesses, pas des filles ordinaires sorties de leur campagne ! Cassidy s'assit au bureau. Tout allait bien...

Une jeune soubrette toqua à la porte et se glissa dans la pièce, un plateau d'argent à la main.

— Dites-moi qu'il y a du café ! implora Cassidy avec un petit sourire.

— Absolument, Mademoiselle. Et des sandwichs. Son Altesse a pensé que vous pourriez en avoir envie.

— Son Altesse est un dieu, répondit-elle sans réfléchir.

— C'est ce que tout le monde pense, au palais, acquiesça la jeune fille avec un sourire timide.

L'espace d'un instant, Cassidy se demanda ce que ce serait de vivre sans cesse entourée d'une batterie de serviteurs prêts à répondre à la moindre sollicitation. Elle se souvint de la foule qui attendait Logan au sortir de la berline, criant son adoration derrière les barrières. C'était comme dans les films. Il avait souri et agité la main, reprenant son masque sérieux à l'instant où les caméras avaient disparu de leur champ de vision.

Au musée, tout le monde l'attendait avec un sourire impatient. C'était un effet qu'elle avait pu constater souvent : lorsqu'il entrait dans une pièce, l'air se chargeait d'électricité. Son assurance faisait le reste. Il imposait le respect autour de lui et plus encore ici, à Arrantino. Cela ne s'arrangerait pas s'il venait à monter sur le trône... Était-ce d'ailleurs son refus du pouvoir qui le plaçait si haut dans l'estime de ses futurs sujets ? Il fallait qu'elle cesse de penser à lui. Si cette obsession mal placée continuait, il deviendrait quasiment impossible de s'en défaire.

Revenant à son travail, elle ouvrit le mail le plus récent qui lui était adressé. Maintenant que le monde de la finance savait Logan à Arrantino, les actionnaires semblaient s'être passé le mot pour paniquer. Ils craignaient que l'empire ne reste sans personne au gouvernail... Le terrain était miné, mais Cassidy aimait s'y confronter : ce genre de questions sensibles était l'une des facettes préférées de son travail. Un travail qu'elle n'était d'ailleurs pas sûre de conserver. Si Logan devenait roi, il aurait besoin à ses côtés d'une personne familière du protocole. Comme la ravissante Margaux... Cassidy se retrouverait simultanément sans emploi et sans foyer. La pensée lui tordit le ventre. Il faudrait non seulement qu'elle trouve un colocataire à son retour à New York, mais aussi un nouvel emploi. Pour quelqu'un qui n'aimait pas le changement, elle était servie ! Une force invisible semblait avoir pris le contrôle de sa vie pour la remodeler à sa guise. Elle ouvrit un nouvel e-mail. Il s'agissait d'une liste de prétendantes convenables envoyée par la reine. Voilà qui lui remettait les pieds sur terre...

6

Quarante-cinq minutes plus tard, l'appel d'un inconnu fit sonner son téléphone portable.

— Bonjour, mademoiselle Ryan. Je suis Leo, le frère de Logan. Je n'arrive pas à le joindre et je n'ai que peu de temps. Savez-vous où il se trouve ?

— Absolument, Votre Majesté.

Cassidy tentait de maîtriser sa voix au téléphone. Celle de Leo, grave et profonde, lui rappelait le timbre de Logan.

— Je crois qu'il est dans ses appartements, ajouta-t-elle. Si cela ne vous dérange pas de rester en ligne, je lui apporte le téléphone.

— Je vous remercie.

Sautant sur ses pieds, Cassidy courut jusqu'à la porte et héla l'un des majordomes pour lui demander où trouver Logan.

— Je vous y conduis, répondit l'homme, sentant l'urgence dans la voix de son interlocutrice.

Après une volée de marches et un long couloir décoré de portraits ancestraux, ils arrivèrent à destination. Cassidy pria pour que Logan soit bien derrière la double porte crème et or : c'était l'appel le plus important de sa vie.

— Les appartements de Son Altesse, mademoiselle.

— Je vous remercie.

Cassidy vérifia que le roi était toujours en ligne et toqua, vérifiant machinalement sa coiffure en attendant que Logan vienne lui ouvrir. Après quelques instants de silence et sans réponse de la part de son patron, elle posa la main sur la poignée de la porte qui s'ouvrit avec un déclic discret. Il n'y avait pas de raison d'être nerveuse...

En entrant, elle écarquilla les yeux face à l'opulence de la pièce. Une sensation de déjà-vu vint la saisir : ce n'était pas la première fois qu'elle brisait l'intimité du sanctuaire de son patron. Elle avança de quelques pas, inquiète à l'idée de le trouver une nouvelle fois luisant de sueur après un exercice physique intense. Heureusement, ce genre de choses n'arrivait pas tous les quatre mat...

— Oh ! bon sang !

Cassidy porta la main à son cœur en tombant nez à nez avec son patron, au milieu du couloir. Cette fois, il ne portait pas de tenue de sport. C'était dommage : le tableau qu'elle avait sous les yeux était cent fois plus problématique. Logan n'était vêtu que d'une simple serviette de bain nouée bas sur ses hanches, laissant apprécier la musculature puissante de son torse, ses abdominaux dessinés et ses biceps puissants.

— C'est pour moi ? lança-t-il en avançant vers elle.

Cassidy ouvrit et referma la bouche sans comprendre, avant de se rappeler subitement pourquoi elle était venue. Mortifiée, elle lui tendit le portable d'un geste raide d'automate. Son cœur battait la chamade. Logan saisit le téléphone, demanda à Cassidy de l'attendre et disparut à nouveau au fond du couloir. De nouveau seule, elle laissa échapper un long soupir, reprenant difficilement ses esprits. Un plateau traînait sur une console et elle se servit un verre d'eau glacée. Son pouls s'apaisa juste à temps pour qu'elle entende Logan revenir. L'appel avait été court.

Elle ne se retourna pas, convaincue qu'il lui faudrait remettre sa démission s'il était toujours vêtu de sa simple serviette. Comment continuer à travailler pour lui si elle devait l'imaginer nu à chacune de leurs rencontres ?

— C'était mon frère, lança-t-il derrière elle. J'étais sous la douche quand il a essayé de m'appeler, c'est pour cela qu'il est passé par vous.

Cassidy reprit une gorgée d'eau sans répondre.

— Vous comptez vous retourner ou vous préférez continuer à fixer le mur ?

Sentant l'irritation dans sa voix, elle pivota lentement sur elle-même. Il s'était vêtu après avoir pris l'appel et portait désormais un T-shirt couleur crème et un jogging noir.

— Je suis désolée de… de vous avoir interrompu comme ça, bégaya-t-elle. Si j'avais su…

— Oubliez ça, l'interrompit-il. Je commence à avoir l'habitude.

— Eh bien, pas moi ! se récria Cassidy. Je peux vous assurer que ça n'arrivera plus. Je vais vous rendre votre clé à la seconde où nous serons de retour à New York pour être sûre que rien de tel ne se reproduise.

— Vous n'avez pas à vous en inquiéter. Je ne reviendrai pas à New York.

— Oh…

La raison n'était pas difficile à deviner. Logan était tendu, ses puissantes épaules crispées. Il marcha jusqu'au bar et se servit un verre de whisky.

— Vous en voulez un ?

Cassidy secoua la tête. Au travail, elle savait ce qu'on attendait d'elle et s'en acquittait avec professionnalisme.

Ici, les frontières s'effaçaient. Tout était différent. Eux non plus n'étaient pas les mêmes. Elle savait que si Leo venait de lui céder le trône, Logan n'en était pas spécialement heureux. Il ne voulait pas que sa vie change mais s'acquitterait lui aussi du rôle qui lui était échu, aussi désagréable soit-il.

— J'en conclus que la conversation avec votre frère ne s'est pas très bien passée...

Logan laissa échapper un rire bref.

— On peut le dire comme ça, oui... Il s'est amouraché de cette femme, Elly Michaels. C'est une archéologue, et mon frère collectionne les artefacts anciens. L'amour des tessons de poterie recollés les a réunis, semblerait-il.

— C'est une belle histoire...

Logan haussa un sourcil moqueur.

— Une belle histoire ? Être à ce point esclave de ses sentiments ? Je vous pensais plus raisonnable que cela !

Cassidy l'était devenue, mais comme toute adolescente, elle avait connu le tourment des passions. Dans des moments comme celui-ci, la garde baissée, il était difficile de ne pas entendre les vieux démons lui chuchoter à l'oreille. Elle avait passé tant de temps à refuser de voir Logan comme autre chose que son patron ! Mais il semblait difficile de faire marche arrière, désormais. Elle grimaça.

— D'habitude, c'est le cas, mais... Trouver quelqu'un de spécial, nouer une relation pareille, c'est une chose rare...

— Vous prêchez un converti. J'irai même jusqu'à dire que ça n'existe pas.

La réponse n'étonna pas Cassidy. Le père de Logan avait pratiqué la tromperie avec autant d'assiduité qu'un sport de compétition. Cela avait dû décevoir son fils...

— Dites-moi, ajouta-t-il d'une voix plus douce, est-ce

que Pete partage cette passion pour le romantisme exacerbé ?

— Je n'irais pas jusqu'à appeler ça une passion, répondit-elle précautionneusement, sachant que Logan n'apprécierait pas son côté fleur bleue, mais Pete est un peu comme ça, oui...

Sa sœur avait toujours aimé l'idée d'être amoureuse, et le départ du père des jumelles n'avait pas réussi à émousser sa nature. Dan en était la preuve.

— Vous avez bien de la chance, répondit Logan d'un ton qui, chez un autre, aurait pu sonner comme de la jalousie. Trouver un homme qui vous correspond si bien...

— Un homme ? le coupa-t-elle, réalisant soudain l'erreur qu'il commettait. Vous avez dû mal comprendre. Pete – Petra, de son vrai nom – est ma sœur.

— Votre sœur ? répéta Logan, surpris. Alors qui était ce type qui vous a serrée contre son cœur sur le perron, lorsque je suis venu vous chercher ?

— Dan. Le fiancé de ma sœur. Nous avions parlé de la réaction de Pete à ma venue ici... Vous avez cru que c'était... Quoi, mon amant ? Mon petit ami ?

— Comprenez mon erreur : vous êtes très belle. Comment ne pas imaginer que vous fréquentiez quelqu'un ?

Il la trouvait... très belle ?

— Depuis le temps que nous travaillons ensemble, je pensais que vous me connaissiez un peu mieux, répondit-elle, rougissant malgré elle sous le compliment. Je connais toutes les femmes avec qui vous êtes sorti, étant donné que je suis inévitablement chargée de leur cadeau de rupture...

— Je vois que je suis à la traîne. Pourquoi un tel laps de temps sans relation ?

— Aucun homme ne m'a proposé de sortir avec lui.

Et si cela avait été le cas, je ne crois pas que j'aurais été intéressée, de toute façon.

La conversation prenait un tour étrange. Cassidy tenta de la faire dévier sur un sujet moins personnel.

— Vous savez ce que je fais pour me défouler, quand je suis dans l'état de colère qui est le vôtre aujourd'hui ?

— Que suggérez-vous exactement, mademoiselle Ryan ?

Lorsqu'il lui parlait ainsi, elle ne pouvait s'empêcher de penser au sexe. Il était difficile de se convaincre que le sentiment n'était pas réciproque.

— Pas ce genre d'activités, bredouilla-t-elle. Je pensais à de l'exercice. Je fais du taekwondo...

Les yeux de Logan étincelèrent.

— Vous êtes douée ? De mon côté, je m'y connais en karaté. Nous pourrions nous mesurer l'un à l'autre.

Cassidy fronça les sourcils.

— Je ne lutterai pas avec vous. Certainement pas.

— Vous avez peur que je vous fasse mal ? demanda-t-il en souriant.

Elle avait surtout peur de le toucher et son cerveau, bien qu'en pleine surchauffe, lui hurlait qu'il savait encore reconnaître une très mauvaise idée lorsqu'il en voyait une.

— Ça ne serait pas correct.

L'étincelle dans les yeux de Logan était de retour.

— Et pourquoi donc ? Nous ne travaillons pas pour le moment. Je me moque de ce qui est correct. J'aime faire ce que je veux. Et en cet instant, j'aimerais savoir de quelle étoffe mon assistante est faite.

— Ce n'est pas une bonne idée.

— Je note votre remarque. Maintenant, allez vous changer ! Nous avons à faire...

Sa sœur ? Logan n'aurait pas pu être plus surpris. Il avait mal compris le surnom de cette Petra… Et pourquoi se sentait-il d'excellente humeur, maintenant qu'il savait que Cassidy n'avait pas d'amant ? Ça ne changeait pourtant rien à leur relation. Même s'il avait eu la liberté d'explorer l'alchimie sexuelle qu'il sentait poindre entre eux, il ne l'aurait pas fait. Non seulement elle était son employée, mais c'était aussi le genre de femmes qui finirait par attendre quelque chose de leur relation. Il fuyait ce genre de problèmes comme la peste. Alors pourquoi cette excuse ridicule des arts martiaux ? Il jouait avec le feu. Mais Logan aimait ça et il fut conforté dans son idée en la voyant revenir vers lui, quelques minutes plus tard, dans son kimono blanc et son pantalon noir, ses longs cheveux noués en tresse à l'arrière de son crâne. Elle semblait plus jeune ainsi, son beau visage dégagé laissant transparaître toute la nervosité qui l'habitait. Lui-même se sentait ébranlé. Obtenir confirmation que Leo n'était pas prêt à revenir sur son abdication, propulsant *de facto* Logan roi d'Arrantino, l'avait profondément secoué. La décision de son frère lui paraissait toujours critiquable, mais il avait gardé ses réserves pour lui. Leo l'avait accusé d'être trop protecteur par le passé, un défaut qui se développait généralement lorsqu'on passait trop de temps au chevet d'un proche. Les mois de chimiothérapie avaient changé les choses entre eux. Mais était-ce couver quelqu'un qu'on aimait que de vouloir l'empêcher de souffrir ? Et si cette Elly n'était qu'une redoutable copie d'Anastasia ?

Logan marcha jusqu'au réfrigérateur et en sortit deux bouteilles d'eau avant de rejoindre Cassidy. Elle semblait raide et évitait son regard. Sans ses lunettes, ses yeux émeraude étaient plus brillants encore que d'habitude.

— Vous n'avez pas vos lunettes ? demanda-t-il, réalisant qu'il la voyait ainsi pour la première fois.

— Non, je les porte pour travailler, mais je n'en ai pas besoin en permanence.

Il la mena jusqu'à la salle de gymnastique et ouvrit la porte pour elle. Combien de secrets lui cachait-elle encore ? Bon sang, se reprit-il vivement, il ne tenait à découvrir aucun de ses secrets ! Que lui arrivait-il ?

Quand elle passa devant lui, il ne put s'empêcher de fixer sa tresse qui dansait légèrement entre ses omoplates à chacun de ses pas. Comment réagirait-elle s'il s'en saisissait pour la tirer en arrière, juste assez pour que ses lèvres se retrouvent face aux siennes ? Il y avait là un secret que son corps brûlait de découvrir, mais Logan tenta de chasser cette pensée. Son assistante était intouchable.

La salle de sport n'était pas vide. Deux employés du palais, en plein entraînement, levèrent les yeux à leur arrivée. Logan n'était pas d'humeur à partager son espace. D'un simple regard, il congédia les deux hommes qui murmurèrent une salutation formelle en quittant la pièce.

Cassidy se retourna vers lui, un sourcil haussé.

— Vous les avez fait partir.

— Oui.

Il posa les deux bouteilles d'eau sur le banc qui courait le long du mur.

— Vous n'aviez pas à faire ça, reprit-elle. Nous n'aurons besoin que du tatami.

Logan haussa un sourcil à son tour.

— Vous teniez vraiment à vous faire infliger une rossée en public, mademoiselle Ryan ?

Elle rougit légèrement et secoua la tête.

— J'ai peut-être l'air menue, monsieur de Silva, mais j'ai déjà battu des hommes plus musclés que vous.

Quand elle le toisa de son regard envoûtant, passant de ses épaules larges à ses cuisses puissantes, il sentit un frisson courir le long de sa colonne vertébrale. Inconsciente de l'effet qu'elle provoquait sur lui, elle le défia du regard, de l'autre côté du tatami, et lança :

— Alors, quelle est la suite ?

Logan s'avança. Il avait proposé de se battre pour évacuer la pression qui s'accumulait en lui, et aussi car il était curieux de savoir ce qu'elle avait dans le ventre. Elle était ceinture noire de taekwondo et cela aiguisait son envie d'en découdre.

— Luttons ! annonça-t-il.

Conscient de chacun des gestes de la jeune femme, il la vit hésiter.

— À vrai dire, je parlais de ce qui allait se passer pour la Couronne. Le processus d'abdication.

— Un communiqué sera publié demain. Le couronnement est annoncé pour vendredi.

— Pourquoi si tôt ?

Elle s'étira puis se redressa pour échauffer ses épaules par petits mouvements circulaires. Logan détourna les yeux pour ne pas perdre sa concentration.

— Pour qu'Arrantino ne passe pas plus de temps sans personne à sa tête. Pour assurer au monde que nous sommes tournés vers l'avenir et non vers le passé.

— Ça se comprend.

Elle avait fini son échauffement et se plaça face à lui, le menton redressé. Il resta immobile, un instant déstabilisé par son parfum, et elle fronça les sourcils.

— Vous savez, on peut annuler…

— Trop tard. Je m'amuse déjà.

C'était vrai. Découvrir une nouvelle facette de Cassidy était bien plus intéressant que les problèmes qui s'accumulaient dans le monde réel. Elle reprit :

— Je vois tout le monde vous faire la révérence. Il va falloir que je le fasse, moi aussi ?

— Seulement au début de la journée.

— Désolée de ne pas l'avoir fait ce matin.

— La prochaine fois, ce sera le fouet, ironisa-t-il en levant sa garde. Prête ?

Le regard émeraude planté dans le sien l'informa qu'elle désirait se battre autant que lui. Avait-il enfin trouvé une partenaire à sa mesure ? Ils s'observèrent plusieurs secondes, en sportifs chevronnés. Le parfum de Cassidy lui parvenait encore et il l'inspira à pleins poumons.

Elle frappa à cet exact instant, protégeant son corps par plusieurs mouvements de blocages avant de balayer ses deux jambes d'un puissant coup latéral. Le nez dans le tapis, Logan releva les yeux vers le visage rieur de son adversaire. Il sauta sur ses pieds.

— Ça vous plaît, n'est-ce pas ? demanda-t-il avec un sourire de forban.

Elle rit à nouveau, sautillant avec légèreté autour de lui.

— Première règle de ce sport : ne jamais sous-estimer son adversaire, conseilla-t-elle, ravie de sa petite victoire.

Revigoré, le sang pulsant dans ses veines, Logan tenta plusieurs attaques brèves, impressionné par l'agilité des parades de Cassidy. Il ne doutait pas de la vaincre. Elle était si légère qu'il aurait pu la soulever d'une main.

— Comment se fait-il que vous connaissiez le taekwondo ? demanda-t-il en bloquant une nouvelle attaque combinée.

— Mon père a insisté pour que ma sœur et moi

apprenions à nous défendre. Nous avions plusieurs choix d'arts martiaux et je suis devenue accro à celui-ci.

Elle lui décocha un coup de pied haut qu'il évita à la dernière seconde, avant de poursuivre, sans que chacun cesse de tourner autour de l'autre :

— Ils donnaient des leçons au gymnase du coin et ça me faisait une pause dans mes lectures...

— Vous étiez toujours le nez dans les livres ?

Il avait posé sa question pour faire diversion et elle ne vit pas la prise arriver. En quelques secondes elle était au tapis. Les joues roses de colère, elle se releva, l'œil furieux.

— Ça ne compte pas, vous trichez ! Et oui, je suis une personne ennuyeuse, si c'est ce que vous voulez savoir.

— Ennuyeuse ? Rien que vos lèvres et vos yeux sont pourtant captivants...

Son commentaire fut accueilli par une empoignade dont il ne trouva l'issue qu'en roulant sur le côté du tatami. Un sourire canaille aux lèvres, elle répondit :

— Vous ne me déstabiliserez pas avec vos boniments.

Bonimenteur, lui ?

— Je ne mens jamais, même pour plaire.

Cassidy lui jeta un coup d'œil incertain. Elle n'était plus sur son pied d'appui et Logan saisit sa chance, enchaînant une combinaison de prises dérivées de deux arts martiaux différents. Le cocktail paya aussitôt et elle chuta à nouveau, grondant :

— Ce n'est pas correct !

— Non. Je fais aussi un peu de Krav Maga, à mes heures perdues.

Elle leva les yeux au ciel.

— Naturellement, il faut que vous pratiquiez le plus agressif de tous les arts martiaux.

Il haussa les épaules.

— Bien sûr. C'est le genre de choses qu'on enseigne aux princes, dans les familles royales.

— Vraiment ? Je pensais que votre formation se résumait à l'arrogance et à la cuillère en argent dans la bouche.

Logan sourit et répliqua :

— Ça, c'était sur mon temps libre.

Cassidy éclata de rire et lança un coup non homologué, mais il s'y attendait et la renversa sur le dos, lui immobilisant le bassin entre ses cuisses puissantes. Ils restèrent un instant immobiles, haletants, leurs regards ancrés l'un dans l'autre. Logan ne désirait qu'une chose : se pencher et capturer ses lèvres. Il passa à un cheveu de le faire mais elle réagit avant lui, le repoussant et sautant à nouveau sur ses pieds.

— Pourquoi ne voulez-vous pas être roi ?

Essayait-elle de le distraire à nouveau ? Il éluda :

— L'emploi du temps...

— Donc, vous ne voulez pas en parler.

Elle était bien trop intelligente pour ne pas le démasquer.

— Vous avez raison. Un peu d'eau ?

Elle saisit la bouteille qu'il offrait et la vida à moitié.

— Tout ceci semble toujours glamour, vu de l'extérieur, poursuivit-elle comme pour elle-même. Le palais fastueux, le personnel... Et vous avez de l'influence sur les sujets qui importent réellement...

— Mais votre vie ne vous appartient pas. Vous êtes à la merci de la presse qui guette le moindre faux pas. Vous n'avez aucune intimité, aucun secret. C'est frustrant.

— Vous aimez avoir des secrets ?

— Non, mais notre vie est différente de ce que l'on peut lire dans les magazines. Mon enfance a été très cadrée.

Logan se demanda un instant si la naïveté de Cassidy n'était pas feinte. De nombreuses femmes avaient tenté de le manipuler par le passé, jouant les fausses candides pour arriver à leurs fins. Cassidy était-elle sincère ? Et depuis quand était-il aussi désabusé ? Rien dans les yeux émeraude de la jeune femme ne semblait présager d'une trahison.

— Vous voulez en parler ?

Il n'en avait pas réellement envie, mais la confession passa le seuil de ses lèvres sans qu'il s'en rende compte.

— Mon père n'était pas le genre d'homme dont se souviennent les livres d'histoire. Il s'intéressait peu à ses enfants. En privé, c'était… un incorrigible don Juan… Heureusement qu'il n'y avait pas encore de réseaux sociaux à l'époque, ni de téléphones avec caméras, ç'aurait été bien pire. Mais la presse l'a découvert. C'est cette année-là que la leucémie de Leo a été diagnostiquée et, pour toute réaction, mon père a fui avec une strip-teaseuse.

— C'est vraiment…

— C'était il y a longtemps, dit-il pour couper court à la discussion.

Que lui était-il passé par la tête pour se livrer à ce point ? Il recula d'un pas, espérant que la distance physique briserait l'intimité trop grande qui venait de se créer entre eux.

— Je peux comprendre pourquoi vous ne tenez pas à accéder au trône, finit par dire Cassidy. Vous ne voulez pas ressembler à votre père, mais rien n'indique que ce sera le cas. Tant que vous restez fidèle à vos valeurs… Ne disiez-vous pas qu'aucun de nous n'est défini par son passé ?

Incapable de trouver une réponse censée, il attaqua de

nouveau, jetant toutes ses forces dans la bataille, mais elle esquiva son assaut avec la grâce d'une danseuse.

— Si ça peut avoir une quelconque valeur, ajouta-t-elle, je suis d'accord avec votre mère. Vous feriez un excellent monarque.

Logan sentit son cœur cogner fort dans sa poitrine. Ce qu'elle disait le touchait, mais il ne tenait pas à s'appesantir sur ce sentiment.

— Nous sommes là pour nous battre ou pour parler ?

Aussitôt après, elle jeta son pied en direction du torse de Logan qui recula sous la force de l'impact.

— Je... Je ne vous ai pas fait mal ?

Elle avait révélé son point faible : le soin qu'elle prenait des autres. Profitant de sa garde baissée, il la saisit par la taille et la retourna sur le tatami, pesant de tout son poids sur elle et bloquant ses poignets au-dessus de sa tête.

— Victoire ! ahana-t-il, le souffle court. Vous êtes coincée.

Cassidy tenta de se dégager en soulevant son bassin, mais Logan la cloua impitoyablement au sol. C'est à cet instant que l'affrontement bascula. Tandis qu'ils restaient immobiles, l'un contre l'autre, leur respiration saccadée donnait à cette bataille une tout autre tournure. Une question incertaine naquit dans les yeux de la jeune femme et Logan prit une décision qui le hantait depuis déjà longtemps : la faire sienne, et au diable les conséquences ! Sous l'afflux du désir, il sentit son cerveau s'embrumer. Il brûlait d'envoyer valser la ceinture de la jeune femme pour ouvrir enfin son kimono et toucher la poitrine qu'il voyait se soulever sous lui. Si elle bougeait, donnait le moindre signe de son propre désir, il n'hésiterait pas à... À quoi, d'ailleurs ? À l'embrasser ? À oublier qu'elle travaillait pour lui ? Il était revenu à Arrantino pour apaiser le scandale créé par son frère, pas pour en provoquer un lui-même. Comme si elle lisait dans ses pensées, Cassidy cilla et profita de son hésitation pour libérer ses bras. Logan la laissa prendre le contrôle et roula sur le dos. Pour la première fois de sa vie, il n'était plus maître de ses actes, plus proche que jamais d'envoyer valser tous ses beaux principes et faire ce qu'il regretterait forcément dans le futur. Une action aux conséquences catastrophiques. Il allait devenir roi. Aujourd'hui plus que jamais, il fallait qu'il garde la maîtrise absolue de lui-même.

— Vous avez gagné, je m'incline, murmura-t-elle.

La voix rauque de Cassidy le ramena à la réalité. Le souffle court, il leva les yeux sur la jeune femme. Qu'avait-il gagné, exactement ?

7

— Bon sang ! maugréa Logan alors que la médaille qu'il tentait d'épingler à son uniforme lui glissait des mains pour la troisième fois.

Il aurait dû écouter son frère, qui lui avait conseillé de ne pas se passer de valet pour le grand jour du couronnement.

Exaspéré, il sortit en trombe de sa chambre et fila jusqu'à son salon privé, où l'attendait Cassidy. Elle leva les yeux de sa tablette. Ses cheveux étaient noués en un chignon strict, et portait son tailleur noir trop sévère pour révéler les formes du corps sensuel qu'il essayait d'oublier depuis quatre jours. Ça n'aurait pas dû être si difficile, pourtant. Il était noyé sous le travail, jonglant entre la passation de ses fonctions de P-DG et son accession au trône. Pourtant, à quelques heures du couronnement, son esprit dérivait encore, incapable de se concentrer sur la cérémonie. Il s'immobilisa devant elle, jaugeant son expression neutre. C'était comme si elle avait effacé leur séance de lutte du disque dur de son cerveau. Une sensation déplaisante l'envahit. Son professionnalisme ne lui donnait qu'une seule envie : la prendre dans ses bras pour tenter de raviver l'étincelle qu'il avait vue crépiter au fond de ses yeux verts, dans la salle de gymnastique. Des yeux baissés derrière ses lunettes écaille de tortue.

— Vous avez besoin de quelque chose ? demanda-t-elle pour briser le silence.

— Je n'arrive pas à épingler ces médailles.

Cassidy fronça les sourcils.

— Ce sont les deux du milieu qui ne vont pas.

— Je sais, dit-il, sourcils froncés. J'ai besoin d'aide.

— Il va falloir ouvrir votre veste, que je puisse glisser ma main à l'intérieur.

Logan sentit tous les muscles de son corps se tendre alors qu'il défaisait un à un les boutons de l'uniforme de cérémonie, dans un geste terriblement ambigu. Comme si elle l'avait senti, Cassidy garda les yeux fixés sur les médailles tout en glissant sa main dans la veste.

— Vous êtes nerveux, pour aujourd'hui ?

Sa question dissipa quelque peu la tension ambiante. Il soupira et répondit sincèrement :

— Pas vraiment. Comme vous l'avez fait remarquer, j'ai été éduqué pour...

Depuis le dernier appel de son frère, il avait fait la paix avec l'avenir qui l'attendait. S'être ouvert à Cassidy n'était finalement pas une si mauvaise idée. Elle avait eu raison de lui rappeler que s'il n'avait pas choisi ce rôle, il n'aurait pas de mal à endosser l'habit. Les observations de la jeune femme semblaient avoir apaisé son esprit, bloqué sur le passé, pour le propulser dans un futur qui restait encore à écrire. Il avait toutes les cartes en main. Leo n'aurait probablement pas dû abandonner son trône, mais ce qui était fait était fait. Logan espérait simplement que ce choix le rendrait heureux, et qu'ils finiraient un jour par retrouver la proximité qu'ils avaient partagée dans l'enfance.

— Moi, à votre place, je serais nerveuse, dit-elle en fixant la dernière médaille, avant de retirer rapidement sa main.

— Et maintenant, l'écharpe royale…

Il aurait très bien pu la mettre en place lui-même mais, pour une raison qu'il refusait de s'expliquer, Logan tenait à faire durer le moment. La gorge serrée, Cassidy s'empara de l'écharpe.

— Où faut-il la mettre ?

— Sous l'épaulette gauche.

Elle se hissa sur la pointe des pieds pour faire passer la pièce de tissu sous l'épaulette.

— Autre chose ? bégaya-t-elle, visiblement troublée par cette proximité.

— Oui. Serez-vous des nôtres, ce soir ?

— Au bal ? demanda Cassidy, les yeux écarquillés. J'ignorais que j'étais invitée.

Elle ne l'était pas, mais Logan tenait à sa présence.

— Vous l'êtes.

— Les employés sont-ils conviés, généralement ?

— Non.

— Alors je ne pense pas que ce soit une bonne idée.

— Je pense que si. Vous avez très bien géré tous les événements auxquels nous avons assisté, ces derniers jours. Vous méritez une soirée de repos.

— Je suis d'accord, grimaça-t-elle. Mais j'imaginais plutôt un bon bain et une longue nuit de sommeil.

— Je viendrai vous chercher, si vous voulez.

Cassidy secoua la tête, les sourcils froncés.

— On peut en discuter plus tard ?

— Non. Tout de suite.

— Très bien, soupira-t-elle. Je viendrai. Mais pour

l'instant, vous avez mieux à faire que de vous intéresser à cela.

Logan allait répondre, mais sa mère fit irruption dans la pièce, une lueur de mépris au fond du regard en avisant Cassidy.

— Je suis d'accord avec Mlle Ryan. Tu as des choses plus importantes auxquelles penser.

Cassidy s'inclina précipitamment, tandis que Logan laissait échapper un soupir irrité.

— Cassidy sera présente au bal du couronnement.

Le sourcil haussé sur le visage de la reine mère se passait d'explication.

— Eh bien, pour une surprise…

— Il n'y a rien de surprenant, reprit Logan. Cassidy travaille à mes côtés depuis longtemps. Je la veux sur place.

— Cela ne serait pas rendre service à Mlle Ryan que de la mettre dans une position aussi inconfortable, décréta la reine mère avec un sourire froid. Au fait, as-tu reçu la liste que je t'ai fait suivre hier ?

Comme il était trop tôt pour un verre d'alcool, Logan alla se servir un expresso, puis reprit :

— J'y ai jeté un coup d'œil, mais comme je l'ai dit en arrivant, le mariage est loin d'être ma priorité.

— Le couronnement passé, tu pourras y réfléchir, répondit sa mère. En attendant, cinq de ces candidates seront présentes ce soir et j'attends que tu les rencontres. Elles viennent de lignées prestigieuses.

Logan regarda Cassidy fouiller nerveusement dans son sac à main comme si elle espérait y trouver une porte de sortie. Il l'aurait bien volontiers suivie, si elle la trouvait ! Il n'était pas prêt pour un mariage arrangé.

— J'y réfléchirai. Mais ce sera à ma façon, répondit-il d'un ton sec.

— Je ne cherche qu'à te rendre la tâche plus facile.

Le regard de la reine mère s'adoucit et elle posa sa main sur le bras de son fils.

— Lorsque tout ceci sera terminé, nous irons marcher dans les jardins ensemble, comme avant. À plus tard.

Et, sans un regard pour Cassidy, elle quitta la pièce.

— Ne pensez même pas à vous défausser pour ce soir ! lança Logan avant que Cassidy ait pu ouvrir la bouche.

— Votre mère y est opposée.

— Ma mère veut à tout prix profiter de cette cérémonie pour jouer les marieuses. Qui pourra m'aider à déjouer ses plans, sinon vous ?

— Vous devriez voir ça comme une chance. Peut-être allez-vous rencontrer quelqu'un qui vous plaira, durant ces festivités ?

Pourquoi était-elle aussi têtue ?

Logan lui jeta un regard noir.

— Je me moque de ces femmes.

— Vous ne devriez pas. Elles sont charmantes, très bien élevées...

— Merci de ne pas vous faire l'interprète de ma mère.

Il ne tenait pas à connaître les femmes de cette liste. Seule Cassidy l'intéressait. Cette pensée, aussi étonnante fût-elle, ne le déstabilisa même pas.

— Votre mère ne m'apprécie pas. Si je suis présente ce soir, je ne remonterai pas dans son estime.

— Ma mère ne vous connaît pas et se méfie de toute façon de toutes celles qui m'approchent.

Cassidy, compatissante, répondit :

— À cause des aventures extraconjugales de votre père.

— Absolument. Elle peut se montrer très chaleureuse,

lorsqu'elle baisse sa garde... Venez ce soir. Malgré ce que peut dire ma mère, vous passerez un bon moment.

Logan ne tenait pas à explorer les raisons pour lesquelles il tenait tant à sa présence.

Cassidy lui jeta un regard soucieux.

— Même si je voulais venir, je n'ai rien d'approprié à me mettre.

— Vous aurez une robe d'ici la fin de la journée.

— Je ne veux pas que vous m'achetiez quoi que ce soit...

Ce qui la différenciait de toutes les femmes qu'il avait côtoyées, songea-t-il.

— C'est moi qui décide !

Cassidy fixa la pièce de haute couture pendue à l'armoire de sa chambre. Une robe bustier splendide, couleur menthe, rebrodée de perles translucides semblables à des gouttes de pluie. Elle ne pouvait pas porter une merveille pareille !

Soudain, son portable sonna. Sa sœur venait aux nouvelles.

Elle décrocha et lança :

— Je ne la porterai pas.

— Bien sûr que si ! Elle est magnifique. Je veux une photo de toi avec !

Cassidy leva les yeux au ciel. Elle avait parlé à sa sœur du bal et de la robe, livrée avec de la lingerie fine et une splendide paire d'escarpins. Comment Logan avait-il pu deviner sa taille ? Il ne s'était pourtant pas trompé.

— Je ne la porterai pas parce que je n'irai pas au bal, reprit-elle à l'adresse de Petra.

— Comment ça ?

— Comment se sont passés tes partiels ?

— Je pense que je m'en suis bien tirée. Mais ne change pas de sujet. Pourquoi ne veux-tu pas aller au bal ?

Cassidy n'irait pas parce qu'elle avait la terrible impression qu'elle était en train de tomber amoureuse de son patron, ce contre quoi sa sœur l'avait mise en garde, justement. Pour être tout à fait honnête, une minuscule lueur d'espoir brillait dans un recoin secret de son cerveau depuis qu'elle avait posé les yeux sur lui. Alors qu'elle apprenait à le connaître, ici à Arrantino, le sentiment n'avait fait qu'empirer. Il était soucieux des gens, de sa famille et de son pays. La seule chose qui ne l'intéressait pas semblait être l'amour, et malgré tout ce que Cassidy avait pu dire, elle ne partageait pas son désintérêt. Elle voulait quelqu'un dans sa vie qui la regarderait comme Dan regardait Petra, et à qui elle pourrait se confier. Quelqu'un qui la trouverait intéressante autant que désirable. Et même si Logan n'était pas cet homme-là, elle se sentait frémir chaque fois qu'ils se trouvaient ensemble. Son corps entier s'éveillait à sa voix, dans l'espoir qu'il la touche. L'autre soir, lorsqu'ils avaient lutté et qu'il l'avait maintenue à terre, elle était tellement excitée qu'elle avait été incapable de protester. Au contraire, elle avait attendu ses lèvres, prisonnière de son propre fantasme. Mais il avait froncé les sourcils et elle avait compris qu'il rejetait ce qu'il lisait dans ses yeux. Après cela, elle avait verrouillé ses sentiments.

— Cassidy ? reprit sa sœur à l'autre bout du fil. Pourquoi ne veux-tu pas aller au bal ?

Elle n'était pas prête à lui avouer la vérité.

— Je suis fatiguée, soupira-t-elle. La journée a été longue.

— Ne sois pas stupide ! Ce genre d'invitation est inespéré. Il faut que tu y ailles !

— Tu ne m'avais pas conseillé de rester loin de Logan ?

— J'ai dû exagérer un peu. J'étais furieuse de te voir partir avec lui... Ne tombe pas amoureuse de lui, ce serait un désastre. Mais tu ne peux pas manquer le bal ! C'est une situation qui ne se représentera pas. Comme Cendrillon, ton prince charmant t'y attend peut-être. Cela pourrait être le début d'un conte de fées !

Cassidy laissa échapper un petit rire.

— Tout va bien avec Dan ? demanda-t-elle, heureuse de trouver une échappatoire.

— À merveille. Maintenant rends-moi service, tu veux : va te doucher, fais-toi belle et saisis l'occasion qui s'offre à toi, sous peine de le regretter pour le restant de tes jours.

Sa sœur essayait de l'aider, bien sûr, mais ses réticences habituelles l'emportaient. Elle ne savait plus à quel saint se vouer. Après le départ de sa mère, après son échec amoureux à la faculté, et Petra qui la quittait... Était-elle destinée à finir seule ? La seule raison pour laquelle elle avait si peu de regrets, jusqu'ici, était sa prudence. Fallait-il remettre en question ce principe ? Parfois, elle aurait aimé ressembler à sa sœur, partager son approche positive de la vie... Mais elle était bien trop effrayée pour adopter ce mode de vie.

— J'y penserai. Embrasse les filles. Vous me manquez.

— Tu nous manques aussi. En attendant, va vivre un peu !

— Il faut que je joue les Cendrillon, alors ?

Petra éclata de rire.

— Sois toi-même. Invente ton propre conte de fées.

Pas si simple... Après avoir raccroché, Cassidy examina la robe sublime suspendue à l'armoire. Logan l'avait-il choisie lui-même ? Comme s'il en avait eu le temps ! Il avait délégué, comme d'habitude.

Très récemment, songea-t-elle, quelque chose avait changé, entre eux. L'évolution de leur relation semblait irréversible. Si Logan avait pu lire ses pensées, Cassidy en serait morte de honte. Heureusement, elle pouvait compter sur un mois de préavis pendant lequel elle l'aiderait à s'installer dans son nouveau rôle, et se renseignerait sur les postes libres à New York. Elle ferait profil bas, pour ne pas succomber à l'élan qui la poussait vers lui. Elle penserait à elle, pour une fois.

Son regard se posa sur la pièce de haute couture, qu'elle décrocha et plaqua contre elle, ondulant pour en étudier l'effet dans le miroir.

Vois ce bal comme une occasion d'étudier de près la haute société et fais-toi des souvenirs inoubliables, reprit la petite voix dans sa tête. *Si tu dois partir dans un mois, où est le problème ?*

8

Cette journée n'en finirait-elle donc jamais ? Logan aurait aimé dénouer sa cravate et s'écrouler sur le premier canapé pour regarder un match de rugby, une bonne bière à la main. Un rêve lointain... D'abord, il fallait passer l'épreuve du feu : un dîner de deux cents convives et un bal interminable. Il parcourut du regard la grande salle de réception et ses invités. Nulle trace de Cassidy. Viendrait-elle ? La robe qu'il lui avait choisie, avant de rencontrer les membres du gouvernement pour la passation officielle, était pourtant bien arrivée. Le styliste l'avait confirmé. Bien sûr, la jeune femme avait protesté qu'elle ne la porterait jamais. C'était une première pour lui. Les femmes qu'il fréquentait adoraient ce genre d'attentions. La différence résidait probablement dans le fait qu'il ne fréquentait pas Cassidy. Quel dommage : la soie verte lui allait sans doute comme une seconde peau. Quant à la lingerie qu'il avait fait livrer avec...

Irrité par le tour inconvenant que prenaient ses pensées, il se tourna vers son conseiller diplomatique pour avoir des nouvelles du dernier sommet économique européen. Dès lundi, ce serait à lui de prendre les décisions qui influeraient sur la vie du pays. L'avenir d'Arrantino était en jeu. Pourquoi alors n'arrivait-il pas à se concentrer ? Que ferait-il si Cassidy, non contente d'avoir refusé de porter la robe, ne venait pas du tout ? Elle n'y était pas obligée, après tout. Pour seul travail, ce soir, il avait à sourire et à serrer des mains. Le poste de Cassidy était devenu superflu à la seconde où il avait prêté serment. Et vu la somme de travail qu'elle avait fournie depuis son arrivée à Arrantino, il ne pouvait s'opposer à ce qu'elle se réserve une soirée tranquille. Mais il la voulait ici, à ses côtés. Cependant sa présence était problématique, car Cassidy n'entrait pas dans les bonnes cases... Pourrait-elle devenir sa secrétaire particulière ? Il ne lui en avait pas encore parlé, mais il lui semblait naturel qu'elle continue à travailler pour lui. Ils formaient une équipe sensationnelle. Elle savait ce dont il avait besoin avant même qu'il le formule et n'avait jamais eu peur de lui donner son avis, même lorsque leurs opinions divergeaient. Il avait fini par apprécier sa franchise autant que sa célérité. Elle représentait un atout majeur pour qui voudrait l'employer et il se targuait de l'avoir compris le premier. Mais voudrait-elle rester ? S'installer à Arrantino ?

L'arrivée de Leo lui épargna la peine d'une réponse qui pouvait être déplaisante. Il s'excusa auprès de son conseiller et suivit son frère jusqu'à la terrasse.

Leo ouvrit deux bières et lui en offrit une. Avec un sourire, il s'adossa à la balustrade pour trinquer.

— Une bière s'impose pour te changer un peu de tout le champagne qu'on va devoir ingurgiter... Et il était de mon devoir de te sauver du triste Joaquin et de son cours d'économie ! Tu en entendras parler bien assez tôt.

— J'ai hâte, ironisa Logan avant de prendre une gorgée de bière glacée. Je ne sais pas comment tu as fait pour supporter ce genre de types sinistres au quotidien.

— J'étais patient...

— Alors je suis fichu !

Leo laissa échapper un petit rire et donna une tape sur l'épaule de son frère.

— Tu t'en sortiras très bien et tu le sais.

Logan savait qu'il ne supporterait pas les contraintes liées à sa fonction, mais il aimait l'idée de pouvoir se frotter aux défis capables de changer la face du pays.

— Tu tiens le coup ? demanda-t-il à Leo.

— Ça dépend des moments, avoua l'ex-souverain. J'emmène Elly et Skylar en Grèce, dimanche. Ça fera du bien à tout le monde de prendre un peu de distance. La presse ne nous lâche pas et Elly s'inquiète pour sa fille.

— J'imagine, répondit Logan, avec plus de froideur qu'il n'aurait voulu en montrer.

Il détestait que l'on se joue de son frère. C'était déjà arrivé avec Anastasia et la nature confiante de Leo rendait une répétition de ce drame parfaitement envisageable.

— J'espère juste qu'elle est digne de confiance, ne put-il s'empêcher d'ajouter.

— Garde pour toi ce genre de remarques ! gronda Leo. Je sais que tu essayes de me protéger, c'est la seule raison pour laquelle je ne t'ai pas encore collé mon poing dans la figure. Elly n'a rien à voir avec Anastasia. Et puis, il faut que tu arrêtes de penser que les femmes sont toutes des croqueuses de diamants. À voir le pire en permanence chez les gens, on passe à côté du meilleur.

Logan haussa les épaules, peu convaincu.

— D'accord, je réserverai mon jugement jusqu'à ce que je la rencontre.

Il jeta un coup d'œil rapide par-dessus l'épaule de son frère, à la recherche de Cassidy dans les jardins.

— Parfait. Parce que Elly m'a dit de t'inviter à déjeuner

demain. Je sais que tu n'auras pas grand-chose de prévu, alors ça ne devrait pas poser de…

Leo s'interrompit et demanda :

— Qui cherches-tu comme ça ? Tu attends quelqu'un ?

— Cassidy.

— Tu l'as invitée au bal ? s'étonna son frère.

— Oui, et j'ai besoin que tu t'occupes d'elle. Je ne veux pas qu'elle soit lâchée seule au milieu de ce banc de requins. Ne me regarde pas comme ça, tu veux ? Elle est la meilleure assistante que j'aie jamais eue.

— Tu es sûr que ça n'est pas plus que ça ?

Logan fronça les sourcils.

— Attention à ce que tu vas dire. Je ne suis pas comme notre père. Je ne me servirai jamais de mon statut pour mettre une de mes employées dans mon lit.

— Très bien, concéda Leo, les paumes levées en signe d'apaisement. Je sais que tu n'es pas comme ça. C'est juste que… je n'ai pas pu m'empêcher de voir les regards que tu lui jetais aujourd'hui. Et elle a l'air gentil. Ce ne serait peut-être pas la pire chose du monde si tu t'éloignais un peu de tes mannequins peroxydés pour choisir une vraie personne.

— Elle est mon employée, tu es au courant ?

— De nombreuses relations commencent au travail, et ne sont pas nécessairement condamnées sur le long terme. Et ce n'est pas pour ça que tu ressembleras à notre père.

— Notre relation est purement professionnelle, je te l'assure.

Alors pourquoi son cœur battait-il si fort ?

— Vos Majestés, mesdames et messieurs, le dîner est servi, annonça Gerome depuis l'intérieur.

Logan n'avait pas fait un pas dans la salle qu'il aperçut

Cassidy au milieu de la foule. Deux choses furent alors évidentes à ses yeux : la première, c'est qu'elle était splendide dans la robe, plus belle encore qu'il aurait pu l'imaginer. La seconde, c'est qu'il allait devoir redoubler de vigilance pour ne pas céder à la tentation.

Le cœur de Cassidy battait la chamade. La gorge nouée, elle gardait son regard rivé sur Logan qui fendait la foule à sa rencontre. Il avait délaissé son uniforme de cérémonie pour une tenue de soirée sobre et élégante, ses cheveux plaqués en arrière.

— Vous êtes en retard ! lança-t-il en la rejoignant. Ça ne vous ressemble pas. J'étais sur le point de venir vous chercher moi-même.

— Navrée… Votre Majesté.

Elle fit une génuflexion maladroite, empêchée par la coupe serrée de la robe, et tenta de masquer sa déception : il n'avait rien dit sur sa tenue. Pas un compliment, pas une remarque, comme s'il n'avait même pas vu qu'elle s'était changée. L'estomac serré, elle se traita mentalement d'idiote et caressa l'idée de faire demi-tour sur-le-champ pour se réfugier dans sa chambre.

Comme s'il sentait venir la fuite, Logan lui saisit doucement le bras.

— Vous n'avez besoin de faire une révérence que la première fois où vous me voyez… Tiens, vous ne portez pas vos lunettes ?

— Je vous ai déjà dit que je n'en ai pas besoin tout le temps, répondit-elle un peu sèchement. Et elles n'allaient pas avec la robe.

— J'aime bien, quand vous portez vos lunettes, lâcha Logan d'un ton bourru.

Consciente de leur proximité, Cassidy secoua la tête, faisant voleter quelques mèches de cheveux sur ses épaules. Logan était magnifique, ce soir, mais si sa conversation se limitait à l'attrait qu'il avait pour ses lunettes, elle tournerait vite court.

Derrière l'épaule de Logan, un homme s'éclaircissait discrètement la gorge. Son frère. Elle avait été si heureuse de voir le nouveau roi qu'elle en oubliait le deuxième homme le plus important du pays.

— J'aime beaucoup vos lunettes aussi, commenta Léo, amusé, avant de jeter un regard réprobateur à son frère. Et permettez-moi d'ajouter que vous éclipsez toutes les femmes de l'assistance, ce soir.

— Je vous remercie, répondit Cassidy avec un sourire reconnaissant qui sembla irriter Logan un peu plus encore.

— J'ai demandé à Leo de vous conduire à votre table, dit-il. Après dîner, nous nous réunirons dans la salle de bal.

Cassidy hocha la tête, se jurant mentalement de ne plus jamais écouter sa sœur, tandis que Logan tournait les talons.

— Eh bien, voilà qui était intéressant ! lança Leo à ses côtés, avant de lui offrir son bras.

Intéressant ? Horrible, oui, songea Cassidy, sinistre.

— Je n'ai pas très faim, murmura-t-elle. Peut-être demanderai-je un sandwich à manger dans ma chambre. Personne ne se rendra compte de mon absence.

— Je peux vous garantir que vous vous trompez, répondit Leo avec un large sourire. Prenez votre courage à deux mains, et allons-y !

Cassidy se laissa conduire à travers la foule des invités curieux jusqu'à la ligne de front. Tous ces regards braqués sur elle avaient de quoi impressionner.

— Vraiment, je... Je préférerais rester parmi les invités...

Leo lui jeta un regard amusé.

— Je peux le comprendre, mais le protocole, hélas,

nous en empêche. Je suis censé suivre mon frère à la table et, en tant qu'invitée d'honneur, vous devez rester à mes côtés.

— Mais je ne suis pas son invitée d'honneur ! Je ne devrais même pas être ici.

— Peut-être pas, mais nous y sommes tout de même. Essayez de vous détendre, ce sera pour le mieux.

Intimidée, Cassidy répondit :

— Comment peut-on se détendre lorsque toute l'assemblée vous fixe comme si vous débarquiez de Mars ?

— Lorsque vous ne savez pas comment réagir, souriez et hochez légèrement la tête. Ça m'a aidé durant tout mon règne.

Cassidy décida d'observer ce sage conseil et de tirer le meilleur parti de la situation. Après tout, on ne portait pas une robe de ce prix tous les jours ! À la première occasion, elle s'éclipserait.

La grande salle à manger était éclairée par deux rangées de chandeliers étincelants qui faisaient miroiter l'argenterie sur les nappes blanches de la longue tablée. Tous les deux mètres, des valets de pied en queue-de-pie attendaient l'heure du service, comme au garde-à-vous. Cassidy se concentra pour ne pas trébucher avec ses talons hauts et se laissa guider jusqu'à sa chaise. Lorsqu'elle leva les yeux, elle s'aperçut que Logan lui faisait directement face. Leurs regards se croisèrent et elle fut aussitôt ramenée à leur petite session sportive, lorsqu'elle avait fini sur le tapis, écrasée par le poids de son corps. À voir l'expression peinte sur son visage, Logan devait penser à la même chose. Heureusement, Leo lui murmura qu'elle pouvait s'asseoir, mettant fin à ce troublant intermède. Comment pouvait-elle imaginer qu'il ait partagé ses pensées ?

À sa grande surprise, le dîner se déroula sans encombre. Leo était d'excellente compagnie, conversant de manière détendue, et d'ailleurs, le défilé constant des plats laissait peu de place à l'improvisation. Cassidy commençait à respirer.

Le repas achevé, Leo l'invita à le suivre au centre de la salle de bal, la plus belle pièce du palais. Chaque mur était recouvert de riches tapisseries de velours et lorsqu'on levait les yeux, les plafonds démesurément hauts livraient leurs magnifiques fresques Renaissance, où des cohortes de chérubins voletaient de nuage en nuage. La musique de l'orchestre filait entre les convives pour venir se mêler, par les fenêtres ouvertes, à la brise chaude de la soirée. De nombreux couples étaient sortis sur la terrasse.

Logan était à l'autre bout de la salle, entouré d'une assemblée terriblement glamour. Combien de ces jeunes femmes faisaient partie de la liste dressée par sa mère ? Il valait mieux ne pas y penser. Cassidy détourna le regard.

— Une danse ?

Leo l'avait rejointe et lui offrait sa main. Les mets délicieux accompagnés de vin d'Arrantino avaient fait leur effet, et elle décida de chasser Logan de son esprit.

— Avec plaisir.

La soirée passa comme dans un rêve. Cassidy pouvait se retirer, désormais. Elle avait probablement dansé avec chacun des hommes présents, mais c'était le seul moyen de ne pas avoir à répondre aux questions insidieuses d'inconnus qui l'auraient poliment évincée en apprenant qu'elle n'avait pas de particule. Lorsqu'elle tourbillonnait, elle oubliait toutes les jeunes femmes de bonne famille avec qui Logan dansait. Soudain, il se matérialisa près d'elle.

— Je vous ai cherchée partout. Où allez-vous ?

— Je... J'allais partir.

Visiblement mécontent, il secoua la tête.

— Pas encore, non. Vous avez dansé avec tous les hommes présents à cette fête, sauf moi. C'est mon tour.

9

Cassidy se réprimanda intérieurement en posant sa main dans celle de Logan. Elle avait l'habitude d'exécuter ses ordres sans poser de questions. Était-ce pour autant une bonne idée que de danser avec lui ? Probablement pas, mais trop tard : ils étaient déjà sur la piste. Elle n'arrivait plus à réfléchir, d'ailleurs, focalisée sur la main qu'il avait posée au creux de ses reins et qui la maintenait captive.

— Détendez-vous, souffla-t-il à son oreille.

Cassidy leva les yeux. Une dangereuse étincelle brillait au fond de ceux de Logan.

— Nous ne faisons que danser, ajouta-t-il.

— Je ne peux pas me détendre, répondit-elle, tremblante. Vous me tenez trop serrée.

— Arrêtez d'essayer de fuir et je relâcherai mon emprise.

Elle prit une grande inspiration et s'exécuta, mais Logan en profita pour la rapprocher plus encore de lui.

— Vous aviez dit...

— La danse est un art silencieux, murmura-t-il en faisant courir sa main dans le dos de sa partenaire.

Le souffle court, Cassidy disputait une bataille muette, entre instinct de préservation et désir.

— Vos invités se demandent déjà ce que je fais là,

répondit-elle, ignorant délibérément son injonction au silence. Si vous continuez à me tenir ainsi, on pourrait jaser…

De simples commentaires pouvaient ternir une réputation, elle le savait. Logan, dans sa position, ne pouvait se le permettre. Les marchés financiers commençaient à peine à se remettre de leurs émotions.

— Vous pouvez encore respirer, non ?

À chaque inspiration, la poitrine de Cassidy se soulevait et venait se presser contre son torse, ce qui lui donnait l'envie de se rapprocher un peu plus. Elle soupira.

— Vous semblez maussade, commenta-t-il avec un sourire. Vous qui sembliez prendre tant de plaisir à danser plus tôt…

C'était le cas, en effet, mais avec Logan, tout était différent.

— Je croyais que la danse était un art silencieux, maugréa-t-elle.

Logan éclata de rire et la sonorité se répercuta dans la poitrine de Cassidy. Mais pour toute réponse, il l'attira plus près encore, si c'était possible. C'était un danseur exceptionnel et Cassidy se laissa entraîner jusqu'à tout oublier, leurs corps soudés l'un à l'autre. Leurs bassins se frôlaient à chaque pas. Était-ce la musique, l'excès de champagne ou le corps musclé de Logan contre le sien ? Elle se sentit entraînée dans un tourbillon de désir, de plus en plus rapide… La tête se mit à tourner. Soucieuse de ne pas trahir son trouble, elle enfouit son visage contre le torse de Logan. Lorsqu'elle le sentit se raidir contre elle, elle réalisa, mortifiée, ce qu'elle venait de faire. Avec un sursaut, elle leva les yeux vers lui, muette et paniquée. Logan la regarda avec une telle intensité qu'elle se demanda un instant s'il n'allait pas capturer ses lèvres devant toute l'assemblée. Puis il jura à voix basse et l'entraîna hors de la piste.

— Où allons-nous ?

— Ailleurs.

Il n'avait pas lâché sa main et accéléra le pas jusqu'aux jardins. L'air chaud de la nuit les enveloppait désormais, mais Logan ne s'arrêta pas avant un imposant mur de pierres. Dans un recoin, une porte en bois vermoulu, presque invisible sous la mousse, attendait qu'on l'ouvre. Logan actionna un loquet dissimulé et s'effaça devant l'ouverture, laissant Cassidy le précéder. Aussitôt, elle reconnut le parfum entêtant d'une roseraie, mêlé à la délicatesse du jasmin. Respirant à pleins poumons, les yeux mi-clos, elle oublia pour un instant la raison de leur venue. Un petit jardin secret était niché entre les épais murs de pierre, les fleurs alanguies caressées par l'éclat argenté de la lune. Hypnotisée, Cassidy fit quelques pas sur le chemin engazonné qui courait entre les buissons fleuris.

Logan, derrière elle, restait silencieux.

— Une passiflore, murmura-t-elle en reconnaissant l'une des fleurs que son père faisait pousser, lorsqu'elle n'était encore qu'une enfant. Vous sentez ces notes de citron.

— Le seul parfum qui m'enivre, ici, c'est le vôtre, chuchota Logan.

Cassidy frissonna, rattrapée par l'envie qu'elle avait de lui. Pouvait-il la désirer autant ? L'instinct des corps parlait pour eux désormais et ce langage était clair. Elle n'osait plus bouger, de crainte de briser le lien fragile qui les unissait.

— Cassidy...

Il n'était plus qu'à quelques centimètres d'elle,

désormais. Chaque cellule de son corps lui hurlait de se laisser toucher, mais elle restait pétrifiée. Quand les mains de Logan vinrent se poser sur ses hanches, Cassidy soupira et, comme en réponse, les lèvres de Logan effleurèrent son cou.

— Tu as meilleur goût encore que ce que j'imaginais, murmura-t-il, la voix hachée.

Sa bouche descendit jusqu'à la base du cou de Cassidy qui sentit son corps réagir. Instinctivement, elle se lova contre Logan qui noua les bras autour d'elle. Elle pria pour qu'il vienne lui toucher les seins. Les lèvres de Logan déposèrent une pluie de baisers sur ses épaules, et lorsqu'elle sentit enfin ses doigts sur ses seins tendus, Cassidy laissa échapper un gémissement libérateur, aussitôt étouffé par la bouche de Logan. Elle se lova contre lui, soumise à la délicate torture de sa langue. Les battements de son cœur résonnaient dans sa poitrine, étouffant les sons distants de l'orchestre, les rires et les tintements des cristaux. Elle s'abandonnait enfin à lui et à la folie du moment. Tout ce qui importait était que leur baiser ne cesse jamais. Ils se dévoraient, tentant d'étancher la soif inextinguible de leur désir.

— Logan...

Il posa le front contre le sien, haletant.

— Je te veux. Dans mon lit. Et je me moque du reste. Dis-moi que tu ressens la même chose. Réponds-moi, chuchota-t-il en mordillant le lobe de son oreille.

Les bras noués autour de son cou, elle s'abandonna à l'urgence du désir, plus puissante encore que sa peur.

— Bien sûr que...

Avant même qu'elle ait pu finir, il l'avait soulevée de terre et la portait jusqu'à la porte du jardin secret. Elle l'enlaça et enfouit la tête au creux de son cou. Comment avait-il rejoint ses appartements sans éveiller l'attention de quiconque ? Il s'en moquait, de toute façon. Il se moquait de tout ce qui n'était pas Cassidy, et l'urgence qui le consumait. Il n'avait pas prévu que cela arrive, mais soudain, rien ne semblait plus essentiel.

— Cassidy ?

Elle leva ses yeux d'émeraude vers lui, son corps souple entre ses bras, et il ne put s'empêcher de capturer à nouveau ses lèvres, pour un énième baiser. Les doigts de la jeune femme se perdaient dans ses cheveux et Logan comprit qu'il ne retrouverait pas la raison tant qu'il ne l'aurait pas faite sienne. Sa bouche se perdit dans ses courbes voluptueuses, galvanisée par l'étincelle qui brillait au fond de ses yeux. Le corps de Cassidy glissa contre le sien. Ses bras la maintenaient toujours contre lui, une main sous l'arrondi de ses fesses. Comme elle lui jetait un regard noyé de désir, il l'embrassa de nouveau. Il aimait l'entendre gémir et voulait la faire crier. L'alchimie était totale entre eux, elle lui appartenait. Fébrile, Logan la débarrassa de sa robe qui tomba sur ses hanches, révélant sa poitrine superbe, gonflée dans sa prison de soie.

— Tu l'as mise, sourit-il en faisant passer son pouce sur la lingerie délicate, lui arrachant un nouveau tremblement. C'est moi qui l'ai choisie.

— C'est vrai ? Je pensais que tu avais laissé ce soin à d'autres.

— Certainement pas. Je t'imagine dedans depuis le début de la soirée et crois-moi, la réalité dépasse la fiction…

Il l'attira entre ses jambes ouvertes et vint empaumer ses seins, se délectant de la voir fermer à demi les yeux pour se concentrer sur le plaisir. L'érotisme absolu de la situation était tel qu'il ne put s'empêcher de se pencher pour embrasser sa poitrine, repoussant le tissu de soie des lèvres pour enfin prendre en bouche l'un de ses bourgeons dardés. Elle gémit à nouveau et se cambra pour mieux s'offrir. Il ne fallait surtout pas qu'il s'arrête et Logan fut ravi de s'exécuter, lèvres et langue agaçant tour à tour ses tétons dressés, portant leur excitation à son comble.

— Logan...

Cassidy se tordait entre ses bras et il accéda à sa requête en dénouant d'une main experte l'attache du soutien-gorge, libérant enfin sa poitrine. Elle gémit et il sourit en happant de nouveau son téton. Chaque geste augmentait l'excitation de l'autre, dans une montée du plaisir infinie. La robe tombée aux pieds de Cassidy dévoilait ses bas et son slip de soie. Logan soupira doucement en les effleurant. Mais Cassidy en voulait plus et le lui signifia d'un regard qui appelait à l'action. Il la débarrassa de ses derniers vêtements et glissa une main entre ses cuisses.

— Es-tu prête pour moi, Cassidy ?

Sa voix était épaisse, alourdie de désir. Sans la quitter des yeux, il passa lentement les doigts sur le cœur de son intimité. Cassidy poussa un cri brisé lorsqu'il frôla son clitoris et ouvrit plus encore les jambes. Avec un grondement sourd, Logan se releva, la prit dans ses bras et l'allongea sur le lit.

En s'apercevant qu'elle portait toujours ses escarpins. Cassidy eut un rire nerveux.

— Garde-les !

Il fit courir la main sur ses jambes, écarta doucement ses cuisses.

— Logan..., murmura-t-elle, rougissant sous son regard.

— Laisse-moi faire, répondit-il en venant se poster sur elle, relevant ses poignets au-dessus de sa tête. Je veux te goûter.

— Je n'ai pas... Je n'ai jamais...

Logan l'embrassa de nouveau, tout en se demandant jusqu'où portait son innocence.

— Aucun homme ne t'a jamais fait ça ?

Elle secoua la tête, les boucles de ses cheveux étalées sur les draps blancs.

— Alors je me ferai le plaisir d'être le premier.

Il se débarrassa des mains de Cassidy qui tentaient de le retenir et glissa le long de son corps pour enfouir son visage entre ses cuisses. L'exclamation choquée de la jeune femme se transforma en cri de plaisir lorsqu'il posa sa langue au cœur de son intimité, les mains sous ses fesses. Il ne mit que quelques instants à lui démontrer tout ce qu'elle avait manqué jusqu'ici et à la mener aux portes du plaisir, retenant sa délivrance plusieurs fois pour qu'elle soit plus forte encore. Enfin, elle se cabra sur lui, criant son nom en un orgasme libérateur, les ongles enfoncés dans ses épaules...

Logan lui laissa à peine le temps de se ressaisir : son corps aussi criait le besoin qu'il avait d'elle. Il se débarrassa à la hâte de ses propres vêtements et enfila un préservatif. Elle l'accueillit entre ses jambes, les mains courant sur son torse viril, appréciant le galbe dur de ses muscles, et murmura :

— Je veux te toucher, moi aussi...

— La prochaine fois, promit-il avant de capturer à nouveau ses lèvres. J'ai trop envie d'être en toi, je ne peux plus attendre.

Enfin, il entra enfin en elle, en une longue poussée qui leur coupa le souffle à tous deux.

— Cassidy, *mi amor*... Tu es prête...

Mais elle ne l'écoutait plus et il gronda, sentant les muscles de son sexe enserrer le sien. Il commença de lents va-et-vient, étonné lui-même du plaisir inouï qu'il prenait à être en elle et de la facilité avec laquelle elle épousait son rythme, les jambes nouées autour de son bassin. Logan n'était même pas sûr de tenir jusqu'au prochain orgasme de la jeune femme et il dut se concentrer pour ne pas exploser en elle, accentuant ses poussées jusqu'à ce qu'une vague violente la balaye à nouveau, son corps arqué contre lui, au paroxysme du plaisir. Elle jouit bruyamment, entraînant Logan qui se libéra en elle avec un cri rageur. Luttant pour retrouver son souffle, il s'immobilisa au-dessus d'elle. Le temps s'était arrêté. Il n'avait jamais pris autant de plaisir avec une femme. Bien sûr, il savait jouir du sexe opposé, mais ce qu'il venait de vivre dépassait largement la meilleure de ses expériences. Cassidy et lui avaient partagé quelque chose d'un niveau supérieur, sur lequel il n'arrivait pas à mettre de mots. Lui qui se targuait de séparer sexe et sentiments venait-il de vivre l'inverse ? En tout cas, il en avait éprouvé un plaisir extrême, inoubliable. D'habitude, il ne tardait pas avant de briser l'étreinte pour se rhabiller et fut surpris, cette fois, de n'en ressentir aucune envie. Mais Cassidy, de son côté, semblait fébrile. Sentant qu'elle était sur le point de le repousser, il se retira doucement et roula sur le côté.

— C'était vraiment ta deuxième fois ?

— Ma première fois ne m'a pas donné envie de réitérer l'expérience, répondit-elle.

— Pourquoi ? répéta-t-il, anxieux de ce qu'elle allait répondre. Il t'a fait mal ?

— Non. J'étais étudiante, à l'époque, et il me récompensait pour lui avoir passé mes notes.

Logan arqua un sourcil.

— Tu as échangé du sexe contre des notes de cours ?

— Pas délibérément. Je pensais que je lui plaisais...

La lumière diffuse ne masquait pas complètement le rouge qui lui était monté aux joues.

— Stupide ! grommela Logan.

— Eh bien, merci !

Elle allait se lever mais il la retint.

— Pas toi. Lui ! Cet imbécile ne sait pas à côté de quoi il est passé. Il n'avait apparemment aucune idée de la manière dont on peut te faire jouir.

Il s'allongea sur le dos et d'une main, la guida pour qu'elle le chevauche. Cassidy lui jeta un regard surpris, les yeux écarquillés, une main sur son torse, ses boucles rebelles encadrant son visage.

— Viens...

— Logan...

— Fais-le, murmura-t-il, se plaçant sous elle de manière à ce qu'elle puisse mesurer l'intensité de son excitation.

— Oh...

Il se redressa et chercha sa peau, nouant les bras autour de son corps.

— Laisse-moi te faire l'amour à nouveau. Tu es si belle...

Logan s'éveilla seul, après avoir dormi d'un sommeil de plomb. Cillant sous la lumière qui filtrait à travers les volets, il passa une main distraite sur les draps froissés. La nuit de sexe débridé qu'il venait de vivre lui revenait en mémoire, de l'extraordinaire baiser échangé dans le jardin secret jusqu'à l'instant où il avait pénétré Cassidy.

Y repenser déclencha une nouvelle vague d'excitation et il tendit l'oreille : était-elle en train de prendre sa douche ? Aucun bruit. Où pouvait-elle être ? Les rares fois où il passait une nuit entière aux côtés d'une femme, il avait l'habitude, en se réveillant, de la trouver prête à lui accorder ses faveurs à nouveau.

Il fronça les sourcils. Combien de fois avaient-ils fait l'amour, durant cette longue nuit ? Bon sang, il venait de passer huit heures torrides avec son assistante, comprit-il en consultant son portable. Le constat le frappait de plein fouet, comme un coup de poing à l'estomac. Depuis qu'il avait pris conscience de son attirance pour Cassidy, il s'était astreint à une stricte neutralité. Un plan respecté à la lettre... Mais à la seconde où il l'avait aperçue au milieu de la foule, Logan avait su qu'il ne tiendrait pas son engagement.

Las, il se passa une main dans les cheveux. Quel que soit le plaisir qu'il avait pris, inutile de se voiler la face : il venait de se compliquer la vie en couchant avec l'une de ses employées. Comme son père... Les mots de Leo lui revinrent en mémoire. Non, il n'était pas comme leur père, parce qu'il ne se servait pas de sa position pour arriver à ses fins. Certes, mais il avait tout de même trahi ses principes. Sur le moment, il avait même oublié qu'elle travaillait pour lui. Depuis qu'ils étaient ici, il la voyait sous un autre jour. Il se souvenait d'elle, à l'inauguration de la nouvelle aile du musée. La chaleur témoignée à ceux qu'elle avait côtoyés. Son sourire. Non seulement elle s'était admirablement comportée, mais elle avait sublimé la journée. Lui qui s'était toujours concentré sur ses qualités professionnelles ne pouvait s'empêcher, désormais, d'y ajouter son humanité. C'était une femme accomplie et loyale, dévouée aussi bien à son travail qu'à sa famille, tout comme lui. Logan n'avait jamais pris le temps de la connaître et voilà qu'il semblait trop savoir d'elle. Réussiraient-ils à travailler ensemble, de nouveau ?

Chassant Cassidy de son esprit, il sortit du lit et fila dans la salle d'eau. Il avait besoin d'une douche froide pour reprendre ses esprits ; rester allongé dans son lit à se souvenir de la nuit précédente n'était pas le meilleur moyen d'y arriver. Séparer leur union charnelle du reste de leur relation, voilà ce qu'il fallait faire ! Ils partageaient une alchimie particulière et avaient cédé à la tentation, rien de plus. Logan n'avait jamais prévu de mettre en danger leur relation professionnelle et il ne comptait pas perdre Cassidy à cause d'un moment d'égarement. Avec un peu de chance, elle ressentait la même chose de son côté. Il espérait qu'elle n'aurait pas mal interprété leur nuit : le sexe n'équivalait pas à une relation sérieuse. Ça n'avait jamais été le cas de son côté et généralement, il s'assurait que les choses soient claires avec ses conquêtes. Alors pourquoi ne s'en était-il pas assuré avec elle ? Furieux de s'en rendre compte, il se sécha, se rasa, enfila un jean et une chemise. Il fallait qu'il trouve Cassidy et mette les choses au point : une nuit, aussi magique fût-elle, n'était qu'une nuit. Leur relation devait perdurer sur le terrain professionnel, rien de plus. Elle voudrait probablement la même chose, c'était une femme pragmatique, tout comme lui. Elle était aussi romantique, ne put-il s'empêcher de songer. Romantique et inexpérimentée... C'était bien lui qui avait fait basculer leur relation, en l'invitant à danser. Il avait beau ne pas avoir joué de sa situation pour la mettre dans son lit, il était parfaitement conscient de son attirance pour elle et avait agi quand même, au mépris de toute règle.

Il fallait se reprendre. Du calme, des raisonnements froids et logiques, voilà ce dont il avait besoin ! Faisant taire sa culpabilité, il se mit à la recherche de son assistante.

10

Cassidy relut la lettre à laquelle elle venait de mettre le point final. Le message n'était pas très long. Devait-elle y ajouter quelque chose ?

Votre Majesté,

Malgré le plaisir que j'ai eu à travailler à vos côtés ces vingt et un derniers mois, je me vois forcée de vous remettre ma démission.

Trop brutal ? Et cette utilisation du mot « plaisir »... Après la nuit précédente, elle ne voulait pas être mal interprétée. Elle biffa la phrase et réécrivit : « Malgré l'expérience bénéfique vécue à vos côtés... » Suivaient quelques lignes sur tout ce qu'elle avait appris à son service. Les formules d'usage conclurent la missive et celle-ci partit à l'imprimante.

Elle ne pouvait plus travailler pour lui, de toute façon. Impossible. Pas après la nuit précédente. L'idée même de devoir lui faire face ce matin suffisait à la faire rougir. Coucher avec son patron n'était pas exactement ce que sa sœur lui avait conseillé au téléphone, lorsqu'elle avait parlé de saisir l'occasion qui s'offrait... Cassidy ne s'attendait pas non plus à ce dénouement lorsqu'elle s'était préparée pour le bal. Bien sûr, elle s'était apprêtée dans l'espoir que Logan voie en elle plus qu'une simple assistante, mais le résultat avait de loin dépassé ses espérances. Mission accomplie, pensa-t-elle, amère. Elle ne regrettait rien, pour autant. Comment regretter alors qu'elle s'était sentie parfaitement à sa place, entre ses bras ? Il fallait pourtant oublier tout cela. Car elle ne pourrait pas continuer de travailler pour lui, même s'il était regrettable de devoir l'abandonner alors qu'il venait juste d'accéder au trône, mais après ce qui avait eu lieu entre eux...

La gorge nouée, Cassidy comprit que son terrible pressentiment était juste : elle était en train de tomber amoureuse... Le simple souvenir de leurs corps mêlés, le sourire qui s'était épanoui sur son visage au réveil, quand elle avait ouvert les yeux et vu Logan, l'émerveillement qui l'avait saisie étaient d'excellentes raisons de paniquer. La nuit précédente n'avait pourtant rien à voir avec un amour partagé. Il s'agissait de sexe et du besoin d'étancher leur soif de l'autre : il ne fallait pas l'envisager autrement. Après ce qu'ils venaient de vivre, Logan ne voudrait plus travailler à ses côtés. Il serait probablement soulagé de recevoir sa démission.

— Tu travailles déjà ?

Cassidy sursauta et referma précipitamment son ordinateur portable.

— Je ne travaille pas, je...

Derrière eux, l'imprimante se mit en marche, attirant l'attention de Logan. Comme elle le pressentait, il traversa la pièce en trois enjambées pour attraper la feuille. Après l'avoir parcourue, il leva vers la jeune femme un regard indéchiffrable qui lui fit froid dans le dos.

— Je vois que nous avons affaire à un cas particulièrement sévère de regrets du lendemain...

— Ce ne sont pas des regrets, c'est... Ma démission peut te surprendre, je le comprends, et je ne pensais pas en arriver là, mais... C'est pour le mieux, tu ne crois pas ?

— Vraiment ?

Il s'était planté face à elle et jeta la lettre sur la table.

— Et comment comptais-tu me l'annoncer ? reprit-il.

Mal à l'aise, Cassidy se tortilla sur son fauteuil.

— Je ne m'étais pas encore posé la question. Mais j'avais décidé de démissionner avant même le bal.

— Pourquoi ?

— Parce que tu vas vivre ici, à Arrantino, et que ma vie est à New York.

— Tu pourrais aisément déménager. Il n'y a rien qui te retient là-bas, à part ta sœur.

— Merci de souligner mon absence de vie sociale...

— Si tu as peur de ne pas voir assez ta famille, je n'ai aucun problème à payer des allers-retours réguliers.

— C'est très gentil, mais...

— Mais ça n'est pas une question de logistique, c'est ça ?

Cassidy soupira, gênée d'avoir à s'expliquer.

— Écoute, Logan, tu imagines bien qu'après la nuit dernière, nous ne pouvons plus travailler ensemble comme avant.

Sans parler du fait qu'il serait bientôt marié à celle qui devrait lui donner un héritier ! Une femme qui verrait Cassidy, lui parlerait chaque jour.

— Je ne suis pas d'accord. Nous sommes deux adultes consentants qui ont cédé à une attirance commune. Tant que nous gardons nos sentiments pour nous, je ne vois pas où est le problème.

Il lui adressa un sourire doux, comme celui qu'on

fait à une enfant apeurée. Qu'est-ce qui était le pire ? Le voir prêt à mettre de côté ce qu'ils avaient vécu ou d'être incapable de l'imiter ? La nuit dernière, elle s'était moquée du fait de travailler pour lui, ou de l'impossibilité d'une histoire amoureuse. Elle n'avait pas craint ce qui pourrait advenir. La seule chose qui vibrait dans son esprit, c'est qu'elle s'était sentie bien entre ses bras. Désirée. Sensuelle… Aujourd'hui, elle était perdue. Il était inutile de se mentir à elle-même : si elle restait ici, elle ne manquerait pas d'en vouloir plus. Beaucoup plus. Mais cette fois-ci, elle ne se laisserait pas dicter sa conduite.

— Je serai ravie de garder mes sentiments pour moi, mais je démissionne tout de même.

Logan fronça les sourcils avant de se détourner vivement, pour marcher jusqu'à l'autre bout de la pièce.

— Tu es têtue.

C'était l'hôpital qui se moquait de la charité !

— Je n'ai jamais connu d'assistante aussi efficace que toi, poursuivit-il. Nous formons une excellente équipe.

Elle avait beau être d'accord, comprendre que ses performances professionnelles étaient ce qui l'intéressaient le plus la blessa.

— Il faut compartimenter, c'est tout, décréta Logan. Tu te vantais de savoir le faire, lors de ton entretien d'embauche…

— C'est ce que je pensais à l'époque. Je me trompais.

Elle pouvait désormais rayer cette compétence de la liste…

— Je vais te laisser un peu de temps pour y réfléchir et, pour t'aider, viens donc déjeuner avec moi !

— Déjeuner ?

Cassidy cilla, désorientée.

— J'ai promis à Léo que je le verrais ce midi. Il veut me présenter Elly.

Elle fronça les sourcils.

— Je ne pense pas que je devrais y être. Ce n'est pas très...

— ... Approprié ? acheva Logan en souriant. Peut-être pas. Mais ça me permettrait de te prouver que nous sommes capables d'entretenir une relation normale. Apaisée. Tu te laisses dicter ta conduite par tes émotions, en cet instant. C'est toujours une erreur.

— Au contraire, Logan, répliqua-t-elle, piquée au vif. Je fais preuve de logique. L'intimité entre un homme et une femme complique les choses.

— Ça n'a pas à être le cas entre adultes responsables.

— Alors pourquoi n'as-tu jamais couché avec une de tes assistantes avant moi ? Je suis sûr que tu en as eu l'occasion !

Elle vit le regard de Logan s'assombrir et dévier vers le sofa où il pensait l'entraîner pour la faire sienne à nouveau. Le fait qu'elle en meure d'envie elle-même ne faisait que confirmer ce que lui soufflait son instinct : elle avait raison de démissionner. Il était impossible qu'ils travaillent normalement ensemble. Son enfance troublée lui avait au moins appris une chose : elle savait quand prendre la fuite. L'abandon, grâce à sa mère, lui était familier. Ce n'était qu'une question de temps avant que Logan se détache d'elle.

— Puisque tu veux vraiment le savoir, sache que je n'en ai jamais eu envie auparavant.

Plutôt que d'apprécier le compliment, Cassidy sentit sa gorge se nouer. Aussi fou de désir avait-il été la veille, il ne la voulait dans sa vie que pour le travail et n'irait jamais au-delà. Le sang de Cassidy n'était pas assez bleu pour lui.

— Je ne changerai pas d'avis, déclara-t-elle, plus décidée que jamais, refusant d'écouter son corps qui ne demandait qu'à céder. Je n'ai pas ton expérience, je ne sais pas coucher avec quelqu'un et faire comme si de rien n'était par la suite. Et puis, je veux travailler pour un patron moins exigeant.

Logan étouffa un juron :

— Tu ne tiendrais pas une heure avant de te lasser !

C'était probable, mais elle n'allait pas lui donner la satisfaction de savoir qu'il avait raison.

— Crois ce que tu veux.

— Bon sang, Cassidy...

Il marcha jusqu'à la fenêtre et son regard se perdit à l'horizon, vers les montagnes encore bleutées à cette heure.

— Que tu veuilles l'admettre ou non, finit-il par reprendre, il ne s'agit que d'une question de discipline. Viens déjeuner avec nous et si, à la fin de la journée, tu n'es toujours pas convaincue que nous pouvons travailler ensemble, alors j'accepterai ta démission. Tu pourras être de retour à New York ce soir, si tel est ton choix.

Cassidy se mordit la lèvre. Peut-être devrait-elle l'accompagner pour lui prouver qu'il avait tort ? Elle savait qu'elle ne changerait pas d'avis, de toute façon.

— Ça n'est pas une bonne idée, insista-t-elle.

— Très bien. J'en prends bonne note.

Du doigt, il fit remonter les lunettes sur le nez de Cassidy. Celle-ci posa un œil dubitatif sur la motocyclette rouge.

— On prend... ça ?

Logan lui adressa un sourire narquois.

— Tu trouves que ça manque de puissance ou de standing ?

— Je suis surprise que tu choisisses ce genre de moyen de transport...

— C'est tout l'intérêt, personne ne s'attend à me voir là-dessus. Lorsque nous étions plus jeunes, il nous arrivait de la prendre, avec Leo, pour nous évader un peu, dit-il, enfourchant l'engin et passant rêveusement la main sur le cadre.

— Et la sécurité du palais n'y voyait pas d'inconvénient ?

Elle attrapa le casque argenté qu'il lui tendait.

— Si, mais à l'époque comme aujourd'hui, ils sont à mes ordres... Ils connaissent mon trajet. En cas de problème, leur hélicoptère sera sur les lieux en moins de cinq minutes. Et puis, qui reconnaîtrait le nouveau roi d'Arrantino sur une bécane pareille ? La plupart des gens m'imaginent en train de faire la grasse matinée entre mes draps de satin...

Cassidy rougit à la mention des draps et vissa le casque sur sa tête pour se donner une contenance. Il avait probablement raison... Mais elle devait surveiller sa tendance à tout accepter sans broncher, du moment que cela venait de lui. D'abord la robe de bal, puis l'ensemble simple mais élégant qu'il lui avait fait livrer pour l'occasion, et qu'elle portait...

Il ne lui faisait pas la cour. Il n'était pas amoureux d'elle et ne faisait que manigancer pour arriver à ses fins : qu'elle reste son assistante, et rien d'autre.

Au moins s'amuserait-elle un peu aujourd'hui. Cassidy enfourcha la motocyclette à son tour et noua ses bras autour de la taille de Logan, qui démarra l'engin d'un puissant coup de talon.

Cinq minutes plus tard, ils slalomaient en direction des collines et elle admirait le paysage de vignes et d'orangeraies. Après avoir quitté la route principale, ils s'enfoncèrent dans la campagne, jusqu'à une petite maison, nichée derrière un imposant mur de brique.

— Ton frère vit ici ?

— Non, Elly, répondit-il en attachant les casques aux poignées de la motocyclette. Leo vit non loin d'ici. Personne n'a réussi à identifier Elly sur les photos, ce qui la protège pour le moment.

— C'est une bonne chose.

— Nous verrons bien si elle s'inquiète vraiment.

Cassidy fronça les sourcils, reconnaissant le soupçon dans la voix de Logan, et posa la main sur son bras.

— Tu as dit qu'Elly était archéologue, n'est-ce pas ? Il y a autre chose que je devrais savoir ?

— Elle a un enfant.

— Mère célibataire, ce n'est pas simple. Tu sais pourquoi ?

— Aucune idée. Elle a probablement quitté son mari en voyant se profiler un candidat plus riche…

— Quel cynisme !

— Je parle d'expérience… La première femme de mon frère, Anastasia, était une croqueuse de diamants. Elle voulait le pouvoir et les privilèges, pas les obligations. Lorsqu'elle s'est lassée, elle est partie. J'avais essayé de mettre mon frère en garde ; mais il ne m'a pas écouté et cela a fini par creuser un fossé entre nous.

Elle comprenait pourquoi Logan s'attendait au pire… Il poussa le portail qui s'ouvrit dans un grincement. Mais à l'instant où Cassidy aperçut le jardin, elle sut qu'Elly n'avait rien à voir avec celle qui l'avait précédée.

Une croqueuse de diamants, focalisée sur ses objectifs, n'aurait jamais pris le temps de s'aménager un jardin aussi agréable, avec ses buissons de lavande et sa glycine bien entretenue. Des sabots de jardin sommeillaient sous le porche, preuve que leur propriétaire n'hésitait pas à jardiner elle-même, quitte à se salir les mains !

— Je sais que tu crains le pire, Logan, mais ton frère a l'air d'un homme intelligent. Je suis sûr qu'il sait ce qu'il fait.

— Et pourtant, il a épousé Anastasia. L'amour est aveugle, non ? Je compte m'assurer qu'il ne commet pas la même erreur.

Elly allait subir le feu de son jugement...

— Et si tu décides qu'elle n'est pas faite pour lui ?

— Je ferai en sorte qu'il m'entende, cette fois.

— Logan...

Cassidy s'interrompit, hésitante. L'écouterait-il ?

— Quoi ? aboya-t-il impatiemment. Tu n'hésites pas à me donner ton opinion, d'habitude.

— Respire... On dirait que tu vas sauter à la gorge d'Elly !

Cassidy l'exaspérait, songea Logan, autant que la connaissance intime qu'elle avait de ses humeurs le fascinait. La porte allait bientôt s'ouvrir... Il espérait que son frère ne s'était pas trompé, cette fois. Pour eux deux : ces derniers jours lui avaient fait comprendre à quel point l'amitié de Leo lui avait manqué. Il ne fallait pas s'en faire à nouveau un ennemi. Ce retour au bercail avait jeté une lumière crue sur la vie qu'il menait à New York, courant les contrats sans prendre le temps de profiter de la vie. Il jeta un coup d'œil à Cassidy, qui caressait un énorme chat roux. L'idée de ne plus la voir était insoutenable. Un sentiment qu'il lui faudrait reléguer aujourd'hui s'il voulait prouver leur capacité à travailler ensemble au sein d'une relation saine...

— Bonjour ! Bienvenue !

Une femme menue, aux cheveux noir de jais, venait d'ouvrir, apportant une délicieuse odeur de pain maison et de sauce tomate. Face à son sourire et sa tenue décontractée, Logan songea qu'elle marquait déjà des points.

— Quel plaisir de vous rencontrer ! lança Cassidy avec enthousiasme, en l'embrassant sur les deux jours.

Leo apparut derrière l'hôtesse.

— Pile à l'heure, dit-il en enlaçant Elly. Entrez donc !

La tension légère présidant à cette première rencontre semblait déjà s'évacuer et Logan se dit qu'il allait falloir sourire, faire preuve de gentillesse. Pas sa qualité première... Mais soudain, un petit rayon de soleil sortit de derrière les jambes de son frère et leva deux yeux ronds comme des billes sur les invités, sous un nuage de cheveux noirs.

— Je m'appelle Skylar, dit la fillette, j'ai six ans. Tu es le frère de Leo ?

— Oui. C'est bien moi.

Son frère lui avait envoyé un message le matin même : Skylar ne connaissait pas ses origines royales et Leo espérait que Logan se prêterait au jeu. Logan s'était demandé s'il s'agissait là d'une manigance d'Elly. Si le jardin fleuri n'avait pas suffi à le convaincre qu'il s'était trompé sur elle, l'enfant suffisait pour le ramener à la réalité. Déstabilisé, il cherchait quelque chose à dire lorsque Cassidy le devança :

— Son nom, c'est Logan. Moi, c'est Cassidy. Bonjour, Skylar. Tu es en quelle classe ?

— En CP.

— Et qu'est-ce que tu préfères comme activité ?

— J'aime bien lire.

— Moi aussi, s'exclama Cassidy avec un éclat de rire. Tu as déjà lu *Fantastique Maître Renard* ?

— Ma maîtresse nous l'a lu ! répondit l'enfant, rayonnante.

— Je l'appréciais beaucoup, moi aussi, ajouta Logan, soudain rattrapé par le souvenir de ses lectures d'enfance.

— Tout le monde lit, alors ! s'exclama la petite en riant.

Skylar fila dans le couloir, suivie par les adultes. Logan fermait la marche, inspectant l'intérieur chaleureux du cottage, les coussins colorés et les dessins d'enfant affichés au mur. Il vit Cassidy sourire d'un air rêveur et réalisa que c'était probablement son rêve : l'amour, la famille, un foyer. Le concept lui semblait si étranger...

— Merci, mon frère.

Logan détourna les yeux de la terrasse où Skylar et Cassidy fabriquaient une cabane de brindilles.

— Pourquoi me remercies-tu ? demanda-t-il à Leo.

— Parce que tu as mis tes préjugés de côté pour venir.

Logan se renfonça dans son siège. Si Cassidy n'avait pas insisté pour qu'il se calme avant qu'Elly ouvre la porte...

— J'étais plein de préjugés, admit-il avec une grimace. C'est Cassidy qui m'a convaincu d'en faire table rase.

Leo émit un petit rire.

— Cette femme m'a plu dès que je l'ai vue. Je n'oublierai pas de la remercier dans mon discours de mariage.

— C'est sérieux à ce point ? Toi et Elly ?

— J'ai renoncé à la couronne pour elle, Logan. À présent, parlons vrai : tu comptes me menacer ?

— Aucunement. Ça fait trop plaisir de te voir heureux.

— Je te retourne le compliment, observa Leo en souriant.

— Comment cela ? fit Logan, sourcils froncés.

— Ça faisait longtemps que je ne t'avais pas vu sans téléphone vissé à l'oreille... Le changement te va bien.

— Qui veut jouer à la marelle ?

Skylar ne lui laissait pas le temps de méditer la déclaration de Leo, qui éclata de rire devant la mine stupéfaite de son frère.

— Prépare-toi à perdre ! promit-il avec un sourire insolent.

Après la victoire attendue de Skylar, suivie d'un déjeuner convivial et d'un après-midi au jardin, Logan prenait un verre d'eau fraîche à la cuisine lorsque Cassidy le rejoignit. Le soir descendait, apportant une brise bienvenue.

— Skylar est épuisée. Il faudrait peut-être songer à rentrer. Logan hocha la tête, emplissant ses poumons du frais parfum de Cassidy, et fut saisi par l'envie dévorante de l'embrasser de nouveau. Il s'était interdit de la toucher, mais ses promesses vacillaient. Quelle importance de la voir rester à son service, alors qu'il ne la voulait que dans ses bras ? Après qu'ils eurent embrassé leurs hôtes, Cassidy prit place sur la motocyclette et noua ses bras autour de Logan. En sentant ses mains sur lui, il comprit qu'il n'était pas prêt à revenir au palais. Ni à reprendre sa nouvelle vie.

11

— Où sommes-nous ?

Cassidy venait de descendre de moto sur un petit parking en hauteur, perdu dans les collines qui surplombaient la Méditerranée. Les rayons de soleil de la fin d'après-midi illuminaient d'or les mèches de cheveux de Logan, prises dans le vent léger.

— La vigie du Gran Mundo. C'est un des plus beaux postes d'observation d'Arrantino. Laisse-moi te montrer.

Cassidy le suivit le long d'un petit chemin de pierre, effrayée par les quelques randonneurs qui les précédaient et qui auraient pu reconnaître Logan. Il avait mis une casquette pour préserver son anonymat.

— Détends-toi, lui souffla-t-il à l'oreille. On dirait que tu viens de braquer une banque et que tu te caches de la police.

— Mais si on te reconnaît ? demanda-t-elle dans un souffle.

— La plupart des gens ici sont des touristes qui n'ont aucune idée de ce à quoi je ressemble. Je ne suis pas inquiet et tu n'as pas de raison de l'être.

Soucieuse par nature, Cassidy tenta de se détendre. Logan avait peut-être raison, mais il oubliait son charme viril. Déjà, plusieurs femmes lui avaient jeté des regards appuyés en les croisant. Après avoir quitté le couvert des arbres, ils débouchèrent sur un terre-plein avec une vue panoramique qui arracha une exclamation admirative à la jeune femme. Toute la côte s'offrait à leur regard, parsemée de villages de pêcheurs aux couleurs vives, comme des perles montées sur un collier. Plus haut, le paysage se découpait en terrasses, culture de vignes ou oliviers, avec de-ci de-là les ruines d'anciennes bergeries. En bas, la mer semblait un lac turquoise.

— C'est magnifique, murmura Cassidy en se retournant vers lui. Merci de m'avoir amenée ici.

— C'est un plaisir.

Logan s'était comporté en parfait gentleman toute la journée, comme il l'avait promis, ne l'effleurant même pas. Cassidy l'avait bien vite regretté... En cet instant, il se rapprochait d'elle, une étincelle au fond du regard. Elle sourit.

— Pourquoi ce sourire ?

— Je repensais à la marelle, avec Skylar. C'était gentil de t'y plier. D'autant plus que tu lui avais déjà lu son livre préféré.

Logan haussa les épaules.

— Je l'aime bien, cette petite. Elle est précoce, je suis à deux doigts de lui offrir un poste ! Elle va donner du fil à retordre à Leo, en grandissant...

— Alors tu penses que ça pourrait marcher, finalement, entre lui et Elly ? conclut-elle avec un sourire malicieux.

— Toi, tu veux que j'admette que j'avais tort...

— Absolument. Ce serait une première. Mais je comprends pourquoi tu étais inquiet. Je suis pareille avec Pete. Avant de partir pour Arrantino, quand tout allait de travers, j'étais sous le choc de l'annonce de ses fiançailles. Je n'aurais jamais imaginé qu'elle puisse faire confiance à un homme, après ce qu'elle a vécu. J'imagine qu'elle est plus optimiste que moi. Selon elle, l'amour est un pari qu'elle pense gagner.

Le nuage qui passa sur ses traits serra le cœur de Logan.

— Peut-être a-t-elle raison.

— Tu crois ?

Elle laissa échapper un rire, comme un frisson, et ajouta :

— J'aurai tout entendu...

Logan se rapprocha encore.

— Tu veux savoir à quel autre sujet j'avais tort ?

Cassidy leva vers lui un regard interrogateur.

— Je me trompais en prétendant que nous pourrions retravailler ensemble.

— Tu ne penses plus que c'est possible ?

— Non. Et toi ?

Le corps de Logan n'était qu'à quelques centimètres du sien. La gorge nouée, elle répondit :

— Je le savais déjà, parce que... Enfin, pour moi, c'est impossible.

— Tu t'es interrompue. Qu'est-ce que tu allais dire ?

Cassidy secoua la tête, cherchant à éviter son regard.

— Rien. Je sais juste que je ne peux plus travailler pour toi, désormais. Et n'essaie pas de me faire changer d'avis, parce que je finis toujours par céder quand tu veux quelque chose...

— Je ne cherche pas à te faire changer d'avis.

Logan vint poser la main à la base de son cou.

— Maintenant que nous savons tous les deux que tu ne travailles plus pour moi, je n'ai plus à me soucier d'enfreindre une quelconque règle en t'embrassant.

Il écarta une mèche de cheveux qui tombait devant les yeux de Cassidy et se pencha pour capturer ses lèvres.

Elle réagit instinctivement, posant les mains sur son torse, ouverte au baiser. Un gémissement doux filtra d'entre ses lèvres et se rapprocha plus encore. Logan l'enlaça et approfondit leur étreinte. Bientôt, ils en furent à flirter avec les limites de la décence : il lui fallut toute la maîtrise du monde pour s'arracher à elle. Sans lunettes, les yeux émeraude de Cassidy semblaient transparents. Incapable de se maîtriser plus longtemps, il se pencha pour l'embrasser à nouveau. Lorsqu'ils reprirent leur respiration, elle ne put s'empêcher de dire :

— Je croyais que c'était une simple question de discipline...

— C'est vrai, chuchota-t-il à son oreille. Mais j'en suis parfaitement incapable. Et toi ?

La réponse était visible au fond du regard voilé par le désir de Cassidy.

Cassidy jeta un regard surpris à la bâtisse moderne en bois luxueux et pierre de taille, appuyée à la roche, devant laquelle Logan venait de se garer. Elle avait encore accepté de s'en remettre à lui. Comment refuser ? Il l'ensorcelait au point de lui faire perdre toute notion de réalité.

— Où sommes-nous ?

Logan retira son casque et l'accrocha au guidon.

— Tu sais ce que je disais, lorsque j'évoquais le fait qu'un roi n'a que rarement droit à l'intimité ? On peut vite devenir claustrophobe, entre les murs du palais. Aujourd'hui, j'ai encore du temps pour moi. Deux jours. Je ne veux pas les passer là-bas, à la merci du protocole. Ce soir, j'éteins mon téléphone et je me consacre à ce que je veux.

— On dirait que c'est ton dernier instant de bonheur avant de monter à l'échafaud...

— Il y en aura d'autres, je pourrai m'enfuir de temps en temps. Après tout, même un roi a droit à des vacances. Mais le poids des responsabilités ne sera jamais loin. Et mon téléphone devra impérativement rester allumé.

— Où sommes-nous ? demanda de nouveau Cassidy en détaillant les arches hautes, inspirées de l'architecture mauresque.

— Chez mon cousin, qui surfe à Tahiti. Nous serons seuls.

— Tes équipes de sécurité ne seraient pas ravies de te savoir dans un endroit qu'elles n'ont pas pu sécuriser...

— Tu as parfaitement raison.

À l'instant où il achevait sa phrase, deux gardes surgirent de la propriété, armés de fusils d'assaut.

— La voie est libre, Votre Majesté, indiqua la femme, plus gradée, derrière ses lunettes noires.

— Je vous remercie. Je vous préviendrai de mon retour.

Avec un hochement de tête, les deux agents les quittèrent. Curieuse de voir à quoi pouvait bien ressembler la maison d'un surfeur, Cassidy s'engagea derrière Logan sur un petit chemin de pierres. Celui-ci menait à un ascenseur parfaitement intégré à la roche. Quelques instants plus tard, les portes s'ouvraient à l'étage supérieur sur un appartement luxueux. De larges sofas orange habillaient un vaste intérieur carrelé de dalles sombres. Une immense baie vitrée donnait sur le port, en contrebas. Le logement était équipé d'une domotique dernier cri, comme le prouvaient les douces sonorités de jazz qui s'échappèrent bientôt d'enceintes intégrées, répondant à la commande vocale de Logan.

— J'imagine que les volets roulants réagissent aussi à la voix, demanda Cassidy en commençant la visite.

— Bien sûr. Mon cousin aime les gadgets.

Une fois qu'ils furent à la cuisine, Logan se saisit d'une bouteille de vin blanc et leur en versa deux verres. Il leva le sien.

— Aux rendez-vous secrets…

Le pouls de Cassidy s'accéléra. L'atmosphère s'épaississait déjà entre eux et après avoir bu, Logan reposa son verre sur l'évier, avant de la débarrasser du sien. Sans plus de préambule, il la souleva pour l'asseoir sur le comptoir de marbre de la cuisine et reprendre leur baiser là où ils l'avaient laissé. Cassidy sentit son corps s'enflammer. Elle fit courir ses mains sur sa nuque, en gémissant contre sa bouche. Logan murmurait une litanie de mots fiévreux dans sa langue natale qui ne firent qu'exciter la jeune femme un peu plus. Elle n'était plus elle-même et c'était pour le mieux : le regard lourd, elle fit passer son haut par-dessus sa tête, le laissant retomber au sol. Fasciné par le spectacle, Logan leva la main et fit courir son pouce sur le buste offert à sa vue.

— Dénoue tes cheveux, l'encouragea-t-il, la voix rauque.

Cassidy s'exécuta, laissant les boucles retomber librement sur ses épaules, ravie d'entendre le soupir excité de Logan qui captura de nouveau ses lèvres et enfouit la main dans ses cheveux. Implacable, sa bouche descendit au creux de son cou.

— Tu as trop de vêtements, murmura-t-elle en tirant lascivement sur le tissu de son T-shirt.

Logan s'exécuta à son tour et Cassidy plaqua aussitôt ses mains sur le torse enfin nu. Lorsqu'il prit les bourgeons dressés de ses seins en bouche, elle comprit à travers le brouillard de l'excitation qu'il était plus que temps qu'il la fasse sienne à nouveau. Comme s'il avait entendu son appel muet, Logan la prit dans ses bras et l'amena jusqu'au sofa le plus proche. Allongée, elle le vit trembler d'excitation en tentant de se débarrasser de sa ceinture et elle se redressa légèrement, posant sa main sur le métal froid de la boucle.

— Attends...

Logan s'immobilisa. Soudain enhardie, elle défit la ceinture, déboutonna les boutons de cuivre et descendit jean et boxer le long de ses cuisses musclées, avant de prendre son sexe entre ses doigts. Logan frémit, les yeux mi-clos, tandis qu'elle entrouvrait les lèvres pour lui prodiguer la plus intime des caresses. Un soupir de plaisir accueillit son initiative.

— Cassidy, gémit bientôt Logan en glissant une main dans ses cheveux. Arrête de me torturer, *mi amor*...

Excitée comme elle ne l'avait jamais été auparavant, Cassidy passa sa langue sur le sexe de Logan, intégralement perdue dans le plaisir qu'elle donnait. Après seulement quelques secondes, incapable de se maîtriser plus avant, Logan se retira, malgré le cri frustré de Cassidy, et arracha plus qu'il ne lui retira son jean. En quelques instants, il avait couvert son sexe d'un préservatif et entrait en elle d'une longue poussée libératrice. Chacun de ses va-et-vient, puissants et contrôlés, amena Cassidy un peu plus près des portes de l'orgasme, jusqu'à ce qu'elle ne puisse plus que crier son nom encore et encore... Cambrée, elle laissa libre cours à son plaisir tandis que Logan explosait lui aussi, dans un long tremblement qui se répercuta dans leurs corps. Combien de temps passèrent-ils, soudés l'un à l'autre, à reprendre leur souffle ? Logan finit par s'allonger à côté d'elle sur le sofa et Cassidy se pelotonna contre son torse puissant.

— Bon sang, murmura-t-il en déposant un baiser sur son front, je n'ai même pas réussi à tenir jusqu'à la chambre...

Cassidy éclata de rire et Logan demanda :

— Tu as faim ?

— Faim... Pas vraiment, mais je grignoterais bien quelque chose.

Un sourire étira les lèvres du roi d'Arrantino, qui se redressa avant de l'embrasser à nouveau.

— Reste là, je vais chercher de quoi te satisfaire.

Il revint avec un en-cas de fromage et d'olives qu'il posa sur une console, à côté du canapé.

— Raconte-moi comment c'était, de grandir en Ohio.

Logan était revenu s'asseoir à côté d'elle, et sa nudité assumée troubla Cassidy, lui rappelant qu'elle était nue elle aussi. Elle tira sur elle un jeté de coton drapé sur l'accoudoir du sofa et son geste pudique fit sourire Logan. S'il le désirait, sa bouche suffirait à la faire gémir et supplier à nouveau. Mais il pouvait attendre quelques minutes encore.

— Qu'est-ce que tu veux savoir ? demanda-t-elle.

— Tout, rien... Ce que tu voudras bien me dire.

Cassidy évoqua la maison dans laquelle elle avait grandi, perchée sur les contreforts d'une petite ville de province, et son enfance sans histoire, jusqu'à ce que leur mère les abandonne, alors qu'elle n'avait que seize ans.

— Ma sœur et mon père en ont beaucoup souffert. Ma sœur est tombée enceinte quelque temps plus tard et ça a fini de déstabiliser mon père. Comme j'étais la plus âgée des deux, j'ai fait de mon mieux pour m'occuper d'elle, sans compter le ménage, la cuisine...

Elle cilla et lui jeta un regard gêné en concluant :

— Pardon, j'imagine que tu voulais entendre parler de la vie en province, plutôt que de ma vie à moi...

Logan effleura ses lèvres.

— Si je voulais connaître la vie en province, je lirais des enquêtes sur le sujet. C'est toi qui m'intéresses. Et après ?

— Eh bien... Pete est quelqu'un d'assez sensible : les ragots l'ont violemment atteinte. Il a fallu déménager. Notre situation s'est un peu améliorée après mais nous avons vite manqué d'argent, car mon père était incapable de reprendre un travail. J'ai donc trouvé un emploi pour payer les factures, mais...

Elle s'interrompit et Logan respecta son silence. Il était inutile de forcer les confessions.

— Pete a fini par déménager et je suis restée pour m'occuper de notre père jusqu'à ce qu'il meure, victime d'un accident de voiture.

— J'en suis désolé... Et ta mère ? Elle a fini par revenir ?

— Non. La vie de famille ne lui convenait pas, j'imagine. Je n'ai aucune idée d'où elle se trouve aujourd'hui.

Logan sentit la souffrance mêlée de rancœur dans la voix de Cassidy. S'il avait pu retrouver chacun de ceux qui l'avaient fait souffrir, il les aurait écrasés...

— Et puis ? demanda-t-il encore en l'attirant à lui.

— Tu veux tout savoir, c'est ça ? fit-elle en laissant échapper un petit rire.

— La connaissance, c'est le pouvoir.

Elle sourit. Il aimait sa capacité à la dérider, même au milieu de ce genre de confession.

— Et donc ? reprit-il. C'est à ce moment-là que tu es venue travailler pour moi ? Tu t'étais installée à New York ?

— Oui, et Pete m'y avait rejointe. Il fallait que je trouve un bon job, et tu es tombé à pic. Je n'imaginais pas décrocher un pareil emploi... Je ne suis pas près d'oublier le jour de mon entretien d'embauche ! D'abord, j'étais hyper impressionnée par l'immeuble de ta banque et puis j'ai cru que la réceptionniste ne s'occuperait jamais de moi, elle était accaparée par un paparazzi entêté et désagréable qui cherchait à se renseigner sur toi.

— Todd Greene, grimaça Logan. Ne m'en parle pas... Ce type mène une véritable vendetta contre moi. Il a essayé d'obtenir un passe de presse pour le couronnement mais je l'ai fait rayer de la liste. Continue...

Cassidy haussa les épaules.

— Il n'y a pas grand-chose d'autre à dire. Par peur d'être en retard, j'ai aidé la réceptionniste à se débarrasser de ce Greene. Elle en a été tellement reconnaissante qu'elle m'a fait passer avant tous ceux qui attendaient ! Le DRH était en pleine panique parce que tu venais de congédier ta dernière assistante et qu'il te fallait une remplaçante au plus tôt. J'ai été engagée deux jours plus tard.

— Belle démonstration de ton efficacité ! Tu sais que tu es extraordinaire, n'est-ce pas ?

Il embrassa l'épaule de Cassidy en ajoutant :

— Et terriblement belle. Tu as des yeux magnifiques. Un nez magnifique, énuméra-t-il en embrassant chacun des attributs qu'il nommait. Un menton, une gorge magnifique... Une poitrine magnifique...

Éperdue, Cassidy sentit monter en elle un désir familier. Quand Logan la regardait ainsi, elle avait l'impression que tout était possible.

12

Cette fois-ci, à son réveil, Cassidy était toujours allongée contre lui. Peu habitué à s'attarder dans des bras féminins, Logan eut du mal à interpréter la sensation de bien-être qui l'avait envahi quand il avait ouvert les yeux sur elle. Il était tôt. Aucune lumière ne filtrait encore à travers les persiennes. Ou alors, il était très tard ? Ils avaient perdu toute notion du temps, abandonnés dans les bras de l'autre, à faire inlassablement l'amour, mêlant leur sueur dans des draps froissés.

Avec précaution, il écarta une mèche de cheveux qui tombait sur les yeux de la jeune femme. Il y avait de nombreuses raisons de rompre avec elle, mais Logan semblait incapable d'en trouver une seule, maintenant qu'elle ne travaillait plus pour lui. Ils étaient tous deux célibataires, après tout. Pourquoi ne pas continuer leur histoire ? Bien sûr, Cassidy semblait déterminée à s'éloigner de lui, mais c'était probablement parce qu'elle ne savait pas encore ce qu'il ressentait pour elle. Ce qui l'amenait à la question fondamentale : que ressentait-il pour elle ? Il l'appréciait. Elle l'attirait terriblement. Mais il y avait quelque chose de plus. C'était la femme la plus intelligente, la plus douce et la plus attentionnée qu'il avait jamais rencontrée. Il aimait la manière dont ils se rejoignaient sur de nombreux sujets. Au bureau, au lit et même sur un tatami. S'il se relâchait, elle ne montrerait aucune complaisance et il aimait sentir que si elle pliait, Cassidy ne romprait jamais. Dans le même temps, aussi impressionné soit-il, il ressentait le besoin de la protéger. Voilà qui était nouveau. Il avait toujours évité de s'investir avec une femme. Le sexe était le sexe, rien de plus. Mais avec Cassidy, toutes les frontières s'évanouissaient...

Que dirait-elle s'il lui demandait de rester à Arrantino ? Parce qu'il voulait continuer à la voir ? Ce ne serait pas difficile. Il lui trouverait un appartement pas trop loin du palais. Elle prendrait un travail sur place et ils se verraient le soir et les week-ends. Accepterait-elle ?

Et le voulait-il vraiment, d'ailleurs ? Le souci qu'il avait de la garder sortait largement de l'ordinaire. Mais l'autre option – la voir repartir à New York le lendemain – semblait inacceptable. Logan avait beau ne pas être sûr de ce qu'il voulait, il savait très bien ce dont il ne voulait pas. Renoncer à la trouver près de lui quand il se réveillait, par exemple. Elle appréciait aussi ces moments partagés : le plaisir se lisait sur son visage, dans les sourires doux qu'elle lui adressait, à chacune de ses caresses.

Logan soupira et fixa le plafond. Comment allait-il procéder ? Quand Cassidy s'étira à ses côtés, une réponse évidente lui vint à l'esprit. Il allait la réveiller de la manière la plus agréable qui soit. Il était sur le point de passer la tête sous le drap lorsqu'on frappa à la porte de la chambre.

Fronçant les sourcils, il resta un instant immobile, mais les trois coups suivants, insistants, lui confirmèrent qu'il n'avait pas rêvé. Il se pencha et murmura à l'oreille de Cassidy de continuer à dormir, avant de repousser les couvertures sur le côté.

— Votre Majesté ? C'est Lukas.

Le chef de sa sécurité ? Pieds nus, Logan ouvrit, fronçant les sourcils face au visage sombre de son interlocuteur.

— Votre mère m'envoie.

— Il y a un problème ? Comment va-t-elle ?

— La reine va bien, Monsieur. Mais il y a des remous dans la presse.

Une terreur familière noua les épaules de Logan.

— Quel genre de remous ?

— Les médias sont en possession de certaines informations...

Son propre chef de la sécurité faisait preuve de diplomatie à son égard ? Les choses étaient donc sérieuses. Logan sortit, descendit au salon et alluma son téléphone. Un bon millier de messages étaient arrivés mais il les ignora pour consulter un site d'informations internationales. En gros plan, une photo de lui et Cassidy, au point de vue où il l'avait emmenée le soir précédent, s'affichait sur l'écran du téléphone. Logan la tenait enlacée, leurs regards étaient tournés vers l'horizon. Les images suivantes étaient plus explicites encore.

— Logan, qu'est-ce qui se passe ?

Il entendit Cassidy s'approcher de lui. Elle jeta un coup d'œil au téléphone avant qu'il puisse l'en empêcher, puis porta une main à sa bouche.

Logan se retourna et regarda Lukas.

— C'est grave ? Ne me ménagez pas.

— Un journaliste, Todd Greene, a publié un article exposant votre relation avec Mlle Ryan.

Le chef de la sécurité fit un signe de tête embarrassé à la jeune femme, avant de reprendre.

— Il y a des informations sur sa famille et des interviews de certains habitants de la ville où elle a grandi.

Logan regarda le visage défait de Cassidy et gronda :

— Cette photo a été prise hier. Comment est-ce possible ?

— Nos services nous rapportent que Greene a opéré sur les informations d'une source. Quelqu'un qui travaillerait au musée, présent à l'inauguration, la semaine dernière. Il aurait parlé d'un lien spécial entre vous, et Greene a commencé à creuser. Il n'attendait plus que les photos pour publier.

Et Logan lui avait offert le cliché parfait. Il sentit la colère surgir et dut se maîtriser pour ne pas envoyer son poing sur le mur. Cassidy, livide, faisait défiler les articles sur son téléphone. Désormais, il fallait limiter les dégâts. Il demanda à Lukas de les laisser seuls.

— Cassidy ?

Il dut répéter son nom deux fois pour qu'elle réagisse. Interdite, elle leva les yeux. Logan vint se poster face à elle et posa les mains sur ses épaules.

— Arrête de lire. Je vais réparer ça.

— Comment ?

Elle tremblait lorsqu'elle reprit :

— Tu ne peux rien faire. Tout est vrai. Oh mon Dieu, il a trouvé la photo de Pete enceinte !

Elle enfouit son visage dans ses mains pour dissimuler sa honte et Logan regarda l'écran. En pleine page, le cliché de mauvaise qualité dévoilait sa sœur, adolescente et enceinte jusqu'aux yeux. La photo datait de plusieurs années.

— Je l'avais envoyée au père des jumelles, en espérant l'attendrir, le faire revenir. J'étais naïve… Je ne pouvais pas m'imaginer que quelqu'un d'autre verrait ce cliché un jour.

Logan étouffa un juron face à cette détresse. Tout était sa faute : on avait fouillé dans le passé de Cassidy parce que ceux qui entraient dans l'intimité du roi s'exposaient automatiquement aux attaques les plus sordides.

— Oublie la photo. Je vais régler cette affaire.

Elle secoua la tête, l'écoutant à peine.

— Il faut que j'appelle Pete.

— C'est le milieu de la nuit à New York. Attends un peu.

— Oh non, les jumelles… Ce salaud a même interviewé leur vaurien de père…

Cassidy fixait toujours son téléphone.

— Je vais m'en occuper.

— Tu ne peux rien faire…

— Je peux. Et je le ferai.

Il lui en voulait, c'était sûr. Comment ne pas lui en vouloir, après avoir vu cette photo dans tous les médias et la légende odieuse qui l'accompagnait : « *La nouvelle friandise du roi d'Arrantino* » ? C'était affreux. Le pire qui puisse leur arriver à tous deux. Cassidy ne pouvait reprocher à Logan d'être en colère contre elle : il devait se dire que le passé de son assistante était aussi immaculé que celui des jeunes femmes qui figuraient sur la liste de mariage de sa mère. Voilà qui l'en rayait définitivement…

— Qu'est-ce que tu vas dire, pour nous deux ? murmura-t-elle, la gorge nouée. Tu ne peux pas garder le silence.

— Je vais étouffer cette histoire avant qu'elle prenne plus d'ampleur. Reste en dehors de tout ça, Cassidy.

Elle sentit un poids alourdir brutalement sa poitrine. Mettre fin à leur relation était la solution la plus évidente, il finirait par le comprendre. Il fallait qu'elle rentre chez elle, elle l'aurait fait de toute façon. Mais le plus tôt serait le mieux : son passé familial avait mis la Couronne en danger. Il était en rage et c'était compréhensible. Lui qui était venu à Arrantino pour éviter un scandale se retrouvait empêtré dans un autre... Elle savait que tout n'était pas sa faute mais ne supportait pas d'être à nouveau la cible de l'opprobre public. Les larmes aux yeux, elle fixa le sol.

— Il faut que je rentre. Il faut que je sois avec ma sœur.

— Non. Il faut que tu restes ici et que tu me fasses confiance.

Elle secoua la tête avec détermination. La pire chose serait de rester. Elle s'était donnée à lui, s'était exposée et en subissait désormais les conséquences. La honte déferlait à nouveau sur elle et sa famille. Sans parler de Logan.

— Je n'attendrai pas. Je veux rentrer chez moi. Maintenant.

— Tu dramatises...

— Je dramatise ? Mon nom a été traîné dans la boue, ma photo étalée partout dans les médias, on te compare à ton père, on reproche à ton frère d'avoir abdiqué et tu penses que je dramatise ?

— Je mesure la gravité de la situation, répondit-il. C'est pour ça que je dois partir, pour m'occuper de tout ça.

— Je savais que c'était une mauvaise idée...

Elle parlait comme pour elle-même. Logan demanda :

— De quoi parles-tu ?

— De nous. De tout ça..., fit-elle en secouant la tête.

C'était une erreur, depuis le début, et elle s'était dépêchée de la commettre, ravie de se jeter en pâture aux lions.

— Ça n'a plus d'importance, reprit-elle. Pars. Il faut que tu tentes de maîtriser ce qui peut l'être.

— J'y réussirai, Cassidy. Nous parlerons de la suite après.

La suite était toute tracée à ses yeux, mais Logan ne le savait pas encore.

— Votre Majesté, navré de vous interrompre...

Lukas était revenu, le téléphone à la main.

— Sa Majesté votre mère est en ligne.

Logan se retourna vers Cassidy.

— Attends-moi, veux-tu ? Je ferai vite.

Son visage était dur, tendu. Il se tourna vers son chef de la sécurité.

— Lukas, je veux que vous emmeniez personnellement Mlle Ryan au palais, à l'abri. Personne ne doit la voir entrer. Je ne veux pas jeter d'huile sur le feu tant que la situation n'est pas sous contrôle.

Cassidy déglutit. Bien sûr qu'il voulait la soustraire aux regards. Elle le mettait dans une situation plus que délicate...

— Votre Majesté ?

Un agent en costume sombre était entré. Logan se retourna.

— L'hélicoptère est prêt, Votre Majesté, prévint l'homme.

Logan hocha la tête et revint à Cassidy. Proche des larmes, elle sourit misérablement et le regarda une dernière fois, tentant de graver dans sa mémoire le beau visage grave.

— Va-t'en, murmura-t-elle.

Qu'il parte, avant que les larmes coulent sur ses joues, révélant ce qu'elle avait fini par comprendre, en plein milieu du désastre. Qu'elle l'aimait, contre toute raison, éperdument. Il devait rejoindre sa famille et tenter d'étouffer le scandale qui les exposait tous. Quant à elle, elle allait faire ce qu'il y avait de mieux pour lui et Arrantino : rentrer chez elle.

Logan faisait les cent pas dans son bureau, les muscles crispés, le dos douloureux. Il lui avait fallu plusieurs heures pour arriver à ses fins. Et quelques heures de plus pour que tous les grands médias s'exécutent et retirent les publications concernant Cassidy, en échange d'un scoop bien plus juteux à se mettre sous la dent. Une fois qu'il s'en était assuré, le roi d'Arrantino avait mis la pression sur tous ceux – et ils étaient nombreux – qui voulaient ses faveurs. Les réseaux sociaux résonnaient déjà moins de son incartade. Bien sûr, ses méthodes n'étaient pas… conventionnelles, mais il fallait contrer la bassesse de ce journaliste de la manière la plus efficace possible. Todd Greene… Il le briserait. Pour le moment, toutefois, il était épuisé. S'était-il jamais battu avec autant d'intensité pour autre chose ? Cassidy avait décidé de s'offrir à lui, et sa vie, sa réputation et sa famille en avaient été ébranlées. L'échec lui était interdit, il s'était donné corps et âme pour minimiser le scandale à l'aide de sa redoutable équipe de communicants.

Le seul doute résidait dans la méthode qu'il avait utilisée pour protéger Cassidy. Comment réagirait-elle ? Comment pourrait-il la convaincre qu'il avait fait le bon choix ? Il n'avait jamais été aussi incertain de quoi que ce soit dans sa vie. Au fond de son crâne, une petite voix lui répétait qu'il abusait de ses prérogatives et que le retour de bâton serait d'une rare violence.

C'était d'ailleurs ce que lui avait prédit sa mère. En désaccord total avec sa stratégie, elle avait tourné les talons, furieuse, sitôt qu'il la lui avait exposée. En passant la porte, elle avait conclu : « Tu es comme ton père, finalement. »

Voilà qui était douloureux à entendre. Mais il n'était pas homme à se laisser influencer. Logan ressemblait à son père en de nombreux points, mais il ne trahirait jamais la femme à qui il offrirait son cœur et ne déserterait pas sa famille. Voilà où résidaient leurs différences, fondamentales.

Logan adoptait avec rapidité les décisions qui s'imposaient. C'était son point fort. Dans ce cas précis, il espérait simplement que sa décision soit la bonne. Il héla Margaux. Elle avait fait un travail extraordinaire pour tenter de contrôler la situation : il lui offrirait sans doute le poste d'assistante personnelle, lorsque tout ceci serait terminé.

— Il est 2 heures du matin, lui annonça-t-il. Rentrez chez vous et prenez votre journée de demain, vous le méritez. Mais une question, d'abord : Cassidy a-t-elle appelé ?

— Non, Monsieur, pas que je sache.

Elle n'avait pas cherché à le joindre sur son portable non plus. Elle dormait probablement. Mais dans quel lit ?

— Gerome a laissé un message pour vous informer qu'il s'était occupé de la requête de Mlle Ryan.

Une requête ? Logan se figea, glacé par l'appréhension.

— Quelle requête ?

— Mademoiselle Ryan a quitté le palais il y a deux heures. Elle a demandé qu'on la conduise à l'aéroport... Quelque chose ne va pas ?

Au vu du plan qu'il avait mis sur pied, tout allait mal.

— Vous auriez dû me prévenir sitôt le message reçu.

— Je suis navrée, je n'en ai pas eu connaissance plus tôt.

Logan congédia la jeune femme et son regard se perdit au-delà de la fenêtre, dans le noir d'encre de la nuit. Elle était partie alors qu'il l'avait priée de l'attendre. Ça n'avait aucun sens. Pourquoi avait-elle fait cela ? Elle ne considérait donc pas cet endroit comme un lieu sûr ? Il allait s'assurer que cela le devienne, et plutôt deux fois qu'une !

— Votre Majesté ? fit un homme sévère à la porte.

C'était Jason, le responsable des relations publiques.

— Si Mlle Ryan est partie, reprit celui-ci, voulez-vous que nous annulions l'opération ?

— Non. Ne changez rien ! Surtout pas.

Une colère mêlée d'émotion lui fouettait le sang. Elle ne lui avait pas fait confiance, mais il était persuadé que la chance souriait aux audacieux… Pourvu qu'il ait raison !

13

— Ils sont toujours là. Je n'arrive pas à y croire !

Cassidy enfouit sa tête sous l'oreiller pour échapper à la voix stridente de Pete. Derrière la fenêtre, le soleil descendait sur la nuée de photographes amassés devant leur porche.

— Tu devrais fermer les rideaux, supplia-t-elle. J'ai lu que les paparazzis avaient des objectifs qui portent à des distances folles… S'ils sautent la clôture, c'est le jackpot pour eux.

Pete se rapprocha de la fenêtre, les sourcils froncés.

— Ils n'oseraient pas. Dan les jetterait dehors. Il a déjà failli casser la figure de l'un d'entre eux…

Cassidy ne tenait pas à en entendre davantage. La dernière chose dont elle avait besoin était de causer du tort à une personne de plus. Tout était sa faute. Elle était partie d'Arrantino par le vol de nuit et avait trouvé Dan sur le parking de l'aéroport. Quand elle l'avait aperçu, le soulagement de voir un visage ami avait été tel qu'elle avait éclaté en sanglots dans ses bras. Une fois sur le sol américain, la tristesse et l'épuisement l'avaient rattrapée. Dan l'avait portée jusqu'à la jeep et avait roulé à tombeau ouvert jusqu'à la maison, la recouvrant de sa veste lorsqu'ils avaient dû fendre la foule hurlante des journalistes devant le porche de leur petite demeure de Brooklyn. Au moins certains habitants du quartier assuraient-ils les médias qu'elle et Pete étaient des voisines exemplaires. C'était déjà ça...

— Il va falloir que tu te lèves, reprit Pete. Tu n'as rien mangé depuis hier.

Quel intérêt ? La nourriture n'avait aucune importance. Le cœur de Cassidy était un trou sans fond. Sa réputation était ruinée. En vingt-quatre heures, elle avait démissionné, couché avec son patron et était devenue mondialement inemployable.

— Je vais me lever, répondit-elle sans conviction.

Pete vint s'asseoir sur le bord du lit. Elles avaient parlé, la veille, et Cassidy lui avait présenté ses excuses, mais sa sœur tenait le coup bien mieux qu'elle n'aurait pu le présumer.

— Je ne te crois pas, murmura Pete. Les jumelles vont finir par s'apercevoir que tu n'es pas simplement épuisée à cause du décalage horaire... Ça ne te ressemble pas, tout ça.

— Je sais.

D'habitude, rien ne pouvait la déstabiliser. Ou du moins ne le laissait-elle jamais paraître. Simplement, elle n'avait plus assez de forces. Comme une superhéroïne privée de ses superpouvoirs... Bien sûr, elle finirait par s'en sortir. Quand l'agitation serait retombée, sa vie reprendrait un cours normal. Elle oublierait Logan et irait de l'avant. Elle se le promettait. Mais le visage inquiet de Pete montrait qu'elle aurait du mal à l'en convaincre.

Cassidy s'assit sur le lit, remit de l'ordre dans ses cheveux défaits et saisit son téléphone.

— Oh non ! s'interposa Pete, le lui prenant des mains. Assez de réseaux sociaux. Ça ne peut te faire que du mal.

Sa sœur avait raison. Cassidy se renfonça dans l'oreiller.

— Je suis désolée de t'avoir entraînée dans tout ça, murmura-t-elle d'une voix défaite.

— Ne t'en fais pas. Et arrête de culpabiliser. Je ne suis pas particulièrement ravie de voir ma vie s'afficher en première page, mais je n'ai jamais menti aux jumelles. Elles connaissent leur passé, ça ne changera rien.

— Oui, mais maintenant, tous leurs camarades savent que leur père les a abandonnées. Et à ton travail...

— On s'en sortira, comme on l'a toujours fait. S'il faut déménager et repartir de zéro, on le fera.

— Mais, et Dan ?

— Il savait déjà tout, bien sûr, et il me soutient. Il a dit qu'il nous suivrait où que nous décidions d'aller.

Cassidy refoula les larmes qui lui montaient aux yeux.

— Oh Pete... Je t'aime tant !

Sa sœur la prit dans ses bras.

— Tu verras, tout ira bien, affirma Pete avec un sourire encourageant. La seule question qui importe, c'est ce que tu comptes faire quand tout cela sera terminé.

— Déménager en Sibérie...

Pete rit et vint sécher une larme qui roulait sur la joue de Cassidy.

— Je pensais avoir déjà pleuré toutes les larmes de mon corps la nuit dernière...

Pete interrompit son geste et hésita, avant de demander :

— Tu es amoureuse de lui, n'est-ce pas ?

Cassidy aurait bien voulu la contredire, mais dans quel but ? Il était inutile de mentir.

— Oui, répondit-elle simplement. C'est stupide, hein ?

— Je crois que tu as toujours été un peu amoureuse de lui, remarqua doucement Pete. Tu n'as jamais laissé qui que ce soit le critiquer en ta présence...

— Tu vois, tu avais raison de t'inquiéter. Pour finir, c'est bien moi qui ai le cœur brisé.

— Tu ne sais pas, Cassidy. Peut-être qu'il t'aime en retour.

— Non. Le désir et l'amour n'ont rien à voir, pour lui.

— Peut-être que tu as tort… Peut-être que…

Deux coups frappés à la porte l'interrompirent. Dan passa sa tête par l'embrasure et annonça :

— Navré de vous interrompre, les filles, mais les jumelles viennent de trouver ça sur Internet…

Il tenait son portable à la main et reprit :

— C'est une déclaration officielle du palais d'Arrantino. Et en plus, on ne trouve plus en ligne aucune mention des petites, ni de Pete. Elles ont vérifié.

Cassidy sentit son cœur se serrer.

Logan s'en était « occupé », comme il le lui avait promis. Pete attrapa le portable que lui tendait Dan et un étrange sourire se forma sur son visage, au fil de la lecture du communiqué. Cassidy lui jeta un regard interloqué.

— Qu'est-ce que ça dit ?

— C'est une déclaration officielle du roi, qui annonce que sa relation avec toi est nouvelle et d'ordre strictement privé. Il demande que les médias respectent ton intimité et dit qu'il n'hésitera pas à poursuivre en justice, avec toute la force de la loi, toute personne ou groupe d'individus harcelant sa fiancée. Il dit aussi…

— Fiancée ?

Cassidy se redressa dans le lit et demanda :

— Tu es sûre que tu as bien lu ?

— Je sais lire, Cass…

— Donne-moi ça !

Elle attrapa le portable et parcourut fiévreusement le communiqué, jusqu'au sceau officiel d'Arrantino et la signature manuscrite de Logan, qu'elle connaissait par cœur. *Fiancée.*

— Ça doit être une coquille, murmura-t-elle. Il voulait sûrement dire « employée ». Il doit être furieux.

Pete et Dan la regardaient tous deux, sourcils haussés.

— N'est-il pas possible qu'il puisse penser que vous êtes fiancés ? demanda prudemment Dan.

— Impossible.

Elle se remémora leurs derniers moments ensemble. Sa colère, l'intention farouche qu'il avait de tout arrêter...

— Non, reprit-elle en secouant la tête. Cette idée est grotesque.

— Tante Cassidy ?

L'une des jumelles venait de passer la tête par l'embrasure de la porte.

— Puisque tu es réveillée, on se demandait si tu voulais une tasse de thé.

Cassidy essuya furtivement ses joues rougies par les larmes et sourit à sa nièce.

— Merci, mon cœur, ce serait adorable.

La petite pivota sur ses talons, avant d'ajouter, pardessus son épaule :

— Oh ! et il y a un homme qui veut te voir, à la porte.

Derrière elle, la voix de sa sœur jumelle ajouta :

— Il ressemble au roi d'Arrantino, mais en plus beau que sur les photos.

— Probablement encore un de ces journalistes, lança Pete. Tu ne l'as pas fait entrer, j'espère ?

— Non, il est devant la porte.

— Je m'en occupe, décida Cassidy, en repoussant les couvertures sur le côté du lit.

Elle attrapa un vieux sweat et l'enfila à la va-vite. Elle ne serait plus la victime de ce tragique scénario. Il fallait qu'elle reprenne sa vie en main et c'était le moment. S'il fallait affronter la presse, soit ! Ces journalistes devaient comprendre qu'ils n'auraient rien à se mettre sous la dent. Traversant le salon, elle ouvrit la porte à la volée et cria :

— Vous n'avez pas honte ? Harceler ainsi d'honnêtes...

La fin de la phrase mourut au seuil de ses lèvres alors que Logan se retournait, son regard bleu plus brillant que jamais. Cassidy hésita, pétrifiée. Rêvait-elle ?

Il pénétra dans le salon pendant qu'elle fermait à double tour la porte d'entrée, sans qu'on entende un seul flash de photographe...

— Tu avais dit que tu m'attendrais ! gronda Logan.

— Cassidy ?

La voix de Pete résonnait dans le couloir. La jeune femme s'immobilisa à l'entrée du salon en reconnaissant la haute stature de Logan, son élégant costume sombre.

— Votre Majesté...

Pete s'inclina maladroitement, déclenchant un rire bruyant de la part des jumelles cachées derrière elle.

— Vous devez être Petra, salua Logan avec un sourire courtois. C'est un honneur de vous rencontrer. Je vous prie d'accepter mes plus sincères excuses pour cette frénésie médiatique. J'ai fait tout ce qui était en mon pouvoir pour m'assurer que vous et votre famille ne soyez plus dérangés.

— Je vous remercie.

Pete semblait sur le point d'ajouter quelque chose, mais Cassidy lui lança un regard et elle conclut :

— Je vous laisse, vous devez avoir quelques petites choses à vous dire.

Elle attrapa les jumelles au passage et referma la porte du couloir derrière elles, tandis que Cassidy lançait :

— Je ne suis pas sûr que tu aies apaisé quoi que ce

soit avec ta déclaration. Je dirais même que tu n'as fait qu'empirer les choses.

Logan reporta son regard sur elle.

— La presse ne vous ennuiera plus. Chacun de vous sera sous protection privée, désormais.

— Des gardes du corps ?

— Absolument. Ce ne sera pas pour toujours, juste le temps que les photographes comprennent les conséquences qu'il peut y avoir à harceler ta famille.

— C'est gentil de ta part, j'imagine, mais pas vraiment nécessaire. Lorsque tout le monde comprendra qu'il n'y a rien à publier, ils disparaîtront. Ce qui serait arrivé plus vite si tu n'avais pas débarqué devant ma porte aujourd'hui. Les paparazzis ont dû devenir fous en te voyant ici.

— Mes hommes ont sécurisé la rue en arrivant. Mais oui, ils deviendront fous lorsqu'ils comprendront que je suis ici.

— Pas si tu disparais rapidement.

Cassidy comprit soudain qu'elle n'avait aucune idée de la raison de sa présence chez elle.

— Pourquoi es-tu là, d'ailleurs ? reprit-elle. C'est gentil de venir t'excuser auprès de ma sœur, mais un coup de téléphone aurait suffi.

— Pas pour moi.

— Eh bien...

La nervosité la gagnait. Elle reprit :

— Tu as dit ce que tu avais à dire, alors... Tu peux y aller.

— Je n'ai encore rien dit.

Il lui jeta un regard hanté et passa une main fébrile dans ses cheveux, avant de lâcher :

— J'ai besoin que tu reviennes à Arrantino.

— Pourquoi ? Si tu te cherches une remplaçante,

Margaux sera parfaite. Elle connaît déjà le métier par cœur.

— Je le sais. Elle est même peut-être meilleure que toi, sur certains points.

Cassidy se força à sourire pour dissimuler la peine que lui infligeait ce commentaire et, pour se donner une contenance, alla débarrasser la table du salon.

— Le problème, lança Logan dans son dos, c'est qu'elle n'est pas toi.

Cassidy s'immobilisa et ferma les yeux, avant de se retourner pour lui faire face.

— J'imagine que je dois me sentir flattée, mais je ne peux plus travailler pour toi. C'est pour ça que tu es là ?

Logan la prit par le bras, interrompant sa phrase.

— Ce n'est pas pour ça que je suis là. Je ne veux pas que tu travailles pour moi. Tu n'as pas lu le communiqué ?

Le regard rivé à celui de Logan, Cassidy remarqua qu'elle n'y voyait pas danser son habituelle étincelle d'arrogance. Elle cilla.

— Bien sûr que je l'ai lu. Et je suggère que tu corriges cette coquille rapidement, si tu ne l'as pas encore fait.

— Ce n'est pas une coquille.

— Tu parles de moi comme de ta fian... Ah ! pas bête !

Il fronça les sourcils.

— Qu'est-ce qui n'est pas bête ?

— Ta stratégie, répondit Cassidy.

Il aurait pu décrocher son téléphone au lieu de se déplacer en personne. Comment travailler à l'oublier, alors qu'il suffisait de se hisser sur la pointe des pieds pour unir à nouveau leurs lèvres ?

— Plutôt que de nier notre aventure, tu l'officialises pour minimiser le scandale. Honnêtement, je ne suis pas sûre que les médias mordent à l'hameçon, sans parler de ta mère...

— Cassidy...

Il raffermit sa prise sur son bras.

— Arrête de parler, s'il te plaît. Il n'y a pas de stratégie. Il y a un plan, en revanche, que j'aurais partagé avec toi avant de le publier si tu m'avais écouté et étais restée au palais.

Cassidy fronça les sourcils, peinant à y voir clair.

— Un plan ? Je ne crois pas...

— Bon sang !

Il l'attira contre lui, nouant les bras autour de sa taille, et murmura :

— Comment ai-je pu me convaincre que je ne brûlais pas de passion pour toi pendant deux ans ?

Le désir fouetta le sang de Cassidy à l'instant où il posa les lèvres sur les siennes.

— Logan...

Pantelante, elle brisa leur étreinte.

— Tu ne peux plus m'embrasser... Je... J'aime trop ça et comme je...

Elle recula d'un pas, les yeux mi-clos. Elle avait failli lui révéler ses sentiments, ravalant son « je t'aime ».

— *Mi amor*, regarde-moi.

Cassidy secoua la tête, résistant à la main qui venait se poser sous son menton pour lui faire relever les yeux.

— Ne te cache pas de moi. Je t'en prie. Je ne veux plus jamais rien te cacher non plus.

Confuse, elle releva lentement les yeux et murmura :

— Tu n'as pas à cacher quoi que ce soit, Logan...

Il resta un instant muet et dégagea une mèche de cheveux qui retombait sur le front de la jeune femme.

— C'est une bonne chose. Parce que je t'aime et que

je veux que tu reviennes à Arrantino avec moi. En tant que princesse, pas en tant qu'assistante.

Cassidy resta bouche bée, fixant désespérément Logan avant de murmurer enfin :

— Tu m'aimes ?

— Je t'aime tant que j'ai peur de m'y brûler les ailes, Cassidy.

— Mais... Mais tu méprises les sentiments. Tu as dit...

— J'ai dit beaucoup de choses qui se sont révélées fausses et stupides. L'amour m'a toujours paru un fardeau à éviter, et j'ai bêtement pensé que je pouvais contrôler mon destin dans ce domaine. Mais ça n'est pas le cas. Ce que je ressens pour toi est au-delà des stratégies, de la raison ou de la logique. Je ne suis pas tout à fait moi-même quand tu n'es pas auprès de moi.

Il souriait de toutes ses dents, désormais, étonné de sa propre confession. Cassidy sentit les larmes lui monter aux yeux.

— Logan, je...

Riait-elle ou pleurait-elle ? Les émotions les plus contradictoires semblaient se mêler en elle. Elle encadra de ses mains le visage du roi d'Arrantino pour l'embrasser de nouveau.

— Tu penses vraiment ce que tu dis ? murmura-t-elle entre deux baisers. Tu m'aimes vraiment ?

— Tu en doutes ?

Un rire franc la saisit face à son regard choqué.

— Non. Je ne doute pas de toi. Je t'aime aussi, Logan.

Elle enroula les bras autour de son cou, avant de bégayer :

— Je t'aime tant que... que je n'arrive pas à m'arrêter de pleurer ! C'est stupide ! Mais je ne suis pas une princesse, Logan. Tu le sais. Et ta mère... Si elle te savait ici...

— Elle le sait. Et elle changera d'avis dès qu'elle apprendra à te connaître. Elle saura qu'il n'y aura aucune femme au monde pour me faire changer d'avis. Il n'y a que toi, mon amour. Tu es tout pour moi.

— Dis-moi que je ne rêve pas... C'est irréel...

Logan haussa un sourcil.

— Voyons, tu sais bien que si tu rêvais, je serais à moitié nu...

— Ne te moque pas ! le tança-t-elle.

— Je ne me moquerai jamais de toi. Tu as changé ma vie. Tu fais de moi une meilleure personne, Cassidy. Moins cynique. Même si je ne suis pas sûr que tu puisses me changer totalement...

— Je ne cherche pas à te changer, Logan. Je veux juste être avec toi.

— Même si ta vie n'est plus jamais vraiment la tienne ?

Il était sérieux, tout à coup.

— Le protocole royal, c'est... oppressant, ajouta-t-il. Et la compagne du roi aura bien du travail...

— Je le sais. Je n'ai pas peur du travail et même si le défi est de taille, tant que tu es à mes côtés, tout ira bien.

— Alors sois avec moi, Cassidy. Sois ma partenaire de vie, ma princesse. Ma femme.

Au comble du bonheur, elle demanda, le cœur bondissant de joie :

— Ta femme ?

— C'est le seul rôle que je veuille pour toi.

Ils s'embrassèrent de nouveau. Leur baiser prenait une tournure plus intense lorsqu'une petite voix résonna derrière eux :

— Vous allez attraper un bébé !

— Mes amours, je vous avais dit de ne pas aller dans le salon, cria Pete depuis le couloir.

— Mais il me faut mes cahiers, je ne savais pas qu'ils allaient faire comme toi et Dan quand on n'est pas dans la pièce !

Cassidy étouffa un rire contre les lèvres de Logan.

— Ma famille... Pour le meilleur et pour le pire.

Logan la reposa doucement au sol.

— Ta famille est ma famille, désormais, mon amour. Ils sont parfaits. Comme toi.

Si on le lui avait demandé, Cassidy aurait répondu qu'il lui était impossible de tomber plus profondément amoureuse de l'homme qui l'enlaçait. C'est pourtant ce qu'elle fit, à l'instant où elle entendit sa réponse.

Épilogue

Le jour du mariage se leva sur un ciel bleu sans nuages. La limousine venait juste de déposer Cassidy à l'entrée de la cathédrale gothique du centre de Trinia. Le long des rues, les gens s'étaient massés, agitant des banderoles et criant son nom. Elle leur fit signe en retour.

Cassidy dut refréner ses larmes, émue par le soutien qu'on lui témoignait après l'épuisant scandale médiatique des mois précédents.

Derrière elle, Pete déployait sa traîne pendant que les jumelles ajustaient son long voile.

— Tu es magnifique, tante Cassidy, murmura April avec un sourire joyeux, ses cheveux tressés parsemés de fleurs blanches.

— Une vraie princesse de conte de fées, acquiesça Amber.

— Les filles disent la vérité, renchérit Pete dans sa robe de demoiselle d'honneur du même ton lilas pâle que celle des jumelles. Tu ne pourrais pas être plus parfaite, sachant que le marié a tout fait pour hâter ce mariage…

Cassidy sourit sous son voile. Logan lui avait déclaré tout net qu'il voulait officialiser leur relation sans plus attendre et que deux mois lui paraissaient insupportablement longs. Secrètement, elle était d'accord mais voulait s'assurer que la mère de Logan soit bien sur la même longueur d'onde avant de déclencher les préparatifs. Pour Cassidy, la famille était ce qui comptait le plus, tout comme pour Logan, et elle s'était pliée au moindre détail du protocole royal pour montrer qu'elle était digne de lui. Son acharnement avait payé lorsque le matin même, la mère de Logan était passée dans sa chambre, suivie par deux valets de pied portant un coffret très ancien et très travaillé. Il contenait une tiare de diamants dont la vue lui coupa le souffle.

— C'était la tiare de ma mère, et de sa mère avant elle, avait déclaré Valeria. Comme je n'ai pas pu avoir de fille, je serais honorée si vous acceptiez de la porter aujourd'hui.

Cassidy s'était étranglée d'émotion en retirant la magnifique pièce de joaillerie de son écrin de velours.

— C'est moi qui en serai honorée...

La mère de Logan avait secoué la tête, lui tapotant le bras.

— Ah non, pas de pleurs, vous ruineriez votre maquillage ! Je savais depuis le début combien mon fils était épris de vous mais je ne pensais pas que vous lui conviendriez. J'avais tort. Et l'on ne devrait jamais avoir peur de reconnaître ses erreurs. D'autant que vous rendez mon fils parfaitement heureux.

— La réciproque est vraie...

— Alors tout est pour le mieux. Et maintenant je vous laisse vous préparer pour cette grande journée. Peut-être, d'ici quelques jours, me ferez-vous le plaisir de vous promener avec moi dans mon jardin secret ? Je serais ravie de vous montrer mes roses.

Cassidy avait piqué un fard, priant le ciel qu'il n'y ait eu aucune caméra dans le jardin pour témoigner de ce qui s'y était passé la dernière fois qu'elle s'y était trouvée…

Et voilà qu'elle se tenait au pied des marches, à l'entrée de l'église dominée par une flèche en dentelle de pierre, la gorge serrée.

Si seulement Logan avait pu être à ses côtés pour l'encourager ! Car ce qui l'attendait l'intimidait terriblement.

Sa sœur dut le sentir car elle posa la main sur son bras.

— Ce n'est pas le moment de trébucher, Ton Altesse, la prévint-elle avec un sourire taquin. Toutes les caméras du monde sont pointées sur toi…

— Comme si je pouvais l'oublier ! répliqua Cassidy, les mains tremblantes alors qu'elle lissait son voile qui voletait dans la brise.

— Sérieusement, Cass, tu mérites ce bonheur plus que personne. Tu m'as tirée d'affaire plus de fois que je ne tiens à m'en souvenir et c'est à mon tour de t'aider aujourd'hui. Appuie-toi sur moi.

Cassidy avait demandé à sa sœur de la conduire à l'autel et elle se félicita de l'avoir fait. Elle plaça la main sur le bras de Pete.

— Merci. Je t'aime, tu sais.

Elle se détourna une dernière fois pour faire signe à la foule puis se redressa et fit son entrée dans la cathédrale. Les jumelles la précédaient, répandant des pétales de roses dans l'allée. Cassidy et Pete avancèrent. Cassidy avait les yeux rivés sur l'homme superbe qui l'attendait, un homme solide, fiable et plein d'amour. Exactement ce pour quoi elle l'épousait.

Remarquant à peine les invités qui se pressaient dans les travées, Cassidy lui adressa un sourire radieux alors que Pete prenait sa main pour la déposer sur celle de Logan.

Logan laissa un sourire s'épanouir lentement sur son visage.

— Tu es très belle, *mi preciosa*, mais un instant, j'ai bien cru qu'il faudrait envoyer une équipe de recherche à tes trousses !

À l'entendre plaisanter, Cassidy se sentit soudain plus légère.

— Ne crois pas que j'aurais pu te fuir, mon amour. Je suis à toi pour la vie entière...